MIRA®

Der Preis dieses Bandes versteht sich einschließlich
der gesetzlichen Mehrwertsteuer.

Umwelthinweis:
Dieses Buch wurde auf chlor- und säurefreiem Papier gedruckt.

Valerie Schönfeld

Sommer voller Liebe

Roman

MIRA®

MIRA® TASCHENBUCH
Band 75027
1. Auflage: Oktober 2006

MIRA® TASCHENBÜCHER
erscheinen in der Cora Verlag GmbH & Co. KG,
Axel-Springer-Platz 1, 20350 Hamburg

Das Buch wurde auf Grundlage der Telenovela im Ersten „Sturm der Liebe“ verfasst. Mit freundlicher Genehmigung der ARD. Die bei MIRA Taschenbuch erscheinenden Romane zur Serie „Sturm der Liebe“ basieren auf den Originaldrehbüchern von Dr. Peter Süß & Team.

Konzeption/Reihengestaltung: fredeboldpartner.network, Köln
Umschlaggestaltung: pecher und soiron, Köln
Titelabbildung: ARD/Jo Bischoff

Satz: Buch-Werkstatt GmbH, Bad Aibling
Druck und Bindearbeiten: Ebner & Spiegel, Ulm
Printed in Germany
ISBN 3-89941-308-3

www.mira-taschenbuch.de

1. KAPITEL

Die Gärten des Fürstenhofs lagen in beschaulicher Nachmittagsruhe. Aus der Ferne drangen vereinzelt leise Stimmen an Charlottes Ohr, denn auf der Terrasse des Restaurants saßen um diese Zeit nur wenige Hotelgäste. Dies kam ihr gerade recht, konnte sie doch das Zwitschern der Lerche auf diese Weise viel besser genießen. Die Lerche stieg wieder und wieder hoch in den Himmel hinauf und brachte mit ihrem wunderbaren Gesang ein Loblied auf die Natur aus. Und gab es etwas Schöneres als die Natur? Das konnte Charlotte sich nicht vorstellen.

Ein ganzes Jahr lang hatte sie auf der engen Schulbank verbracht, hatte ihre Nase in trockene und meist sehr langweilige Bücher stecken müssen, hatte Vokabeln gepaukt und mathematische Formeln auswendig gelernt. Wozu das alles? Wer brauchte schon das Abitur, wenn man sein zukünftiges Leben in der Natur verbringen konnte? Sie hatte nicht vor, eine akademische Laufbahn einzuschlagen, aber leider bestanden ihre Eltern auf diesen in ihren Augen vollkommen überflüssigen Abschluss. Wenn sie das erst hinter sich gebracht hatte, dann würde sie auf jeden Fall ihren eigenen Weg gehen. In einem Jahr war sie achtzehn und fertig mit der Schule. Ihre Eltern würden Augen machen, was dann passierte!

„Vorsicht!“ Tscharlie kam im Galopp mit einem großen Haufen Erde herangestürmt, bremste im letzten Moment gekonnt ab und kippte sie genau auf die richtige Stelle des Beetes. Schnaufend ließ er die Schubkarre fallen, wischte sich den Schweiß aus der Stirn und schaute dann über den von Charlotte bereits angelegten Teil des Beetes.

„Ich weiß ja nicht so genau, was du da vorhast, Lottchen", sagte er und zwinkerte Charlotte zu, „aber ich denke, für heute habe ich genug von den Vorräten abgezweigt. Wenn du noch mehr brauchst, kriege ich bestimmt Ärger mit deinem Vater. Mutterboden ist teuer."

Tscharlie war der Gärtner des Fürstenhofs und hatte sich nach langem Bitten und Betteln bereit erklärt, ihr zu helfen. Denn eigentlich hatte Papa ihrem Wunsch nach einem eigenen kleinen Stück Garten nur unter der Bedingung entsprochen, dass sie die Schule nicht vernachlässigte – und den Gärtner nicht von seiner Arbeit abhielt. Doch die Schubkarre war so entsetzlich schwer und sie brauchte den guten, nährstoffreichen Boden, damit ihr Vorhaben eines Tages Wirklichkeit werden würde.

„Na, was hast du mit dem Beet vor? Verrätst du es mir?" fragte Tscharlie.

„Ich werde eine eigene Rosensorte züchten", sagte Charlotte bestimmt.

„Eine eigene Rosensorte?" Tscharlie lachte. „Das ist ja das Einfachste von der Welt. Komisch, dass ich noch nicht selbst darauf gekommen bin, eine eigene Rosensorte zu züchten. Aber ich bin ja nur der Gärtner und habe natürlich keinen blassen Schimmer von Blumen und Züchtungen."

„Du glaubst mir wohl nicht!" Charlotte wurde ärgerlich. Dass die Erwachsenen sie immer noch nicht ernst nahmen ... Immerhin war sie schon 17!

Tscharlie schaute ihr mit diesem Blick, den sie nicht leiden konnte, direkt in die Augen. „Ich glaube dir doch alles", sagte er, „so ein hübsches Gesicht wie deins kann bestimmt nicht lügen."

„Mit meinem Gesicht hat das gar nichts zu tun", erwiderte Charlotte, „sondern mit dem Biologieunterricht."

„Ach ja?"

„Schon mal etwas von den Mendel'schen Gesetzen gehört?" trumpfte Charlotte auf. Sie hatte nämlich im vergangenen Jahr tatsächlich alles zu diesem Thema verschlungen.

„Wie bitte?"

„Na siehst du." Charlotte war zufrieden, als sie Tscharlies verständnisloses Gesicht sah.

Nachdem Tscharlie mit missmutiger Miene verschwunden war, machte sich Charlotte mit großem Eifer daran, den Mutterboden gleichmäßig auf dem Beet zu verteilen. Hier würde sie mit der Züchtung ihrer Rose beginnen und nicht eher mit ihrer Arbeit aufhören, bis sie die schönste und wildeste und aufsehenerregendste Rose aller Zeiten gezüchtet haben würde. Eine Rose, die in allen Eigenschaften ihrer geliebten Schwester Elisabeth gleichen würde.

Charlottes Augen füllten sich mit Tränen, als sie an ihre Schwester dachte. Von klein auf waren die beiden ein Herz und eine Seele gewesen, Elli und Lotti, Lotti und Elli. Wo die eine um die Ecke lugte, konnte die andere nicht weit sein. „Siamesische Zwillinge“ hatte Tscharlie sie immer genannt.

Charlotte vermisste ihre jüngere Schwester schmerzlich und konnte bis heute einfach nicht begreifen, was eigentlich passiert war. Warum hatte das Schicksal sie getrennt? Ihr Vater hatte tagelang und lautstark gezetert, nachdem er erfahren hatte, dass Elli schwanger war. Und dann war sie einfach fortgegangen, bei Nacht und Nebel, ohne ein Wort, ohne eine Nachricht, ohne einen Abschiedsbrief. Wie lange würde sie fortbleiben? Würde sie überhaupt jemals zurückkehren? Wo mochte sie in diesem Augenblick wohl sein? Hatte sie überhaupt ein Dach über dem Kopf?

Charlotte schluckte schwer und strich sich mit erdigen Fingern die dunklen Haare aus dem Gesicht. Wo auch immer Elli war, sie, Charlotte, würde sie nicht vergessen. Und sie würde den Glauben daran, dass sie sich eines Tages wieder in die Arme schließen, nicht verlieren. Niemals. Bis dahin würde sie ihre ganze Kraft der Züchtung ihrer Rose widmen, dem schönen, wilden, außergewöhnlichen Abbild ihrer Schwester. Das würde ihr Geschenk an Elli sein.

Charlotte beugte sich über den Kasten mit den Rosenstecklingen, griff vorsichtig hinein und betrachtete nachdenklich den ersten Setzling, bevor sie ihn zart in die frische Erde einsetzte. Sie war so konzentriert, dass sie es kaum bemerkte, als ein Schatten über sie fiel.

„Hast du noch mehr Mutterboden abgezweigt, Tscharlie?“ murmelte sie gedankenverloren. Erst, als sie keine Antwort bekam, blickte sie auf. Alfons! Das war Alfons! Ihr Alfons!

Charlotte sprang auf und umarmte den Freund. Sie hatten sich so lange nicht gesehen! Alfons erwiderte ihre Umarmung, aber bei weitem nicht so stürmisch. Er war eben nicht der Mensch, der seine Gefühle wie eine weit sichtbare Fahne vor sich hertrug. Dafür hatte das, was er sagte und tat, immer Hand und Fuß. Deshalb mochte sie ihn ja auch so gerne, und deshalb hatte sie ihm, als er vor drei Monaten den Fürstenhof Richtung Nordseeküste verlassen hatte, einen dicken Kuss zum Abschied aufgedrückt. Im Nachhinein hatte sie sich selbst ein wenig darüber gewundert. War er etwa mehr für sie als nur der gute Kamerad, mit dem sie Pferde stehlen konnte? Charlotte spürte, dass sich im Laufe des vergangenen Jahres irgendetwas zwischen ihnen verändert hatte – aber was das genau war, das konnte sie beim besten Willen nicht sagen.

„Alfons! Endlich bist du wieder zurück!“ Die Worte

sprudelten förmlich aus ihr heraus. „Hast du denn viel gelernt da oben im Hotel Maritim? Hast du Fische gefangen? Hast du mir Muscheln mitgebracht? Hast du überhaupt an mich gedacht? Über die Ansichtskarte habe ich mich riesig gefreut. Aber einen Brief hast du nicht geschrieben. Ich sollte wirklich böse mit dir sein, du untreuer Gesell!“ Charlotte stemmte die Arme in die Hüften und sah ihn streng an, aber ihre Augen und ihre roten Lippen lachten dabei.

Auch Alfons lächelte. „Ich habe immer an dich gedacht, Charlotte, immerzu“, sagte er, „aber zum Briefeschreiben hatte ich wirklich keine Zeit. Denkst du denn, ich hätte die drei Monate bei den Preußen auf der faulen Haut gelegen und Zeit gehabt, Briefe zu schreiben? Ich musste doch arbeiten und lernen. Und so leicht war es am Anfang nicht für mich. Ich musste denen doch beweisen, dass wir Bayern mindestens sehr gut, wenn nicht noch besser sind.“

„Und – sind wir es?“

„Die sind auch nicht schlecht da oben an der Küste“, erwiderte Alfons, „da kann man sich schon einiges abgucken. Aber ich sag dir eins: Von Knödeln und Schweinsbraten, davon verstehen diese Nordlichter nix.“

„Das sieht man“, sagte Charlotte und musterte Alfons spitzbübisch von oben bis unten. „Ganz abgemagert bist du, du Armer.“

„Macht nix“, versicherte Alfons, „so passe ich viel besser in meine neue Garderobe.“

„Wieso neu?“ fragte Charlotte neugierig.

„Dein Vater hat mich heute zum Etagenkellner befördert“, sagte Alfons mit einem Anflug von berechtigtem Stolz in der Stimme, „und das wird noch lange nicht das Ende meiner Laufbahn sein.“

„Oho, du willst wohl ganz hoch hinaus!“

„Selbstverständlich! Eines Tages werde ich Chefportier sein. Du wirst schon sehen!“

Charlotte lachte. Dass ihr Alfons einmal in der Uniform des Chefportiers hinter der Rezeption stehen und die Geschicke des Hauses und seiner Gäste von dieser Stelle aus begleiten könnte, konnte sie sich nicht so recht vorstellen. Da musste sie dann doch ganz schnell noch einen draufsetzen.

„Natürlich, du wirst der seriöseste Chefportier von Bayern sein!“

Nun mussten sie beide lachen. Charlotte bedeckte die Holzkiste mit den Stecklingen durch eine Plane, um sie vor der Sonne zu schützen, richtete sich auf und hakte sich bei Alfons ein. „Komm, wir machen einen kleinen Spaziergang. Hast du Zeit?“

Alfons nickte. „Also los.“

Zehn Minuten später gingen sie eingehakt einen der vielen schmalen Feldwege entlang, die das weiträumige Gebiet rund um den Fürstenhof durchzogen. Auf den Feldern wogte das goldene Korn in dicken Ähren. Die Ernte stand kurz bevor. Am Rande des Weges blühten roter Klatschmohn, blaue Kornblumen und saftig-gelbe Butterblumen einträchtig nebeneinander.

Die Lerche schien ihnen vom Fürstenhof aus gefolgt zu sein und begleitete sie weit oben am wolkenlosen Sommerhimmel mit wunderschönem Gesang. Vereinzelt ließ sich auch eine Heuschrecke mit dem charakteristischen Cellospiel ihrer Flügel vernehmen. Hummeln brummten träge durch die Luft, schwer beladen mit Nektar, den sie fleißig gesammelt hatten. Das einzige Geräusch, das nicht der Natur entstammte, war das weit entfernte Tuckern eines Traktors. Charlotte hatte im Gehen ihren Kopf an Alfons' Schulter gelegt und ließ sich von ihm führen.

„Es geht doch nichts über die Heimat", sagte Alfons, „ich bin so froh, dass ich wieder zuhause bin."

„Du bist nicht der Einzige, der darüber froh ist", ergänzte Charlotte und drückte sanft seinen Arm.

„Nun erzähl mir von dir! Wie ist das Schuljahr für dich zu Ende gegangen?" „Wichtig ist vor allem, dass jetzt nur noch die Oberprima dran ist. Und dann bin ich fertig."

„Und dein Zeugnis?"

Charlotte seufzte. „Zwei Vieren in Mathe und Physik. Ich kann dir sagen, das sind aber auch blöde Fächer. Nichts als Formeln, Formeln, Formeln. Da raucht einem der Kopf. In Französisch und Geschichte eine Drei. Der Rest Zwei."

„Das ist doch gar nicht übel."

„Papa hat natürlich gemeckert. Na, du kennst ihn ja,

er ist nie zufrieden. Ich könnte einen wesentlich besseren Notendurchschnitt haben, hat er gesagt."

„Dein Vater ist schon in Ordnung", sagte Alfons, „der will doch nur das Beste für dich."

„Ach was", begehrte Charlotte auf, „Papa ist so schrecklich altmodisch. Immer soll ich lernen und lernen und noch mal lernen. Aber eins sage ich dir …"

„Ja?"

„In einem Jahr bin ich fertig mit der Schule. Und dann mache ich, was ich will."

Sie waren stehen geblieben, weil sie an ein verschlossenes Gatter gekommen waren. Alfons kletterte schnell hinüber und fing Charlotte lachend auf, die ihm Angst vor dem großen Sprung vorgaukelte. Kichernd landete sie in seinen Armen. Einen Moment lang sahen sie sich tief in die Augen, dann griff Alfons den Gesprächsfaden schnell wieder auf.

„Und was willst du?" fragte er, nachdem sich Charlotte wieder bei ihm eingehakt hatte.

„Ich will bei Sonnenaufgang aufstehen, meine Kuh melken, Hühner und Gänse versorgen, dann meinen Gemüsegarten bestellen, mich um die Rosen kümmern und abends vor dem Häuschen auf der Bank sitzen und den Sonnenuntergang genießen."

„Klingt sehr idyllisch", grinste Alfons, „aber für meinen Geschmack auch eine Spur unrealistisch."

„Wieso denn das? Was meinst du?" Charlotte sah ihn verständnislos an.

„Immerhin bist du die Erbin des Fürstenhofs. Da kommen eine Menge Verpflichtungen auf dich zu. Denen kannst du dich ja nicht so einfach entziehen, denke ich mal.“

„Natürlich kann ich das“, sagte Charlotte im Brustton der Überzeugung, „wer soll mich denn daran hindern?“

„Du bist erst mit einundzwanzig Jahren volljährig“, erinnerte Alfons sie sanft, „bis dahin bestimmen deine Eltern, was du tust und was du lässt.“

„Ich lasse mir von Mama und Papa gar nichts sagen. Wenn ich erst dieses blöde Abitur in der Tasche habe, dann gehe ich einfach weg. Dagegen können sie gar nichts machen.“

„Ich weiß nicht ...“, zweifelte Alfons.

„Dafür weiß ich es aber bestimmt.“ Charlottes Augen funkelten angriffslustig. „Du wirst schon sehen.“

„Aber es ist doch eine interessante und spannende Aufgabe, die Geschicke des Fürstenhofs zu leiten. Denk doch nur an die große Verantwortung, die du dann trägst.“

„Ach, das sind nur Geschäfte und Konferenzen und Besprechungen und Telefonate und Briefe und ständig Ärger mit irgendwelchen Gästen“, sagte Charlotte und krauste die Nase.

„Den Ärger mit den Angestellten nicht zu vergessen“, schmunzelte Alfons.

„Ganz besonders den Ärger mit den neuen Etagenkellnern!“ Charlotte stupste Alfons mit dem Ellbogen in die Seite. „Ganz besonders den ganz besonderen Ärger mit dir.“

Sie löste sich von ihm, baute sich in ihrer ganzen Größe vor ihm auf und blickte ihm in die Augen. „Ach, Alfons! Es ist so schön, dass du wieder hier bist!“

Sie schlang beide Arme um den Freund, drückte ihn, so kräftig sie konnte, und spürte an ihrer Wange die winzigen Bartstoppeln seines Gesichts. „Ich bin so froh. Du darfst mich nie wieder so lange alleine lassen, das musst du mir versprechen!“

Alfons streichelte sanft ihre Schulter. Der junge, elastische Mädchenkörper, der sich an ihn schmiegte, ihre heiße Wange an seiner eigenen, machte ihn plötzlich nervös. Gerne hätte auch er sie umarmt und gedrückt, aber etwas in seinem Inneren hielt ihn davon ab.

Mit einem Mal schien sich alles verändert zu haben. Der unschuldige Zauber ihrer Kindheit und Jugend, in der sie miteinander auf Bäume geklettert, durch die Berge gewandert und über Felsen gekraxelt waren, schien etwas anderem gewichen zu sein. Alfons spürte plötzlich, dass Charlotte auf der Schwelle vom Mädchen zur Frau stand, und diese Erkenntnis ließ sein Herz bis in den Hals schlagen. Schnell machte er sich von ihr los.

„Ich muss jetzt zurück“, sagte er mit einem fast unhörbaren Zittern in der Stimme, „meine neue Uniform wartet schon auf mich.“

Als Charlotte und Alfons, nun nicht mehr eingehakt, über den knirschenden Kies des großzügigen Parkplatzes auf den Fürstenhof zugingen, fuhr ein silberfarbener Mercedes 250 SL vor und parkte schwungvoll ein. Leopold Hardenberg, ein sehr gut aussehender Mittzwanziger mit sonnengebräuntem Gesicht, stieg aus dem schnittigen Sportwagen und ließ die Tür lässig zufallen.

„Hallo Charlotte!“ rief er und kam auf die beiden zu.

Alfons verzog kaum merklich das Gesicht, beschleunigte seinen Schritt und verschwand wortlos, und ohne sich noch einmal umzudrehen, in Richtung Hoteleingang.

Inzwischen hatte Leopold Charlotte erreicht, nahm ihre Hand und deutete mit einer etwas übertrieben wirkenden Geste einen Handkuss an. „Wie schön, Sie wiederzusehen, junge Dame“, sagte er, ohne ihre Hand loszulassen, und dann, mit einem erstaunten Ton in der Stimme, „ich sehe, Sie haben sich der Gartenarbeit gewidmet?!“

„Sie sagen es. Ich habe ein wenig draußen gelesen, im einzigen Buch, das auf allen Blättern großen Gehalt bietet“, sagte Charlotte und bemühte sich, ihre Stimme so kühl wie möglich klingen zu lassen.

Natürlich sah Leopold sehr gut aus. Seine Manieren waren stets formvollendet, seine Kleidung immer elegant, sein Kinn glatt rasiert und die Finger perfekt manikürt. Und doch war da etwas an ihm, das Charlotte nicht leiden mochte. Sie hätte nicht einmal genau sagen können, was es war. Vielleicht einfach nur, dass sie ihn sich so gar nicht draußen in der Natur vorstellen konnte, nicht bei einem Spaziergang durch den Bergwald, nicht beim Kraxeln über spitzige Felsgrate, nicht einmal beim Pflücken einer besonders schönen Blume des Feldes. Und schon gar nicht in der Nähe ihrer Traumhütte, weitab jeglicher anderer menschlicher Behausung, nur den Tieren und den Pflanzen des Gartens hingegeben.

Leopold lachte verbindlich, als hätte ihr schnippischer Ton nicht ihm persönlich, sondern irgendjemand anderem gegolten. „Charlotte, Sie sind unwiderstehlich, wenn Sie Ihr Herz so geradeaus auf der Zunge tragen. Ihre unverstellte Natürlichkeit macht Sie ganz besonders reizvoll."

Da sie nun offensichtlich um eine Konversation nicht herumkam, aber mit Leopold auf keinen Fall über ihre eigenen, ihre ganz persönlichen Angelegenheiten, Wünsche und Träume sprechen wollte, musste sie das Gespräch schnell in eine andere Richtung lenken. „Sie waren einige Wochen nicht im Fürstenhof", sagte sie, „man hat Sie hier schon beinahe vermisst."

Vielleicht überhörte Leopold die Ironie von Charlottes Aussage, vielleicht nahm er sie auch gar nicht wahr. „Geschäftsreise", sagte er, „ich war in London. Ich sage Ihnen, Charlotte, diese Engländer sind vollkommen verrückt geworden. Auf der einen Seite, wenn man sie an der Börse und im Geschäftsleben trifft, erste Qualität. Ich liebe diese Bowlerhüte und gedeckten Anzüge, wenn ich das sagen darf, sie symbolisieren eine durch Jahrhunderte gefestigte und liebenswerte Tradition. Aber wenn man durch die Einkaufsstraßen oder andere Viertel der Stadt geht, ist es entsetzlich. Da scheint sich niemand mehr um das Ansehen dieser einstmals so großen Nation zu scheren."

„Tatsächlich?"

„Denken Sie nur, junge Männer mit Haaren bis weit über den Hemdkragen! Um irgendwelche Konventionen, was die Kleidung betrifft, scheint sich die englische Jugend keinen Deut mehr zu scheren. Die Mädchen tragen so kurze Röcke, dass man rot werden möchte vor Scham. Von der aktuellen Musikkultur möchte ich gar nicht reden."

„Von welcher Musik?"

„Sie wissen schon, Charlotte, diese Beatlesmusik, die inzwischen ja auch schon zu uns herübergeschwappt ist. Nun ja, es bleibt die Frage, ob man in diesem Zusammenhang überhaupt das Wort Musik benutzen sollte. In meinen Ohren ist das nichts als Affengeschrei, unterlegt von einem nervtötenden Gemisch aus Urwaldtrommeln und disharmonischen Gitarrenakkorden."

„Ach, Sie meinen die Beatles?" Charlotte gab sich ahnungslos.

„Die Beatles, die Rolling Stones, wie sie alle heißen mögen."

„Immerhin kennen Sie die Namen!"

„Es führt leider kein Weg daran vorbei. Selbst bei

wichtigen Konferenzen wird darüber gesprochen. Selbst die Engländer, die etwas auf sich halten, sind geradezu gezwungen, darüber zu sprechen. Denn es droht ja, das darf man nicht übersehen, ein vollständiger Zerfall der etablierten Kultur. In den höchsten Etagen von Wirtschaft und Politik macht man sich Sorgen. Ernsthafte Sorgen, wie ich sagen muss."

„Gut, dass ich mir nicht solche Sorgen machen muss", sagte Charlotte.

Leopold lächelte verständnisvoll, als hätte er ein kleines Kind vor sich. Vielleicht war sie das auch in seinen Augen: ein Kind, das nichts von der Welt verstand und von den Erwachsenen geführt werden musste. „Entschuldigen Sie bitte, Charlotte, ich wollte Sie wirklich nicht mit diesen Dingen behelligen. Das kann Sie ja gar nicht interessieren. Warum auch sollte sich solch ein hübsches Köpfchen Gedanken über Wirtschaft und Politik machen müssen? Ich hoffe, Sie können mir noch einmal verzeihen."

„Ausnahmsweise", nickte Charlotte gnädig, „und jetzt muss ich zurück in den Garten. Die Rosenstecklinge rufen."

„Es war mir ein ausgesprochenes Vergnügen", Leopold nahm schon wieder ihre Hand und behielt sie für eine Sekunde zu lang in der seinen, „ich hoffe, wir begegnen uns recht bald wieder."

„Das wird sich kaum vermeiden lassen."

Leopold lachte schon wieder. Unpassend, befand

Charlotte. Dann drehte er sich um und ging schnell über den Kies auf den Hoteleingang zu.

Charlotte lenkte ihre Schritte in Richtung Garten. Es war nicht nur dieser merkwürdig gestelzte Ton von Leopold, der ihr auf die Nerven ging – als wäre er 126 Jahre alt statt 26 Jahre! Es war besonders das, was er über die Musik gesagt hatte. Von ihrem, wie sie fand, viel zu knappen Taschengeld hatte sie sich nämlich gerade ihre zweite Langspielplatte von den Beatles gekauft, „Rubber soul“. In ihrem Zimmer hing sogar ein Foto von Paul McCartney. Sie war ganz und gar vernarrt in seine großen, dunklen, immer etwas traurig wirkenden Augen. Und eins stand für sie felsenfest: Wenn Paul nicht so sehr mit dem Musikmachen beschäftigt wäre, würde er sicherlich ein Leben weitab jeden geschäftlichen Getriebes bevorzugen. Manchmal stellte sie sich vor, wie er neben ihr saß, abends, auf der Holzbank vor der Hütte, nach getanem Tageswerk. Er würde sich zu ihr umdrehen, sie mit seinen großen, dunklen Augen anschauen und sagen …

Doch jetzt wollte sie nicht träumen. Jetzt musste sie die Stecklinge setzen. Für Ellie und für sie selbst. Ach, wo steckte Elli nur? Wo hatte ihr Weg sie hingeführt?

Der vierte Platz am Tisch war nicht eingedeckt, und auch sonst wies nichts darauf hin, dass hier vor nicht allzu langer Zeit zwei Töchter mit ihren Eltern beim Abendbrot zusammen gegessen hatten.

Seitdem Ellie nicht mehr da war, hatten die Abendessen allen Spaß für Charlotte verloren. Da war keine jüngere Schwester mehr, mit der sie viel sagende Blicke tauschen oder die sie mit dem Fuß unter dem Tisch anstupsen konnte. Auch hatte sie niemanden mehr, mit dem sie sich im Streitfall gegen die Eltern hätte verbünden können. Ganz besonders hatte sie niemanden mehr, mit dem sie lustig herumalbern konnte, so lange, bis Papas Stimme streng wurde, was weiteres, mühsam unterdrücktes Kichern zur Folge hatte. Sie waren trist geworden in Charlottes Augen, diese Abendessen.

„Noch ein Jahr, dann hast du dein Abitur", sagte ihr Vater gerade, „und dann beginnt der Ernst des Lebens."

Charlotte stöhnte unhörbar auf. Der Ernst des Lebens hatte schon so oft begonnen, zum ersten Mal, als sie eingeschult worden war. Sie konnte sich noch ganz genau daran erinnern, als Papa ihr diese Worte gesagt hatte, damals, vor dem roten fremden Backsteingebäude, das sich Volksschule nannte. Zum zweiten Mal hatte er begonnen, als sie nach der vierten Klasse aufs Gymnasium wechselte. Nun stand also schon wieder ein neuer Ernst des Lebens bevor. Charlotte fragte sich, wie oft sie das wohl noch hören würde.

Papas Worte wären ein trefflicher Anlass gewesen, Ellie viel sagende Blicke zuzuwerfen und die Augen zu verdrehen. Aber jetzt musste sie es zu ihrem Leidwesen ganz alleine durchstehen.

„Dann bist du achtzehn Jahre alt", fuhr Clemens fort, „und ich frage mich ernstlich, ob du dann schon so weit sein wirst, erste Verantwortung im Fürstenhof zu übernehmen."

Charlotte versuchte das Thema zu wechseln, weil sie ahnte, was jetzt kommen würde. „Lass mich doch erst mal das Abitur machen!" knurrte sie leise, aber ihr Vater schien sie gar nicht zu hören.

„Es gibt natürlich auch noch eine weitere Möglichkeit", sagte Clemens.

Eine andere Möglichkeit? Worauf wollte er hinaus? Von ihrem heimlichen Traum, der einsam gelegenen Hütte am Rand der Berge, hatte sie bisher einzig und allein Alfons erzählt. Und der hätte niemals mit ihrem Vater darüber gesprochen, da war sie ganz sicher.

„Denn du bist dann nicht nur mit der Schule fertig, liebe Charlotte", sagte Clemens, „mit achtzehn Jahren bist du auch im besten heiratsfähigen Alter."

Ach du meine Güte! Heiraten! Charlotte konnte nicht anders, als ihren Vater völlig entgeistert und mit großen Augen anzuschauen. Clemens jedoch interpretierte ihren fassungslosen Blick ganz anders.

„Ich sehe, auch dir ist dieser Gedanke schon durch den Kopf gegangen", nickte er, „und ich frage mich, ob du bereits jemand Bestimmten ins Auge gefasst hast."

Charlotte war von Papas Eröffnungen derart verdattert, dass sie spontan beschloss, dieses Gespräch ins Lächerliche, ins ganz und gar Absurde zu ziehen. Dann würde Papa schon verstehen, dass sie meilenweit davon entfernt war, überhaupt ans Heiraten zu denken. Also gut: Wer war der unmöglichste Kandidat? Wer kam nun überhaupt nicht in Frage? Wen würde sie wirklich *niemals* heiraten? „Leopold Hardenberg", stieß sie abrupt hervor und erwartete, dass die Eltern sich gleich vor Lachen krümmen würden, weil sie solch einen hervorragenden Witz gemacht hatte.

Doch was passierte? Mama wiegte mit einem lautlosen Lächeln bedächtig den Kopf hin und her. Papas Augenbrauen sprangen erfreut in die Höhe und seine Mundwinkel strafften sich zu einer befriedigten Miene.

„Der junge Hardenberg, so, so. Ich muss sagen, Charlotte, dass deine Wahl mich nicht überrascht. Auch ich selbst hatte an ihn gedacht. Es ist ja niemandem hier entgangen, dass dieser hoffnungsvolle junge Mann dir seit längerem den Hof macht."

Oh nein. Da hatte sie sich ja ein schönes Eigentor geschossen! Für die Eltern war das gar kein Witz. Sie dachten allen Ernstes an eine solche Heirat!

„Wenn ihr beide heiraten solltet, wärst du aller Zukunftssorgen ledig", sprach Clemens ungerührt weiter, „Leopold ist jetzt schon, trotz seiner Jugend, ein äußerst fähiger Geschäftsmann und verfügt über die besten Verbindungen, auch international."

Clemens beugte sich vor und dämpfte die Stimme, als würde er jetzt ein großes Geheimnis verraten. „Von den vielen Millionen Mark und den Tausenden von Hektaren wertvollsten Grundbesitzes, die er einmal erben wird, gar nicht zu reden."

„Und er sieht so gut aus", schaltete sich Ursula ein, „die jungen Frauen müssen ihm scharenweise nachlaufen. Von seinen perfekten Manieren war ich schon immer sehr angetan. Ein Schwiegersohn, wie er im Buche steht."

Charlottes Magen krampfte sich plötzlich zusammen und jeder Appetit war verschwunden. Sie schob ihren Teller von sich. Was hatte sie getan? Sie hatte doch nur einen Witz machen wollen. Einen kleinen, harmlosen Scherz! Und plötzlich war ihr, als hätte sich eine Schlinge um ihren Hals gelegt – nein, als hätte sie selbst sich das Hanfseil über den Kopf gezogen! Sie rang nach Luft.

„Was ist denn los, mein Kind?" fragte Ursula und sah sie besorgt an, „hast du etwas in den falschen Hals bekommen?"

„Ich ..." Charlotte sprang auf.

„Mir ist auf einmal ganz schlecht", brachte sie mit schwacher Stimme hervor.

„Das kommt davon, wenn du den ganzen Tag bei dieser Gluthitze in deinem Beet arbeitest", sagte Clemens streng, „ich dachte mir schon, dass dies keine gute Idee war. Wir hätten es dir doch nicht erlauben sollen."

„Nein, nein", stammelte Charlotte in letzter Not, denn ihre Rosenzucht durfte sie auf keinen Fall gefährden. „Es müssen die Beeren gewesen sein, die ich auf dem Spaziergang gepflückt und gegessen habe. Die Arbeit im Garten tut mir nur gut. Darf ich jetzt gehen? Ich brauche nur etwas frische Luft."

Ursula nickte. Clemens brummte zustimmend. Charlotte drehte sich um, ging hinaus und schloss die Esszimmertür hinter sich. Im Flur lehnte sie sich mit dem Rücken gegen die Wand und atmete erst mal tief durch. Was hatte sie da nur wieder angerichtet? Das war ja die reinste Katastrophe. Sie brauchte jetzt ganz dringend jemanden, mit dem sie reden, dem sie ihr Herz ausschütten konnte. Wem konnte sie sich anvertrauen, jetzt, wo Ellie nicht mehr da war? Wer würde Verständnis haben für sie? Wem konnte sie ihre innersten Gefühle offenbaren? Gab es überhaupt noch einen Menschen auf der Welt, mit dem sie ihre Geheimnisse teilen durfte? Ja, natürlich! Einen Menschen gab es. Alfons.

Der frischgebackene Etagenkellner hatte seine neue Uniform sorgfältig auf einen Bügel gehängt und ihn an der Kante des schmalen Kleiderschranks eingehakt. So konnte er sie in aller Ruhe prüfen und mit der Kleiderbürste die letzten Fussel entfernen, die außer ihm niemand hätte sehen können, denn es gab keine. Sie war heute Mittag aus der hauseigenen Wäscherei gekommen und sah picobello aus. Aber Alfons wollte sichergehen, dass bei seinem Dienstantritt alles, wirklich alles zu hundert Prozent stimmte. Er durfte sich keine Fehler erlauben. Wenn er eines Tages Chefportier des Fürstenhofs werden wollte – und genau das war sein großes Ziel –, musste er auf jeder der vielen Stationen dieses Weges sein Bestes geben.

Er war so konzentriert mit seiner neuen Livree beschäftigt, dass er die heraufeilenden Schritte auf der schmalen Treppe nicht gehört hatte. Dementsprechend erschreckt fuhr er herum, als die Tür zu seiner kleinen Dachkammer aufgestoßen wurde. Es war Charlotte, die mit bleichem Gesicht und rotgeränderten Augen hereinkam. Sie drückte die Tür sorgfältig hinter sich ins Schloss und ließ sich mit einem lauten und langen Seufzer auf das Bett fallen.

„Ach Alfons, es ist alles so furchtbar schrecklich!“

Alfons kannte Charlotte lange genug, um zu wissen, dass etwas vorgefallen sein musste, wenn sie so in sein Zimmer gestürmt kam. Also ließ er die Uniform Uniform sein, schob den einzigen Stuhl der Dachkammer ans Bett und setzte sich Charlotte gegenüber. „Was ist denn passiert?“

Charlotte war so außer sich, dass die Worte völlig ungeordnet aus ihrem Mund sprudelten und Alfons sich selbst einen Reim auf alles machen musste. Es lief darauf hinaus, dass die Eltern Charlotte mit Leopold Hardenberg verheiraten wollten.

Das überraschte Alfons nicht besonders. Ihm war schon vor seiner Abreise an die Nordsee aufgefallen, dass Charlottes Vater von dem karrierebewussten jungen Mann sehr angetan gewesen war. Einige Male hatte er die beiden in vertrautem Gespräch beieinander stehen sehen. Und ganz ohne Zweifel erreichte Charlotte bald ein Alter, in dem jeder Vater für seine Tochter die beste Partie suchen musste. Doch jetzt ging es nicht um die Pläne des Vaters, jetzt ging es darum, Charlotte wieder neuen Lebensmut einzuflößen.

„Es ist doch noch gar nichts passiert", unterbrach Alfons schließlich ihren Redefluss, „bis du achtzehn wirst, wird noch viel Wasser die Donau hinunterfließen. Wer weiß, was in der Zwischenzeit alles geschieht."

„Ich hasse diesen Leopold. So ein eingebildeter Fatzke. So ein schmieriger Schleimer." Charlotte verzog angeekelt ihr Gesicht.

„Niemand kann dich zwingen, ihn zu heiraten."

„Aber Papa will mich zwingen, ich weiß es genau", beharrte Charlotte, „und Mama ist auch ganz hin und weg von ihm. Sie schwärmt die ganze Zeit von seinen ach so perfekten Manieren …" Charlotte ließ den Kopf sinken. Alles war schrecklich und furchtbar.

Alfons wusste, dass jetzt nur eines helfen würde: Er musste sie ganz schnell ablenken und auf andere Gedanken bringen. Wovon hatte sie ihm auf dem Spaziergang die ganze Zeit so begeistert erzählt? „Hast du eigentlich deine Stecklinge noch alle gesetzt?" fragte er beiläufig.

„Natürlich habe ich das. Was denkst denn du?" antwortete Charlotte trotzig.

„Was genau bedeutet eigentlich ‚Clair de Lune'?" hakte Alfons vorsichtig nach. Charlotte hatte ihm erzählt, dass sie ihrer Rose diesen französischen Namen geben wollte.

„Ich durchschaue dich." Alfons fing sich einen wütenden Blick ein. „Du willst mich nur ablenken."

„Aber nein. Ich will nur wissen, was der Name bedeutet", murmelte er so unschuldig wie möglich.

„Es bedeutet ... Mondlicht", antwortete Charlotte ein wenig sanfter. „Aber den blöden Leopold werde ich auf gar keinen Fall heiraten!"

„Natürlich wirst du ihn nicht heiraten, wenn du das nicht willst", pflichtete Alfons ihr bei, „ganz bestimmt nicht. Aber sag mal, wie bist du denn auf diesen Namen für deine Rose gekommen?"

Charlotte schniefte. Dann atmete sie ganz tief aus und wieder ein. „Das Licht des Mondes ist so fern und doch so nah in der dunklen Nacht. Ellie ist mir so fern, weil ich nicht weiß, wo sie ist und wie es ihr geht. Gleichzeitig ist sie mir aber so nah, als wäre sie gar nicht fort. Ich höre noch immer ihre Stimme, wenn ich alleine bin und jemanden brauche zum Sprechen. In weiter Ferne so nah, das ist das Mondlicht. So nah und doch so weit entfernt, das ist Ellie für mich."

„Und was denkst du, wie deine Clair de Lune einmal aussehen wird?" bohrte Alfons weiter.

„Sie wird stachlig sein und widerborstig, so wie Ellie, wenn sie nicht das gekriegt hat, was sie wollte." Eine sanfte Röte hatte Charlottes Gesicht überzogen. Sie war jetzt ganz in ihrem Element. „Und sie wird ganz wilde

Blüten haben. Wenn Elli sich für etwas begeistert hat, dann ist sie auch immer aufgeblüht."

„Und welche Farbe wird sie haben?" Alfons hörte Charlotte aufmerksam zu.

„Oh, das wird schwierig werden und ich weiß nicht, ob ich es hinkriege. Violett und gelb sollen die Blütenblätter sein."

„Violett und gelb?"

„Violett für das Dunkle, den Nachthimmel, für die Ferne. Gelb für das Licht, für die Wärme und für die Nähe. Aber das wird ganz schwierig. Es kann sein, dass es ein paar Jahre dauert, bis es klappt. Rosen zu züchten ist nicht so einfach."

„Aber ich bin sicher, dass du es schaffst", bestärkte sie Alfons, „du hast so einen starken Willen und solch eine bewundernswerte Energie."

Charlotte lächelte. „Alfons, du bist so lieb. Ich weiß gar nicht, wie du es geschafft hast, mir plötzlich wieder Mut zu machen."

„Das warst du selbst, Charlotte, mit deinem Vorhaben, mit deinen wunderbaren Ideen. Ich bin wirklich beeindruckt von deiner Clair de Lune. Und ich bin sicher, dass sie die schönste Rose wird, die man sich nur denken kann."

Charlotte setzte sich auf und nahm Alfons' Hand. „Wenn du bei mir bist, werde ich dieses Jahr gut überstehen", lächelte sie dankbar, „und an irgendeine Heirat will ich jetzt gar nicht mehr denken. Wenn ich mein Abitur gemacht habe, bin ich endlich frei! Und dann gehen wir gemeinsam weg. Eine einsame Hütte, wir beide und meine Rose und die Tiere und der Garten und der Sternenhimmel über uns."

Alfons runzelte die Stirn. „Du denkst aber schon daran, dass ich hier im Fürstenhof bleiben will?! Wenn die Stelle des Chefportiers in ein paar Jahren neu besetzt werden muss, möchte ich schon gerne die erste Wahl deines Vaters sein."

„Ja, ja", sagte Charlotte lachend und klimperte mit ihren langen Wimpern. „Du wirst schon sehen. Hast du nicht eben selbst meinen starken Willen erwähnt?"

Alfons antwortete nicht. Kommt Zeit, kommt Rat, dachte er sich und war froh, dass er Charlotte von ihren trüben Gedanken hatte ablenken können. Jetzt mit ihr über irgendwelche ungelegten Eier zu streiten, wäre die reinste Zeitverschwendung.

Doch dann beugte Charlotte sich plötzlich vor und drückte ihm einen Kuss auf die Lippen. Alfons wusste nicht, wie ihm geschah. Ihre Lippen waren so weich und so sanft und schmeckten süßer als Honig. Er hätte sie für ewig auf den seinen spüren mögen. Aber da war Charlotte schon aufgestanden.

„Du hast ja einen ganz roten Kopf", lachte sie, „wohl noch nie einen Kuss von einer bald heiratsfähigen jungen Dame bekommen!"

Und schon war sie aus der Tür geschlüpft und hatte Alfons alleine gelassen.

Da saß er nun auf seinem hölzernen Stuhl in seiner kleinen Dachkammer und schmeckte immer noch ihre Lippen. Was genau passiert war und warum sie ihn geküsst hatte, wusste er nicht. Aber dass sein Herz bis zum Hals hinauf klopfte und dass seine sonst so ruhigen Hände zitterten, das war eine unzweifelhafte Tatsache.

Er richtete seinen Blick auf die Uniform, die makellos am Schrank hing. Doch auch sie hatte keine Antwort auf die Fragen, die ihn bedrängten. Warum ging ihm – auch schon vor dem eben erhaltenen Kuss – ihr Gesicht nicht aus dem Kopf? Warum hatte er in den Sand des Nordseestrandes immer wieder den Namen Charlotte geschrieben? Wie hatte sich ihre Jugendfreundschaft entwickelt, die ihn mit Charlotte so lange verbunden hatte? War es wirklich nur noch eine Freundschaft gleich gesinnter Seelen? Oder würde vielleicht etwas ganz anderes daraus werden? Aber was?

Es war ein sonniger Sonntagnachmittag. Alfons streifte durch das Hotel, obwohl es nichts für ihn zu tun gab. Sein Dienst als Etagenkellner begann erst morgen. Aber gewissenhaft, wie er nun einmal war, fand er doch ständig etwas, was sich noch ein wenig verbessern ließ. Hier rückte er einige Blumen in der Vase zurecht, dort fand er einen vergessenen Spazierstock, den er zur Rezeption brachte. Seine Augen waren überall.

Im Foyer des Hotels, im Restaurant, ja, selbst auf

der Terrasse waren um diese Zeit nur wenige Menschen anzutreffen, und Alfons wunderte sich ein wenig, bis ihm einfiel, dass gerade das Endspiel der Fußballweltmeisterschaft übertragen wurde. Im berühmten Wembley-Stadion kämpften England und die Bundesrepublik Deutschland um den begehrten Titel. Alfons jedoch hatte keine Zeit für solche Sperenzchen. Lieber nutzte er die Gunst der Stunde, um seinem Fürstenhof den letzten Schliff zu geben.

Als er im Foyer gerade die von den Gästen im Laufe des Vormittags gelesenen Zeitungen wieder in Form brachte und ordnete, kam Charlotte auf ihn zu.

„Ja, sag mal, was machst du denn noch hier? Kein Fußball?“

Alfons winkte ab. Charlotte kam offensichtlich aus dem Garten, denn sie trug noch eine grüne Gärtnerschürze und in der Hand hielt sie eine Blumenschere.

„Mich interessiert das auch nicht besonders“, sagte sie, „aber die letzten zwanzig Minuten will ich mir doch anschauen. Das soll ja der spannendste Teil sein. Weißt du was? Du kommst einfach mit!“

Und ehe Alfons sich dagegen wehren konnte, hatte sie ihn schon bei der Hand gepackt und zog ihn einfach mit sich fort.

Im Wohnzimmer saßen Charlottes Eltern mit Leopold Hardenberg zusammen und schauten sich das Spiel an. Sie drehten nur kurz die Köpfe zur Tür, als ihre Tochter mit Alfons hereinkam, dann wandten sie sich wieder dem Bildschirm zu, auf dem die Fußballspieler den Ball hin und her kickten.

Charlottes Eltern hatten keine Probleme damit, dass sie ihren Jugendfreund Alfons mit in die Privaträume brachte. Sie schätzten Alfons, seine Aufrichtigkeit, seinen nie erlahmenden Eifer und seine Disziplin sehr.

Leopold hingegen zog pikiert die Augenbrauen hoch und machte seinen Gefühlen Luft. „Ich glaubte, dass den Dienstboten eine Möglichkeit gegeben worden wäre, sich das Spiel in ihren eigenen Kreisen anzuschauen."

Der Ton seiner Stimme war scharf und seine Worte klangen unbarmherzig, doch Alfons ließ sich davon nicht einschüchtern.

„Ich glaubte", ahmte er Leopolds Worte nach, jedoch ohne jede Schärfe in der Stimme, „ich glaubte, dass vor Gott alle Menschen gleich sind. Und ich bin sicher, dass der Fernseher immer noch nicht höher steht als der liebe Herrgott. Selbst wenn man manchmal den Eindruck bekommt, dass es heutzutage anders ist."

Ursula, die mit einer Stickarbeit beschäftigt war und nur ab und zu ihren Blick auf den Bildschirm richtete, musste schmunzeln.

„Wie steht es denn jetzt?" fragte Charlotte schnell, um der Konfrontation den Wind aus den Segeln zu nehmen.

„Zwei zu zwei", ließ sich Clemens vernehmen, „und es sieht so aus, als würde das Spiel gleich in die Verlängerung gehen, zum ersten Mal in der Geschichte. Setzt euch also einfach hin und haltet endlich den Mund.“ Papa duldete ungern eine Störung, wenn er – was wegen seiner beruflichen Belastung selten genug vorkam – vor dem Fernseher saß.

Charlotte und Alfons zogen sich zwei Stühle vom Tisch heran und nahmen Platz, und Charlotte musterte ihren Freund still von der Seite. Es imponierte ihr schon sehr, wie Alfons die Bemerkung von Leopold pariert hatte. Er war nicht aufsässig oder frech geworden, hatte auch keineswegs die Beherrschung verloren, sondern einfach geradeheraus seine Meinung gesagt. Sie selbst war derart verblüfft über Leopolds Worte gewesen, dass ihr spontan nichts dazu eingefallen war. Aber wenn, da war sie sicher, hätte sie es niemals in diesem ruhigen, sachlichen Ton herausgebracht, den Alfons angeschlagen hatte.

Das Spiel ging tatsächlich in die Verlängerung und wurde dann noch einmal richtig spannend. Am Ende hatte die deutsche Mannschaft zwei zu vier verloren und die englischen Fußballspieler bekamen den Pokal von Elisabeth II. persönlich überreicht, wobei sie jedem Einzelnen die Hand schüttelte. Aber auch den deutschen Spielern wurde als Vizeweltmeister die Ehre zuteil, die königliche Hand gereicht zu bekommen.

Clemens und Leopold diskutierten während der Übergabe des Pokals das entscheidende dritte Tor der Engländer, welches in ihren Augen nie und nimmer ein reguläres Tor gewesen war. Sie schoben alle Schuld auf den Schiedsrichter, der eine katastrophale Fehlentscheidung getroffen hatte. Aber zu ändern war das nun auch nicht mehr.

Als nach Ende der Fernsehübertragung alle aufgestanden waren, trat Leopold auf Alfons zu. „Ich hatte das vorhin nicht persönlich gemeint“, sagte er und legte gönnerhaft seine Hand auf Alfons’ Schulter, „weil mir sehr bewusst ist, dass Sie Charlottes Jugendfreund sind. Dies wollte ich Sie nur kurz wissen lassen.“

Alfons nickte nur gelassen, dann verabschiedete er sich von Charlotte und den Eltern und ging. Charlotte aber kochte innerlich. Dieser Widerling von Leopold glaubte doch wirklich, dass er seine impertinente Bemerkung mit dieser läppischen Entschuldigung aus der Welt schaffen konnte! Sie blieb bei ihrer Meinung, dass er ein arroganter und aufgeblasener Schnösel war. Egal, wie viel angeblich wohlklingende Worte er von sich gab. Alfons dagegen, der war echt. Der ließ sich nicht so leicht einschüchtern. Es gab so viele Dinge, die sie ihm noch sagen musste!

Die Gelegenheit ergab sich am Abend, kurz vor Sonnenuntergang, als Alfons noch ein wenig frische Luft schnappen und sich draußen die Beine vertreten wollte. Er spazierte ganz alleine vor sich hin, als Charlotte plötzlich neben ihm auftauchte und ihren Arm unter den seinen schob. Sie äußerte sich sehr abfällig über Leopold und lobte Alfons’ Geistesgegenwart bei der nachmittäglichen Fernsehübertragung. Er wusste dazu nichts zu sagen, denn in seinem Kopf tauchten plötzlich, als er Charlotte so dicht neben sich spürte, wieder all die Fragen auf, die ihn schon am Abend vorher beschäftigt hatten.

So kam es ihm sehr gelegen, dass Charlotte mit einem Mal in Gedanken wieder mit ihrer Rose beschäftigt war und ungebremst darüber plauderte. So konnte er nicken und zustimmend vor sich hinbrummeln, während er sich in seinem eigenen Kopf darüber Gewissheit verschaffte, was als starker Verdacht seit gestern Abend – nach Charlottes Kuss – in ihm rumorte. Dieser starke Verdacht lautete: Ich bin verliebt. Allerdings war ihm – ebenfalls seit gestern Abend – nicht klar, ob das auch wirklich stimmte. Und, wenn ja, wie er damit umgehen sollte.

„Ich habe mir gedacht", überlegte Charlotte gerade laut, „dass die Clair de Lune nicht nur für mich da sein darf. Da würde ich mir doch viel zu egoistisch vorkommen."

„Aha", sagte Alfons, der Charlottes Arm an seinen gepresst spürte. Dabei war es ihm, als hätte sie eine merkwürdige Art von Fieber. Denn warum sonst sollte ihr Arm eine Hitze ausstrahlen, die ihn von Sekunde zu Sekunde mehr ins Schwitzen brachte? Erschwerend kam hinzu, dass sie ihren Kopf während des Gehens an seine Schulter gelegt hatte. Der Duft ihres Haars kitzelte süß in seiner Nase. Alfons musste an den gestrigen Kuss, an ihre sanften Lippen denken. Heiße und kalte Schauer liefen ihm den Rücken hinunter.

„Also wird mir nichts anderes übrig bleiben", fuhr Charlotte fort, „als sie auch für andere Menschen zu züchten. Wenn die Rose gut ist für mich, wird sie auch andere erfreuen können. Das wiederum bedeutet, dass wir ganz anders planen müssen. Weniger Platz für Gemüse und Obst, mehr Platz für die Rosenbeete. So einfach ist das."

„Ja", sagte Alfons, der ihre Worte kaum gehört hatte. Was würde passieren, wenn er jetzt stehen bliebe, Charlotte zu sich umdrehte und sie küsste? Nichts anderes würde er im Moment lieber tun. Aber was würde *sie* dazu sagen? Wenn es ihr gar nicht gefiel? Wenn ihr Kuss von gestern Abend nur einer ihrer vielen Launen entsprungen war? Er wusste doch überhaupt nicht, was sie wirklich für ihn empfand!

„Wenn ich Leopold nicht heirate", spann Charlotte ihre Gedanken fort, „muss ich logischerweise auch auf mein Erbe verzichten. Aber das ist mir ganz egal. Ein freies und selbstbestimmtes Leben ist mir allemal lieber als dieses ewige Scharwenzeln um die Gäste vom Fürstenhof und diese ständigen Verhandlungen mit unzuverlässigen Lieferanten, über die Papa immer so stöhnt. Nein! Ich will meine Rosen züchten und viele, viele Menschen durch ihren Anblick glücklich machen! Und du kannst mir dabei helfen. Wir beide zusammen können doch alles schaffen!"

Wir beide zusammen? Alfons schrak auf. Jetzt musste es gleich passieren! Er würde sie in die Arme nehmen, sie ganz fest umarmen, seinen Mund auf ihre Lippen drücken, sie küssen und küssen und küssen … Niemand war verwunderter als Alfons selbst, als er sich stattdessen sagen hörte: „Das sind doch deine Träume. Schöne Träume, gute Träume, aber letztlich doch nur Wunschvorstellungen. Jugendliche Schwärmereien, Charlotte, die mit der Realität nichts zu tun haben, das ist ja leider klar."

Charlotte lachte. Ein freundliches, ein optimistisches, ein herzerfrischendes Lachen. „Alfons, du kennst mich doch besser … Wenn ich mir etwas in den Kopf setze, dann kann ich es auch in die Wirklichkeit umsetzen. Dafür sind Träume da. Dass man sie träumt, dass man daran arbeitet und dass man sie verwirklicht. Ich wünschte so sehr, du würdest mir dabei helfen."

„Ich liebe die Natur genauso wie du", erwiderte Alfons, in dessen Inneren die merkwürdigsten Gefühle miteinander kämpften, „aber wir müssen doch den Tatsachen ins Auge sehen. Du und ich …"

„Ja?"

„Wir beide …"

„Ja?"

„Das ist doch völlig unmöglich."

Und wieder lachte Charlotte. Sie blieb stehen, wand sich aus seinem Arm und drehte sich zu ihm um. Nun standen sie einander gegenüber. Ihre Augen leuchteten ihn an, ihre Nasenflügel bebten leicht und ihre süßen Lippen schienen so rot wie der Mohn.

„Unmöglich gibt es nicht“, stellte Charlotte klar, „das akzeptiere ich nicht, dass du es nur weißt.“

Warum nahm er sie jetzt nicht einfach in die Arme und küsste sie?

„Aber ich werde es dir schon noch beibringen“, setzte sie nach, „du wirst dich noch wundern, was eine Frau alles erreichen kann, wenn sie es will.“

Jetzt!

„Was bist du doch nur für ein sturer Kerl, Alfons.“

Jetzt!!!

„Ich weiß wirklich nicht, warum ich dich so furchtbar gerne habe.“

Von einer Sekunde zur anderen war der Zauber vorbei. Der Moment, in dem er sie hätte umarmen und küssen können, war verflogen. Warum das so war, konnte Alfons nicht sagen. Überhaupt, er konnte gar nichts mehr sagen. In seinem Kopf herrschte das reinste Chaos. Er wusste in diesem Augenblick buchstäblich nicht mehr, wo vorne und hinten, wo oben und unten war. Als drehte sich die Erde um ihn wie ein Kreisel, als würde die untergehende Sonne über den Bergen hin und her springen wie ein Gummiball, als würden die Bäume ihm mit ihren Wurzeln zuwinken.

„Aber ich habe dich einfach furchtbar gerne“, sagte Charlotte, lächelte ihn an, nahm seinen Kopf zwischen ihre Hände, zog ihn zu sich heran, drückte ihm einen dicken Schmatz auf den Mund, ließ ihn wieder los und sprang davon, ohne sich noch einmal umzusehen.

Alfons stand da wie eine Salzsäule. Wenn ihn jemand gefragt hätte, wie viel eins und eins ist, hätte er wahrscheinlich drei gesagt.

Die letzten Sonnenstrahlen leuchteten über den Berggipfeln. Aus dem nahen Wald rief ein Käuzchen. Ganz leise und aus weiter Ferne das melodische Klingen vereinzelter Kuhglocken. Die letzten Schwalben jagten am Himmel über den Feldern.

Schließlich rührte sich Alfons wieder. Er begann loszugehen, erst ganz langsam. Dann wurden seine Schritte größer und schneller. Schließlich lief er. Er lief am Feld entlang und auf den Wald zu. Er lief immer schneller. Schneller und schneller und noch schneller.

Aber wie schnell er auch lief, wie wild und ungebärdig das Chaos in seinem Kopf auch sein mochte, eins war ihm doch klar: Der Liebe davonzulaufen, das würde er nicht schaffen.

Der Mond stand groß und rund über dem Fürstenhof. Charlotte lag in ihrem Bett. Sie atmete bereits tief und gleichmäßig. Aber ganz eingeschlafen war sie noch nicht. Es waren die wenigen Sekunden zwischen dem seligen Dahindämmern und dem erquickenden Schlaf.

Da war die große Bühne. Der Saal tobte und kreischte. Die Beatles hatten ihr letztes Lied gespielt und verabschiedeten sich mit einer kurzen Verbeugung von ihrem begeisterten Publikum. Charlotte kam von der Seite, aus dem Bühnenvorhang, die einzelne Rose in ihrer Hand. Paul, John, George und Ringo winkten in den Saal. Charlotte trat auf Paul zu. Sie überreichte ihm die Clair de Lune. Paul nahm die Rose entgegen und betrachtete sie anerkennend. Er schaute Charlotte mit seinen großen, dunklen, jetzt gar nicht traurig wirkenden Augen an. Paul lächelte. Er hauchte einen Kuss auf die Blüte der Rose. Dann beugte er sich vor und küsste Charlotte. Im letzten Moment, kurz bevor seine Lippen die ihren trafen, verwandelte sich sein Gesicht in das von Alfons.

Charlotte schlief und ein seliges Lächeln spielte um ihren Mund.

Groß und rund stand der Mond über dem Fürstenhof. Alfons lag in seinem Bett und fand nicht in den Schlaf. Morgen begann sein Dienst als Etagenkellner. Ein weiterer Schritt hin auf das große Ziel. Aber das beschäftigte ihn ausnahmsweise nur nebenbei.

Trotz des langen Laufs durch den Wald, durch die erfrischende Luft der beginnenden Nacht hatte er es nicht vermocht, dem Chaos in seinem Kopf Herr zu werden. So etwas war ihm noch nie in seinem ganzen Leben passiert.

Er war in Charlotte verliebt. Eine andere Erklärung gab es nicht.

Etagenkellner zu sein, ein hohes Ziel vor Augen zu

haben, war die eine Sache. In die Tochter des Hotelbesitzers verliebt zu sein, war eine ganz andere Sache.

Immer noch stand der Mond groß und rund über dem Fürstenhof. Charlotte schlief in ihrem Bett, unbekümmert wie ein Kind. Alfons wälzte sich unruhig in seinem Bett hin und her. In dieser Nacht sollte er keinen Schlaf mehr finden.

2. *KAPITEL*

Es war sein freier Tag, der erste seit zwei langen, arbeitsreichen Wochen. Die Blumenverkäuferin, eine nette, ältere Frau, wartete geduldig, während Alfons seine Blicke über die vielen bunten Blumen wandern ließ, die in großer Pracht und Vielfalt überall im Laden verteilt waren. Natürlich sollten es Rosen sein. Etwas anderes kam zu diesem Anlass gar nicht in Frage. Aber welche? Die Entscheidung fiel ihm schwerer, als er vorher vermutet hatte.

Es gab kleine Rosen, die in Sträußen zu zehn oder zwanzig Stück gebunden waren, große Rosen, die man auch einzeln kaufen konnte, es gab weiße, rote, gelbe, sogar orangefarbene. Es gab welche mit sehr langem Stiel und welche mit eher kurzem. Wofür sollte er sich nun entscheiden? Nie hätte er gedacht, dass solch eine scheinbar ganz simple Entscheidung ein Problem für ihn werden könnte! Es lag wohl auch daran, dass er überhaupt noch nie Blumen gekauft hatte, nicht für eine junge Dame. In seinem ganzen Leben nicht. Himmelherrgott! Da hatte er sich ja etwas Schönes eingebrockt.

Aber zu seiner Entscheidung stand Alfons, trotz dieser so unvermutet aufgetretenen Schwierigkeiten. Einen Strauß wilder, bunter Feldblumen hätte er Charlotte jederzeit schenken können, das war das Einfachste von der Welt. Jetzt, da doch die Wiesen und Felder rings um den Fürstenhof um diese Jahreszeit – es war Sommer – geradezu wimmelten von farbenprächtigen Blüten. Doch genau, weil es so einfach gewesen wäre, wollte er dies eben nicht tun. Nicht an diesem Tag!

„Kann ich Ihnen helfen?“ schaltete sich die Verkäuferin schließlich ein.

„Ich möchte Rosen verschenken“, sagte Alfons, „zu einem besonderen Anlass.“

„Und wen möchten Sie beschenken?“

„Eine junge Dame, achtzehn Jahre alt.“

„Darf ich fragen, wie nahe Sie dieser jungen Dame stehen?“

Alfons räusperte sich umständlich. Mit einer derartigen Frage hatte er nicht gerechnet. Er schwieg und fühlte sich plötzlich wie versteinert. Was hätte er auch antworten können? Seit einem Jahr beschäftigte ihn genau diese eine Frage. Wie nahe stand er Charlotte eigentlich? Einerseits ... Andererseits ...

„Ich sehe schon“, lächelte die Blumenverkäuferin verständnisvoll, „und ich glaube, die Lösung ist einfacher, als Sie denken.“

Sie huschte durch den Laden und kehrte mit einer wunderschönen langstieligen roten Rose in der Hand zurück. „In einem solchen Fall darf man nicht übertreiben, aber etwas Exquisites sollte es schon sein ...“ Sie streckte Alfons die Rose entgegen, die betörend duftete. „So wie dieses Exemplar.“

Alfons nickte dankbar. Diese Rose war perfekt. Ihre große Blüte schimmerte dunkel, ihre Blätter schienen aus hauchfeinem Samt zu bestehen. Die Knospe war schon ganz leicht geöffnet und versprach, sich bald in all ihrer Pracht zu entfalten.

„Die junge Dame wird sofort erkennen, was Sie ihr sagen wollen. Aber vergessen Sie bitte nicht zu lächeln, wenn Sie ihr die Rose überreichen.“

Wieder nickte Alfons und war erstaunt, wie einfach sich alle seine Probleme in Luft aufgelöst hatten. Eine einzelne wunderschön gewachsene dunkelrote Rose würde alles sagen, was er nicht in Worte fassen konnte, wenn er Charlotte gleich gegenüberstand.

Das Schulgebäude erhob sich wie eine trutzige Burg über den Fachwerkhäusern seiner Umgebung. Aus manch geöffnetem Fenster waren Stimmen zu hören. Tiefe, energische Stimmen von Lehrern oder helle, oft stockende, unsichere Stimmen einzelner Schüler.

Alfons stand auf dem Bürgersteig vor dem Gymnasium und starrte nervös auf seine Armbanduhr. Es war jetzt kurz vor elf. Charlottes letzte mündliche Abiturprüfung hatte um zehn begonnen. Er fragte sich, wie lange es wohl noch dauern würde. Eine halbe Stunde für die Prüfung selbst. Anschließend berieten sich die Prüfer, woraufhin sie das Ergebnis bekannt gaben. Genau so hatte es ihm Charlotte erklärt. Er hatte selbstverständlich nur ganz allgemein nachgefragt. Dass er sie heute überraschen wollte, davon ahnte sie nichts. Das hoffte er jedenfalls sehr.

Unsicher trat er von einem Fuß auf den anderen. Die Rose in seiner Hand kam ihm plötzlich doch ein wenig kümmerlich vor. Im Laden hatte sie viel größer, viel eindrucksvoller gewirkt. Hier draußen, im Licht der Sonne, schien sie auf einmal gar nicht mehr so viel herzumachen. Der lange Stiel zwischen seinen Fingern fühlte sich dünn an wie ein zerbrechlicher Reisig und die dunkelrote Blüte sah viel kleiner aus als gerade eben noch. Vielleicht verdarb er mit diesem „Geschenk" die ganze Überraschung, vielleicht freute Charlotte sich gar nicht darüber. Aber die nette Blumenverkäuferin hatte so überzeugend gewirkt!

Alfons spürte, wie sein Herz klopfte. Nervös schritt er auf dem Bürgersteig hin und her. Wo blieb Charlotte? Ob mit ihrer Prüfung vielleicht etwas schiefgegangen war? Immer wieder sah er hinüber zu dem schweren, dunklen Holzportal der Schule, das geschlossen blieb, durch das niemand hineingegangen oder herausgekommen war, seitdem er hier wartete.

Die Kirchturmglocke, nur wenige hundert Meter entfernt, begann mit hellem Klang die volle Stunde zu schlagen. Alfons sah wieder auf seine Armbanduhr. Alles hatte seine Richtigkeit, jetzt war es genau elf. Er zählte die Schläge der Glocke mit. … neun … zehn … elf. Und fertig. Für einen Moment schien die Welt stillzustehen. Der silberne Klang der Glocke hallte nur noch ganz leise nach. Alfons schloss die Augen und öffnete sie erst wieder, als er sicher war, dass er wirklich nichts mehr hören konnte. Vor ihm stand Charlotte. Sie sah einfach wunderschön aus.

„Alfons!“ Sie fiel ihm um den Hals und strubbelte mit einer Hand durch sein kurzes Haar. „Ich hab’s geschafft, Alfons, ich hab’s geschafft! Ich bin frei! Endlich frei!!!“

Alfons lächelte verlegen. Angesichts ihrer Umarmung kam er sich linkisch vor und unbeholfen. „Herzlichen Glückwunsch“, sagte er nur. Etwas anderes wollte ihm partout nicht einfallen. Dann hob er die Hand und hielt Charlotte die Rose ohne weitere Worte einfach entgegen.

„Für mich?“ staunte sie.

„Für dich“, krächzte er. Warum, Kruzifix noch einmal, versagte just in diesem Moment seine Stimme?

„Eine Rose! Sie ist zauberhaft! Alfons, was bist du doch für ein Schatz!“ Charlotte betrachtete die Rose von allen Seiten und ihr Gesicht begann zu strahlen. „Danke schön! Diese Sorte, die kenne ich. Die gibt es nicht an jeder Straßenecke zu kaufen.“

Wieder umarmte sie ihn und diesmal drückte sie ihm zusätzlich sogar einen feuchten Kuss auf die Wange. Alfons schickte ein Gebet zum Himmel für alle freundlichen Blumenverkäuferinnen dieser Welt.

„Aber es ist ja nicht nur diese Rose! So eine tolle Überraschung, dass du mich hier abholst! Ausgerechnet heute. An dem Tag, an dem mein neues Leben beginnt, mein *eigenes* Leben! Ich hab’s geschafft! Ich habe dieses verflixte Abitur endlich in der Tasche.“

Charlottes Blick wanderte zwischen Alfons' Gesicht und der Rosenblüte hin und her. Diese Männer sollte einer verstehen, dachte sie. Da schenkten sie einem die großartigste Rose, die es zu kaufen gab, da überraschten sie einen mit völlig unvermuteten Begegnungen – mit Alfons hatte sie hier vor der Schule am allerwenigsten gerechnet – und dann standen sie einfach nur da, stocksteif, mit rotem Kopf, und brachten kein anständiges Wort heraus!

Andererseits war das aber auch irgendwie total süß. Kein formelles Gequatsche, keine überflüssigen Komplimente, wie sie Leopold bestimmt reihenweise vom Stapel gelassen hätte. Alfons war ein fabelhafter Mensch. Einer, der zum richtigen Moment am richtigen Platz war und ihr dazu die absolut richtigste Rose schenkte. Es gab nichts, womit er sie in diesem Augenblick hätte glücklicher machen können!

Letztendlich hatte Alfons seine Sprache dann doch wiedergefunden und sie zur Feier des Tages in ein Café eingeladen. Charlotte hatte das freudig angenommen, obwohl sie wusste, dass ihre Eltern zuhause auf sie warteten. Genau aus diesem Grund waren sie in das kleine, etwas abgelegene Café Maximilian gegangen, das hauptsächlich von jungen Leuten frequentiert wurde. Dort würde niemand sie sehen, der Charlottes Eltern etwas von ihrem heimlichen Tête-à-tête verraten konnte.

Im Maximilian herrschte um diese frühe Stunde noch

wenig Betrieb. Charlotte wählte einen Tisch ganz hinten in der Ecke, wo sie beide ganz für sich alleine waren. Alfons bestellte bei der weißbeschürzten Serviererin zwei Tassen heiße Schokolade. Dann hörte er sich Charlottes Bericht über die Prüfung an. Sie hatte in Französisch nach der Vornote und der schriftlichen Arbeit zwischen zwei und drei gestanden. Um die Zwei zu bekommen, hatte sie eine Kurzgeschichte von Guy de Maupassant inhaltlich referieren und interpretieren müssen. Alles hatte wunderbar geklappt.

„Ich wusste gar nicht, wie viele französische Wörter ich kenne“, sagte sie, „und war selbst ganz verwundert, als ich mich da im Prüfungsraum so reden hörte. Überhaupt nicht mehr nervös, obwohl ich doch nachts vor Aufregung kaum geschlafen hatte. Es war wie ein kleines Wunder. Hinterher kam der alte Mannsfeld – das ist mein Französischlehrer – extra noch mal auf mich zu und hat mir gratuliert.“

Alfons hörte aufmerksam zu und konnte gleichzeitig seine Augen nicht von ihrem Gesicht lassen. Der Erfolg hatte Charlotte womöglich noch hübscher gemacht, als sie sowieso schon war.

„Aber nun genug von diesen Schulgeschichten“, wechselte Charlotte das Thema, „jetzt beginnt ein ganz neuer Abschnitt in meinem Leben. Ich habe mich für meine Eltern zusammengerissen, brav gelernt und das Abitur hinter mich gebracht, die Schule liegt für alle Zeiten hinter mir. Ich bin achtzehn Jahre alt und es wird höchste Zeit, dass ich meine Angelegenheiten selbst in die Hand nehme."

Alfons nickte. Die Serviererin brachte die beiden Tassen Schokolade, stellte sie vor ihnen hin und verschwand wieder.

„Keine blöden Vorschriften mehr, keine Beschränkungen. Kein ‚du musst dies', kein ‚du musst das'", fuhr Charlotte fort, „von heute an mache ich nur noch das, was *mir* in den Kram passt."

„Oder vielleicht", ergänzte sie, „was uns beiden in den Kram passt."

Sie legte ihre Hand auf Alfons' Hand und drückte sie leicht. Ihre Hand war weich und zart und fühlte sich so gut an. Gleichzeitig blickte sie Alfons tief in die Augen. Er spürte, wie ihm selbst plötzlich auch ganz warm wurde. Charlottes blaue Augen hielten die seinen gefangen. Er wusste nicht, was er sagen sollte. Vielleicht sollte er jetzt wiederum seine Hand auf die ihre legen?

Stattdessen griff er verwirrt mit der freien Hand nach der Tasse Schokolade, hob sie an den Mund und nahm einen kleinen Schluck. Beim Absetzen schwappte die dunkle flüssige Schokolade über den Tassenrand und ergoss sich über den Tisch. Hastig griff er nach einer Serviette.

„Was ist das denn?" lachte Charlotte, „der beste Etagenkellner der Welt verschüttet ein Getränk?"

„Das kann doch jedem mal passieren", erwiderte Alfons, dem sein Missgeschick furchtbar peinlich war.

„Dir nicht!“ stellte Charlotte nüchtern klar, „ich habe alle Beurteilungen über dich gelesen. Kein einziger Gast hat sich jemals über dich beklagt. Der Chef de Maison schreibt – das muss natürlich unter uns bleiben –, dass du keine Fehler machst. Du bist nahezu perfekt!“

Alfons wehrte mit einer Handbewegung ab. Davon wollte er jetzt nichts hören. Aber Charlotte ließ nicht locker.

„Ich muss mich doch sehr wundern, lieber Alfons. Sag mal ...“ Sie musterte ihn so aufmerksam, als könne sie direkt in seine Seele sehen. „...du bist doch nicht etwa ein bisschen ... verliebt?“

Seine Augen hielten ihrem Blick stand. Wie angenehm das war. Gleichzeitig schmerzte es auch auf eine merkwürdige Art und Weise. Alfons spürte, wie sein Herz Purzelbäume schlug. „Ich bin nicht ...“, setzte er an. Es ließ sich aber leider nicht verbergen, dass ihm das Blut in den Kopf schoss.

„Bist du nicht?“ Auch Charlotte errötete leicht.

„Ganz und gar nicht! Wirklich, so ein Blödsinn!“ versetzte Alfons.

„Bist du doch!“ beharrte Charlotte eigensinnig und zog eine trotzige Schnute wie ein kleines Mädchen. „Doch, doch! Verliebt, verliebt! Alfons, Alfons ist verliebt, verliebt, verliebt.“ Ihre Stimme sang die Worte fast. Mit einem Mal waren sie beide in die Kinderzeit zurückversetzt und spielten eines ihrer alten Neckspiele. „Alfons ist tausendmal verliebt!“

„Bin ich nicht! Tausendeinsmal nicht!“
„Hunderttausendmal doch!“
„Hunderttausendeinsmal nicht!“
„Eine Trilliarde doch!“
„Eine Trilliarde und eins nicht!“

Dann brachen sie ausgelassenes, fröhliches Gelächter aus, dass ihnen fast die Tränen übers Gesicht liefen, und sie lachten so laut und herzlich, dass die Serviererin zu ihnen kam und fragte, ob alles in Ordnung sei. Darüber mussten sie noch mehr lachen. Kopfschüttelnd kehrte die Serviererin zu ihrer Kollegin zurück.

„Stell dir vor, ich hätte den beiden Schoko mit Schuss gebracht.“

„Besser nicht“, sagte die Kollegin, „die würden das Maximilian glatt in Schutt und Asche legen mit ihrer Fröhlichkeit.“

Mit beiden Daumenspitzen drückte Clemens behutsam den pilzförmigen Kopf des Korkens nach oben, bis es „plopp“ machte und er aus der Umklammerung des Flaschenhalses an die Zimmerdecke schoss und irgendwo hinter der Couchgarnitur zu Boden fiel. Im selben Moment, als der Champagner aus der Flasche schäumen wollte, hatte Clemens schon ein Glas daruntergehalten und fing das köstliche Getränk auf. Nacheinander füllte er drei Gläser mit dem goldfarbenen, perlenden „Moet & Chandon“. Er reichte ein Glas an seine Tochter Charlotte weiter, ein weiteres an seine Frau Ursula.

„Stoßen wir an. Auf das bestandene Abitur! Auf dich, Charlotte!“

Die Gläser klangen. Alle drei nahmen einen kleinen Schluck Champagner.

„Charlotte, ich bin wirklich sehr stolz auf dich“, sagte Clemens.

Ursula legte ihren Arm um Charlottes Taille und drückte sie an sich. „Ich freue mich, solch eine erfolgreiche Tochter zu haben. Gott weiß, dass dein Weg zum Abitur nicht einfach gewesen ist, aber wir haben immer gewusst, dass es für dich ein Kinderspiel sein wird, wenn du deine Nase nur auch mal in die Bücher statt in die Beete steckst ... Zum Glück ist jetzt alles gut ausgegangen.“

Charlotte war in äußerst aufgeräumter Stimmung. Sie hatte ihre mündliche Prüfung in Französisch hervorragend absolviert und sie hatte eine wunderschöne Rose von Alfons geschenkt bekommen. Und jetzt durfte sie auch noch zum ersten Mal im Leben mit ihren Eltern richtigen Champagner trinken! Die Zukunft lag zu ihren Füßen.

Clemens setzte sich und stellte sein Glas auf dem Couchtisch ab. „Nehmt Platz“, sagte er, „es wird Zeit, dass wir über die Zukunft sprechen.“

Ursula und Charlotte setzten sich ebenfalls. Charlotte beschlich plötzlich ein merkwürdiges Gefühl. Was bedeutete das? Sollte nicht *sie selbst* es sein, die nun über *ihre* Zukunft redete?

„Als unsere Tochter“, sagte Clemens, „bist du leider nicht ganz so frei, wie du es dir vielleicht im Moment vorstellst. Zusammen mit deiner Mutter habe ich den Fürstenhof aufgebaut und zu einem der respektabelsten Hotels der Region weiterentwickelt. Das bringt eine Menge Verantwortung mit sich. Verantwortung für mich und für deine Mutter. Und nun, da du einen großen Schritt in die Welt der Erwachsenen getan hast, musst auch du, liebe Charlotte, deinen Teil der Verantwortung übernehmen.“

Das klang nicht gut. Das klang gar nicht gut! Tief in ihrem Bauch spürte Charlotte ein Unwohlsein, das sich rasend schnell auf ihren ganzen Körper auszubreiten schien.

„Die Zeit des Lernens“, führte Clemens weiter aus, „ist noch nicht zu Ende. Ganz im Gegenteil. Ich denke, dass *jetzt erst* die richtige Zeit des Lernens für dich gekommen ist. Die Zeit des zielgerichteten Lernens. Die Zeit des erfolgsoptimierten Lernens.“

Das leichte Unwohlsein hatte sich mit einem Schlag in echte Übelkeit verwandelt. Charlotte nahm schnell einen Schluck Champagner. Doch plötzlich rann er so bitter und beißend ihre Kehle hinab, dass sie das Glas angeekelt beiseite stellte.

„Was für eine junge Frau wie dich, die einmal einen großen Wirtschaftsbetrieb übernehmen wird – und der Fürstenhof *ist* ein großer Wirtschaftsbetrieb –, nichts anderes bedeutet, als dass du zuerst die Grundlagen und dann selbstverständlich auch die Feinheiten des betrieblichen Wirtschaftens studieren musst."

Hilfe! Charlotte krallte sich mit beiden Händen in den Lehnen fest, sonst würde sie vor Übelkeit glatt aus dem Sessel rutschen.

„Was nichts anderes bedeuten kann", fuhr Clemens fort, „als dass du im Herbst ein Studium der Betriebswirtschaftslehre beginnen wirst. Und zwar in unserer schönen Landeshauptstadt, in München."

Ein Studium kam überhaupt nicht in Frage! Und München schon gleich gar nicht! Was sollte sie in der Großstadt? Sie hatte doch ganz andere Pläne. Jetzt war es an der Zeit, dass sie sie in aller Deutlichkeit auf den Tisch legte. Hatte Papa nicht selbst gesagt, dass sie einen großen Schritt in die Welt der Erwachsenen getan hatte? „Ich kann nicht nach München gehen", rief Charlotte, „ich muss mich doch um meine Rosenzucht kümmern! Meine Clair de Lune! Und studieren will ich auch nicht. Ich brauche die Gärten, das Land, die Natur. Ich gehe nicht in die Großstadt! Niemals! Dazu kannst du mich nicht zwingen."

Clemens lächelte ob ihrer Widerworte. Er hatte – nicht zuletzt durch ein langes, intensives Gespräch mit Ursula am vergangenen Abend – Charlottes Einwände vorausgesehen. Und er hatte sich entsprechend gewappnet. „Wenn du partout nicht studieren willst, dann müssen wir das wohl akzeptieren. Wenn dir München nicht passt – obwohl ich mir in deinem Alter alle zehn Finger danach geleckt haben würde, nach München gehen zu dürfen –, dann bleibst du halt hier am Fürstenhof."

Gott sei Dank! Charlotte entspannte sich. Die Übelkeit schwand. Aber ihr Vater war noch nicht fertig.

„Allerdings müssen wir dann eine andere Lösung finden. Ursula und ich können das Hotel schließlich nicht ewig führen. Ein Verkauf kommt auf gar keinen Fall in Frage. Was denkst du, wie wir dieses Problem in den Griff bekommen können?"

Vorsicht! Falle! Charlottes Gedanken kreisten wie wild in ihrem Kopf, doch sie war nicht in der Lage, einen dieser Gedanken in klare Worte zu fassen. Was hatte Papa nur im Sinn?

„Eine Heirat zwischen dir und Leopold würde all unsere Sorgen mit einem Schlag in Wohlgefallen verwandeln", Clemens lächelte versonnen, „und deine auch. Du könntest hier bleiben und dich um deine heißgeliebten Rosen kümmern. Und wir wüssten unser Haus bei dem jungen Hardenberg in den besten Händen. Er ist zwar nicht vom Fach, aber er ist gleichermaßen intelligent wie flexibel. Ich habe großes Vertrauen zu ihm."

Charlotte traute ihren Ohren nicht. Wie bitte? Das war ja noch tausendmal schlimmer als ein Studium in der Großstadt. Sie sollte Leopold heiraten? Diesen Widerling? Lieber würde sie barfuß und ohne Proviant nach München pilgern und auf Knien um ihre Immatrikulation im Fachbereich Wirtschaftswissenschaften betteln! „Ich heirate Leopold nicht!" Charlottes Stimme überschlug sich fast. „Soll ich mich denn für den Rest meines Lebens unglücklich machen? Ich liebe ihn doch gar nicht. Wie kannst du nur auf eine solch absurde Idee kommen?“ Verzweifelt sah sie ihren Vater an.

Clemens nickte Ursula zu. Jungen Pferden musste man Zügel anlegen, damit später etwas aus ihnen werden konnte. Seine Tochter war wie ein halbausgewachsenes Fohlen, wild, ungebärdig und ohne jede Disziplin. Doch er würde sie schon mit Geduld und guten Worten auf den richtigen Weg führen. „Niemand zwingt dich, Leopold zu heiraten“, sagte Clemens, „obwohl wir beide meinen, dass es genau das Richtige für dich wäre. Er ist gebildet, hat seine Standpunkte und übernimmt Verantwortung. Du liebst ihn nicht? Meine Güte, wenn es nur Liebesheiraten gäbe, sähe es schlecht aus in der Welt. Du würdest dich wundern, wie schnell man jemanden lieben lernt, wenn man nur einige Jahre gemeinsam das gleiche Leben teilt. Gleichwohl würden wir deinen Wunsch akzeptieren, ihn nicht zu heiraten, falls du uns glaubhaft erklären kannst, wie es in fünf oder zehn Jahren mit dem Fürstenhof weitergeht, wenn wir das Ruder aus der Hand geben.“

Charlotte fühlte sich wie eine kleine Maus, die in die Falle gegangen war, und die war gerade zugeschnappt. Sie brauchte dringend frische Luft. Sie musste nachdenken. Doch sie kannte ihren Vater gut genug um zu wissen, dass sie ohne eindeutige Aussage das Wohnzimmer nicht verlassen durfte. Bis zum Herbst waren es noch fast sechs Monate hin. Eine lange Zeit, in der so viel passieren konnte ... „Na gut, dann ziehe ich eben nach München und studiere“, sagte sie nicht ohne Trotz in der Stimme, „darf ich jetzt gehen?“

Clemens nickte zustimmend. Ursula warf ihrer Tochter einen aufmunternden Blick zu. Charlotte lächelte gequält zurück, dann war sie verschwunden.

„Ich verstehe nicht, warum sie Leopold nicht heiraten will“, sagte Ursula, „eine bessere Partie kann sie doch gar nicht bekommen.“

„Das Studium wird ihr helfen, die Dinge klarer zu sehen“, antwortete Clemens und trank sein Champagnerglas leer, „und eines Tages wird auch unsere Tochter erwachsen sein. Das ist alles nur eine Frage der Zeit.“

Charlotte war auf ihr Zimmer gegangen, um sich umzuziehen. Raus aus den feinen Sachen, die sie für die Abiturprüfung heute morgen angezogen hatte. Rein in ihr Räuberzivil. In die Jeans, die jetzt immer mehr in Mode kamen, in den verwaschenen blauen Pulli, den sie so gerne trug. Als sie die Sachen übergestreift hatte, stand plötzlich Ursula in der Tür.

„Dein Vater hat dich wohl ein bisschen erschreckt“, sagte sie mitfühlend und strich ihrer Tochter sanft übers Haar. „Mach dir keine Sorgen, Liebes, es wird sich schon alles weisen.“

Charlotte spürte schon wieder den Trotz in sich hochsteigen. „Ich werde sowieso machen, was ich will“, flüsterte sie, „und was in einem halben Jahr passiert, das werden wir ja noch sehen."

Ursula schloss die Tür und setzte sich auf Charlottes Bett. „Ich musste gerade eben wieder an Elisabeth denken. Deine Schwester hat auch immer so geredet."

Charlotte wehrte mit einer Handbewegung ab. Ellie, ihre liebste Ellie, die ihr so fehlte … Sie wollte nicht über sie sprechen, jetzt schon gar nicht.

Doch Ursula ließ nicht locker. „Elisabeth hat auch gedacht, dass sie machen kann, was sie will. Erinnerst du dich? Bis es zu diesem … diesem … ungebührlichen Vorfall gekommen ist."

Charlotte sah ihre Mutter fassungslos an. Ungebührlicher Vorfall? Vorfall? So sprach sie über die Schwangerschaft ihrer Tochter? Auch jetzt noch?

„Deine Schwester war gerade sechzehn Jahre alt", sagte Ursula. Ihre Stimme klang brüchig. „Etwas so Törichtes zu tun …" Ihr Mann und sie waren außer sich gewesen, und doch … Ellie hatte nur einen kleinen Handkoffer gepackt, mit Tränen in den Augen. Sie war so wütend und verzweifelt gewesen, dass selbst Charlotte, ihre ältere Schwester und einzige Vertraute, ihr nicht dabei hatte helfen dürfen. Ohne ein Wort des Abschieds war Ellie mitten in der Nacht fortgegangen.

Ursula wischte sich über die Augen. „Und jetzt weiß niemand", sprach sie leise weiter, „wo sie ist und wie es ihr geht …" Es war eine Tragödie! Ihre jüngere Tochter, mit Schimpf und Schande aus dem Haus gejagt … Ob es ihr gut ging? Oder war sie etwa krank? Vielleicht lebte sie jetzt auch irgendwo in der Gosse, angewiesen auf die Almosen barmherziger Menschen …

Ursula lief ein kalter Schauer über den Rücken. Sie straffte die Schultern und sah ihrer älteren Tochter fest in die Augen. „Ich bitte dich, liebe Charlotte, nicht den gleichen Fehler zu machen wie Elisabeth", sagte sie eindringlich. „Du weißt, dass wir beide dich sehr, sehr lieb haben. Du bist das einzige Kind, das uns geblieben ist." Sie nahm Charlottes Hand und streichelte sie sanft. „Bitte zeig etwas Verständnis für deinen Vater. Er schätzt dich sehr, und er will nur dein Bestes. Ob du es glaubst oder nicht, der Verlust von Elisabeth hat ihn mehr mitgenommen, als er sich anmerken lässt. Er macht sich immer wieder Vorwürfe. Einen weiteren solchen Verlust könnte er nicht verschmerzen."

Charlotte spürte die wahrhaftige Anteilnahme der Eltern an ihrem Schicksal mit jedem Wort. Gleichzeitig kämpfte sie im Inneren darum, die eigenen Vorstellungen von der Zukunft durchzusetzen. Warum nur war es so schwierig, all diese Dinge unter einen Hut zu bringen? Sie hatte sich vorgestellt, dass sie nach dem Abitur erwachsen sein und ihre eigenen Entscheidungen treffen könnte. Nun steckte sie aber schon wieder zwischen Baum und Borke. Hörte das denn niemals auf?

Ihre Mutter legte den Arm um sie und drückte sie fest an sich.

„Ich weiß auch nicht", klagte Charlotte, „es ist alles

so verzwickt. Ich fühle mich gefangen und eingeengt. Im Grunde möchte ich doch nichts anderes, als mich um meine Rosen zu kümmern und ein ganz einfaches, bescheidenes Leben in der Natur zu verbringen. Aber immer liegen da irgendwelche Steine im Weg."

Ursula strich ihr eine Locke aus dem Gesicht. „Glaubst du denn wirklich", fragte sie warm, „dass es mir anders ergangen ist, als ich so alt war wie du? Glaubst du, dass ich keine Träume hatte, wie mein Leben einmal aussehen sollte?" Sie berührte liebevoll Charlottes Wange. „Und es ist auch vollkommen richtig, solche Träume zu haben. Niemand will dir das wegnehmen. Ebenso richtig ist es aber auch, dass man viel Geduld haben muss. Die Träume und das wirkliche Leben lassen sich nicht immer so leicht miteinander in Einklang bringen. Aber wenn man fest daran glaubt und wenn es die richtigen Träume sind, dann werden sie eines Tages auch wahr. Jeder von uns muss diese Geduld aufbringen. So funktioniert halt das Leben."

„Glaubst du, dass meine Träume die richtigen Träume sind?" fragte Charlotte mit leiser Stimme.

„Aber natürlich! Welche Frage! Ich finde es bewundernswert, wie du an deiner Clair festhältst und nicht lockerlässt. Mag Papa das alles als verrücktes Zeug abtun, das ist nicht entscheidend. Entscheidend ist, dass du jetzt seit einem Jahr mit deinen Züchtungen experimentierst und nicht davon abzubringen bist. Ich halte das für eine ganz großartige Sache, Charlottchen."

Sie nahm den Kopf ihrer Tochter in die Hände und sah ihr sehr ernst und sehr liebevoll in die Augen. „Ich bin davon überzeugt, dass du beide Sachen schaffen kannst. Die Rosen laufen dir nicht weg, wenn du in München studieren solltest. Und jetzt, das darfst du nicht vergessen, hast du erst mal den ganzen langen Sommer für dich. Eine Zeit, in der du all das machen kannst, was du willst."

Ursula drückte ihr einen Kuss auf die Stirn. Dann bettete sie Charlottes Kopf an ihrer Schulter und strich ihr beruhigend über den Rücken.

„Ach, Mama", sagte Charlotte nur.

„Ist schon gut, mein Kleines, ist schon gut."

Es war ein Bild der Verwüstung, das sich Charlotte bot, als sie nach ihren Rosen sah. Selbst in ihren schlimmsten Alpträumen hätte sich Charlotte nicht vorstellen können, dass ihr so etwas jemals passieren könne – oder besser, ihren heißgeliebten Clairs. Vollkommen fassungslos stand sie vor dem Beet und wusste nicht, ob sie hinschauen oder den Blick entsetzt abwenden sollte.

Im Laufe des vergangenen Jahres hatte ihre Züchtung gute Fortschritte gemacht. Das Violett setzte sich langsam durch und strahlte an mancher Blüte mit den gelben Blättern bereits um die Wette. In diesem Beet hatte sie die besten Züchtungserfolge gepflanzt, um an den einzelnen Exemplaren die Weiterentwicklung ihrer

Clair voranzutreiben. Ausgerechnet dieses Beet hatten sich diese Unmenschen, diese Verbrecher ausgesucht, um ihrem Zerstörungsdrang freien Lauf zu lassen.

Eine ganze Reihe von Rosen war einfach abgerissen worden. Nicht etwa mit der Rosenschere abgeschnitten, sondern richtiggehend abgerupft! So heftig, dass manche Rose mit der Wurzel aus dem Erdreich gezogen worden war und jetzt der Länge nach auf dem Boden lag. Dies war eine Katastrophe. Charlotte konnte sich überhaupt nicht vorstellen, wer so etwas tun würde. Das musste ein ganz und gar herzloser, ein vollkommen gefühlloser Mensch gewesen sein.

Tscharlie, der Charlotte mit über dem Kopf zusammengeschlagenen Händen vor ihren Beeten stehen sah, kam herbeigelaufen. Ein Blick über die Rosen genügte, um ihm das Ausmaß der Zerstörung gewahr werden zu lassen. „Teufel noch eins!" stieß er hervor, „das kann doch wohl nicht wahr sein."

In diesem Moment löste sich Charlottes Erstarrung und sie brach in Tränen aus. Dieser Tag hatte so gut begonnen, aber mit jeder Stunde schien er schlimmer geworden zu sein. Die völlig zerstörten Rosen stellten ohne Zweifel den Gipfelpunkt der sich aneinanderreihenden Katastrophen dar. Es war, als ob sie selbst dort liegen würde: kraftlos, entwurzelt und für immer verloren. Ihr Körper wurde vom Schluchzen hin- und hergeschüttelt.

Tscharlie legte ihr die Hand auf die Schulter. „Beruhige dich doch, Lottchen“, sagte er, „beruhige dich.“ Seine Worte hatten jedoch ein weiteres, noch heftigeres Aufschluchzen zur Folge. Tscharlie legte ihr daraufhin seinen ganzen Arm um die Schulter und zog sie sanft an sich. Charlotte ließ es geschehen. „Glaube mir, Lottchen“, versicherte der Gärtner, „diesem Unhold werde ich auf die Spur kommen. Kein Knochen in seinem verdammten Leib wird heil bleiben, wenn ich mit dem Kerl fertig bin!“

In diesem Moment ritt Leopold am Zaun vorbei, der die Gärten des Fürstenhofs von der Außenwelt trennte. Er sprang vom Pferd, setzte mit einem sportlichen Satz über den Zaun, sprang auf die beiden zu und packte Tscharlie am Kragen. „Wie kannst du es wagen“, rief er entrüstet, „deine dreckige Hand an die Dame zu legen! Scher dich sofort zurück in deine Gewächshäuser!“

Dann entdeckte Leopold die Tränenspuren in Charlottes Gesicht. Blitzschnell zog er ein blütenweißes Taschentuch aus dem Hemd und tupfte Charlottes Wangen behutsam ab. „Was ist denn eigentlich geschehen?“ fragte er und schaute sich um. Als er die geknickten und ausgerissenen Rosenstöcke sah, dämmerte es ihm. „Das sieht ja furchtbar aus“, sagte er, „ein Akt blinder Zerstörung. Da kann man mal wieder sehen, wie weit es mit unserem Land gekommen ist. Nichts ist mehr sicher, selbst hier, fernab der Städte, das ist doch unglaublich.“

Charlotte hatte sein Taschentuch an sich genommen und trocknete jetzt selbst ihre Tränen. Was faselte dieser

Mann nur!? Musste er denn sogar die Trauer über ihre Rosen dazu benutzen, auch hier seine altmodische und verstaubte Weltsicht auszubreiten? Dieser Mensch hatte wirklich keinen blassen Schimmer, wie man Trost spenden konnte! „Gehen Sie bitte“, sagte sie und gab ihm das Taschentuch zurück, „gehen Sie und kümmern Sie sich um Ihr Pferd. Mit diesem Unglück hier kann ich auch alleine fertig werden.“

Tatsächlich war Leopolds Pferd schon fast außer Sichtweite getrabt. Der junge Hardenberg rief es laut beim Namen, sprang dann zurück über den Zaun auf den Reitweg und lief seinem Vierbeiner hinterher. Charlotte atmete auf. Jetzt kam auch Tscharlie wieder näher, der in der Zwischenzeit aufmerksam das Gelände erkundet hatte.

„Ich habe Fußspuren entdeckt“, berichtete er, „die können nur von den Tätern stammen.“ Er zog Charlotte hinüber zu einem frisch angelegten Beet. Und tatsächlich, dort waren mehrere Schuhabdrücke deutlich zu erkennen. „Ich werde deine Rosen schon beschützen“, beeilte sich Tscharlie zu versichern. „Die kommen mir nicht heil davon, diese Unholde!“

Charlotte musterte die Schuhabdrücke in der ansonsten frischen, unberührten Erde. Doch dann stutzte sie. Das waren auf keinen Fall Abdrücke der Schuhe von Erwachsenen. Das waren Abdrücke von – Kinderschuhen!

Während Tscharlie noch auf der Suche nach weiteren

Spuren hin und her lief und seine Blicke schweifen ließ, dachte sie nach. Mit den Fingerspitzen massierte sie ihre Stirn, während ihr eine ganze Reihe Gedanken durch den Kopf gingen. Kinderschuhe. Es musste eine Erklärung dafür geben.

Plötzlich hellte sich ihr Gesicht auf und unwillkürlich musste sie lächeln. „Tscharlie", rief sie zum Gärtner hinüber, „du kannst wieder an deine Arbeit gehen. Ich werde mich selbst um alles kümmern. Du musst dir weiter keine Sorgen machen. Es wird bestimmt nichts mehr passieren."

„Bist du sicher, Lottchen?" rief Tscharlie zurück.

„Ganz sicher", sagte sie mit fester Stimme.

Dann kniete sie sich hin und begann, den angerichteten Schaden, so gut es ging, zu beheben. Um alles weitere würde sie sich später kümmern. Das hatte noch den ganzen Nachmittag Zeit.

Hurlimann war ein hagerer, groß gewachsener Mensch und musste zwischen sechzig und siebzig Jahre alt sein. Sein schütteres Haupthaar war stets kurz geschoren und strahlte weiß, während sein Vollbart – von vielen eisgrauen Strähnen durchzogen – bis auf die Brust wucherte. Hurlimanns Augen lagen tief in den Höhlen, blitzten jedoch immer lebenslustig auf, wenn man sich mit ihm unterhielt, und man konnte sich über alles wunderbar mit ihm unterhalten. Er besaß eine unglaubliche Menschenkenntnis.

Es lag jetzt bereits mehr als zehn Jahre zurück, dass Alfons Hurlimanns Hütte entdeckt hatte. Damals war er nach einer langen Wanderung über die Berge in dieses abgelegene Tal gekommen. Durstig und hungrig war er gewesen, nachdem sein Proviant schon lange verzehrt war. Hurlimann hatte ihm einen großen Becher kristallklaren Quellwassers eingeschenkt und ihn mit selbstgebackenem Brot, Käse und Früchten des Waldes bewirtet.

Sie waren miteinander ins Gespräch gekommen und erst zwei Stunden später war er weitergewandert. Seitdem hatte es Alfons nicht versäumt, den langen, beschwerlichen Weg auf sich zu nehmen und mindestens einmal im Vierteljahr hier herauszukommen. Hurlimann war zu einem väterlichen Freund geworden, auf dessen immer hilfreichen Rat Alfons nicht verzichten wollte. Und einen guten Ratschlag brauchte Alfons heute dringender denn je.

Das Dach von Hurlimanns kleiner Hütte war mit Moos bewachsen. Innen gab es nur einen Raum. Eine karge Bettstatt, ein gußeisener Ofen, ein roh gezimmerter Tisch und zwei ebensolche Stühle sowie eine kleine Kommode für Kleidung, das war schon die ganze Inneneinrichtung. Durch die Hütte zogen sich Schnüre, an denen Kräuter und Pilze in langer Reihe zum Trocknen aufgehängt waren. An den Wänden hingen einige Töpfe und Pfannen. Ein hölzernes Kreuz bildete den einzigen Schmuck. Es gab nur ein kleines Fenster, welches aber meist durch einen festen Laden verschlossen war.

Vor der Hütte standen ein weiterer grob gehauener Tisch und eine Bank, auf der Hurlimann jetzt saß und seine Pfeife schmauchte. Er erhob sich und schüttelte Alfons herzlich die Hand. „Hattest du einen guten Weg?"

„Einen sehr guten Weg", antwortete Alfons, „und ich habe Ihnen auch etwas mitgebracht."

Er versäumte nie, Hurlimann eine Kleinigkeit mitzubringen. Diesmal war es ein kleines Küchenmesser, funkelnagelneu, sehr scharf und von allerbester Qualität. Alfons hatte bei seinem letzten Besuch bemerkt, dass Hurlimanns altes Messer vom vielen Gebrauch und durch ständiges Schleifen schon ganz schmal und dünn geworden war. Hurlimanns Augen leuchteten vor Freude auf, als er Alfons Geschenk von allen Seiten begutachtete.

Er verschwand in der Hütte und kam mit einem irdenen Krug und einem Holzteller mit Brot und Käse in den Händen zurück. Beides stellte er auf den Tisch, schenkte Alfons einen Becher Quellwasser ein und forderte ihn auf, zuzugreifen. Derweil hatte er sich wieder auf die Bank gesetzt und nach seiner Pfeife gegriffen. Alfons setzte sich nun ebenfalls.

Der Blick von der Hütte aus über das weite, grüne, mit Blumen übersäte Tal und die ringsum sich auftürmenden Bergriesen war immer wieder großartig. In der Vergangenheit hatte Alfons mehr als einmal bewundert, mit welcher Sorgfalt und Voraussicht Hurlimann den Platz für seine Hütte ausgewählt hatte. Das sich vor den

Augen des Betrachters ausbreitende Panorama war zu jeder Jahreszeit überwältigend. Doch diesmal hatte Alfons keinen Sinn für die Schönheit dieses Ausblicks.

„Dein Körper ist hier“, sagte Hurlimann leise, nachdem er Alfons eine Weile eingehend betrachtet hatte, „aber dein Herz ist bei Charlotte.“

Alfons hatte ihm früher schon mehrfach über sein kompliziertes Verhältnis zu der hübschen Hotelierstochter berichtet, und dass er an nichts anderes denken konnte als an sie, sah man ihm an der Nasenspitze an.

„Ich weiß nicht, was ich tun soll. Ich weiß es einfach nicht.“

„Du liebst sie. Und du weißt wirklich nicht, was du tun sollst?“

„Es gibt doch keine Zukunft für uns beide“, rief Alfons gequält aus, „ich werde sie niemals heiraten können. Nicht bei dem, was sie ist, und bei dem, was ich bin. Wie kann ich sie da lieben?“

Für Alfons war es eine unbestreitbare Tatsache, dass sich der arme Köhler zwar in die Königstochter verlieben konnte, aber niemals wirklich den Platz an ihrer Seite einnehmen würde. Irgendwo gab es immer einen Prinzen, der besser auf den Thron passte. Im Grunde fand er das auch ganz richtig. So war die Ordnung der Welt nun einmal beschaffen.

„Die Zukunft liegt weit, weit voraus und wir können nichts von ihr wissen, Gott sei gedankt“, merkte Hurlimann an, „die Liebe aber, die Liebe passiert jetzt.“

„Eine Liebe ohne Zukunft kann ich mir nicht vorstellen!“ Die Worte kamen beinahe patzig aus seinem Mund. Hurlimann jedoch ließ sich nicht aus der Ruhe bringen.

„Bedenke, dass jeder Augenblick des Lebens ein einzigartiger Augenblick ist. Und bedenke auch, dass die Liebe ein Geschenk ist. Das größte aller Geschenke.“

Alfons stützte den Kopf in die Hände und dachte kurz nach. „Ich habe ihr heute eine Rose geschenkt. Sie hat sich so gefreut. Und später haben wir miteinander gelacht, bis uns der Bauch wehtat. Ich fühlte mich wie im siebten Himmel.“

Hurlimann lächelte. „In diesen Momenten hast du also nicht an die Zukunft gedacht.“

Das stimmte! Alfons war für kurze Zeit sprachlos, was Hurlimann die Gelegenheit gab, ihm weiteren Mut zuzusprechen.

„Ich weiß sehr wohl, dass du einen Plan hast für dein Leben. Du hast oft darüber gesprochen. In einer Zeit, wo alle Welt durcheinander gerät, halte ich das auch für sehr bemerkenswert. Nun aber frage ich dich: Wenn du spazieren gehst und eine Blume findest, deren Duft dich betört – gehst du dann schnell an ihr vorbei, weil du ja eines Tages unbedingt Chefportier werden willst und keine Zeit versäumen darfst? Oder bückst du dich und genießt dieses unvergleichliche Geschenk der Natur?“

„Nein“, sagte Alfons nachdenklich, „nein, die Zeit nehme ich mir auf jeden Fall.“

„Und wirst du diese Blume pflücken und sie mit nach Hause tragen, damit sie dir gehört, dir allein?“

„Aber nicht doch“, wehrte Alfons ab, „ich bleibe stehen und spüre ihren Duft. Dann gehe ich weiter und die Erinnerung an diesen Duft bleibt mir für immer und ewig. Das ist mir schon oft passiert.“

Hurlimann nahm seine Pfeife in die Hand und sah ihn ruhig an. „Nur der Augenblick ist entscheidend“, stellte er fest, „der Augenblick, den dir niemand jemals wegnehmen kann. Weil er in deinem Inneren bleibt, in deinem Gedächtnis, in deinem Herzen, für alle Zeiten.“

Genau so war es.

Beide schwiegen sie nun. Und sie schwiegen lange. Alfons blickte hinaus auf das bunt gesprenkelte Tal und die sich weit dahinter auftürmenden, schneebedeckten Berggipfel, und sein Herz füllte sich von Minute zu Minute mehr mit einer verheißungsvollen Freude und einer Zuversicht, die er lange nicht gespürt hatte. Es war, als würden all seine Zweifel, die ihn und Charlotte betrafen, vom lauen Sommerwind davongetragen wie die Rauchwölkchen aus Hurlimanns Pfeife.

Alfons brauchte Hurlimann nicht ins Gesicht zu schauen. Er wusste auch so, dass um den Mund seines weisen Freundes ein kaum erkennbares, nachsichtiges Lächeln spielte.

Es war ein weiter und langer Weg zurück zum Fürstenhof, doch nie schien er Alfons kürzer gewesen zu sein als heute. Dabei hatte er sich überhaupt nicht beeilt – im Gegenteil: Er hatte unterwegs genügend Zeit gefunden, die immer wieder neue Aussicht zu genießen, im Wald die Spuren der Tiere zu lesen, dem Gesang der Vögel zu lauschen und sich hin und wieder sogar an einem Blaubeerstrauch gütlich zu tun.

Nun war er aber doch endlich an den Ausläufern des Hotelgeländes angelangt. Weit vor ihm ging eine junge Frau in Jeans und einem blauen ausgewaschenen Pulli spazieren. Ohne genauer hinzusehen, wusste Alfons, dass es Charlotte war. Er eilte im Schutz des Waldes mit schnellen Schritten hinter ihr her, überholte sie – ungesehen, ungehört – und stellte sich hinter einer großen, knorrigen Eiche in Position, um sie zu erwarten.

Charlotte erschrak, als hinter der Eiche völlig unerwartet ein Mann hervorsprang, doch als sie ihn erkannte, ging ein Strahlen über ihr Gesicht. Alfons trat auf sie zu und nahm sie in die Arme. Wo war seine Zurückhaltung, seine Schüchternheit auf einmal geblieben? Sie wurde seiner starken Arme gewahr, seiner kräftigen Hände, die auf ihrem Rücken lagen. Das vermittelte ihr eine Sicherheit, eine Geborgenheit, die sie bei Alfons in dieser Form noch niemals gespürt hatte.

Verwirrt ließ sie es geschehen, als sein Gesicht sich langsam dem ihren näherte und sie dann seine Lippen auf ihren spürte. Er küsste sie mit einer Inbrunst, die ihr den Atem raubte. Charlotte liefen abwechselnd kalte und heiße Schauer den Rücken hinab. Das war ein Kuss …

solch ein Kuss ... ein nie gekanntes Gefühl, einfach unbeschreiblich! Ihre Knie gaben nach. Hätte er sie mit seinen starken Armen nicht gehalten, sie wäre sicherlich zu Boden gesunken. War das tatsächlich ihr Alfons?

Charlotte legte ihre Hände um seinen Kopf und Hals, presste ihren Körper an den seinen und erwiderte seinen Kuss. In der Nähe begann plötzlich eine Nachtigall zu schlagen. Ihr glockenheller Gesang schien sie beide zu umhüllen wie ein ganzes Symphonieorchester. Alfons' Lippen schienen von einem unbekannten Feuer zu brennen. Sie schmolz dahin, ergab sich ganz seiner stürmischen Leidenschaft und erwiderte sie mit aller Kraft und Intensität, zu der sie in diesem Moment der Überraschung fähig war.

Seine Hände setzten sich langsam in Bewegung, wanderten Stück für Stück ihren Rücken hinab. Sein Kuss wurde ungestümer, sein Atem heftiger. Charlotte löste die Lippen von seinem Mund und versuchte, ihm in die Augen zu schauen, die jedoch fest geschlossen waren. Wie verzückt oder sogar verzaubert kam ihr Alfons vor. Plötzlich nahm er ihre Hand.

„Komm, lassen wir den Fürstenhof eine Weile hinter uns", sagte er mit leiser Stimme. Charlotte zögerte einen Moment. Doch dann ließ sie sich von Alfons führen. Sie waren nicht lange gegangen, da hatten sie eine herrliche kleine Lichtung erreicht. Er wollte etwas sagen, aber Charlotte legte ihm den Finger auf den Mund und küsste ihn. Er zog sie ganz eng an sich und erwiderte ihren Kuss voller Leidenschaft. Sie setzten sich ins Moos und sprachen für lange, lange Zeit keine Worte mehr, sondern ließen ihre Lippen und ihre Gefühle sprechen. Es waren verzauberte Minuten auf dieser kleinen Lichtung, die ihnen vorkamen wie Stunden.

Charlotte hätte noch die ganze Nacht in dieses entrückte Gesicht, das ihr seit ihrer Kindheit vertraut war, schauen mögen, aber mit einem Mal schossen ihr Gedanken durch den Kopf, die den Zauber dieses so unerwarteten abendlichen Rendezvous zunichte machten.

Was wäre, wenn jemand sie sehen würde? Was wäre, wenn ihre Eltern davon erfuhren? Clemens und Ursula hatten ganz bestimmte und sehr entschiedene Vorstellungen davon, mit welcher Art von Mann ihre Tochter eine Verbindung eingehen sollte. Und sosehr sie Alfons als Mitarbeiter des Fürstenhofs schätzten, als ihren Liebhaber würden sie ihn ganz bestimmt nicht akzeptieren. Schon gar nicht nach dieser Gardinenpredigt, die Papa ihr heute Mittag gehalten hatte.

Behutsam löste sich Charlotte aus Alfons' Umarmung und schob ihn sachte von sich. Sie wollte ihn und seine Gefühle nicht verletzen, aber sie durfte auch kein Risiko eingehen. Hier, so nahe am Fürstenhof, bestand immer die Gefahr, dass jemand sie beide bei einem abendlichen Spaziergang entdeckte und es den Eltern erzählte. Nein, so gerne sie auch dieses romantische Tête-à-tête jetzt fortgesetzt hätte, für den Moment musste wirklich Schluss sein.

Die Nachtigall hatte plötzlich aufgehört zu schlagen, und für einen Augenblick wurde es still im Wald, ganz still. Alfons schlug die Augen auf. Charlottes wunderschönes, von einer leichten Röte überzogenes Gesicht schien ihm begehrenswerter denn je. Nichts hätte er jetzt lieber getan, als sie erneut an sich zu ziehen und wieder zu küssen. Doch ihre Hände auf seiner Brust schufen einen nicht zu überwindenden Abstand und hinderten ihn daran. Verständnislos blickte er ihr in die Augen, noch viel zu gebannt von ihrer Erscheinung und ihrer bebenden Nähe.

„Wir dürfen es nicht", sagte Charlotte mit tiefem Bedauern in ihrer weichen Stimme, „wenn meine Eltern etwas davon erfahren ..."

Mit einem Ruck kehrte Alfons in die Wirklichkeit zurück. Es war ja richtig, was Charlotte sagte. Er hatte nicht vergessen, dass sie beide nicht alleine auf einer einsamen Insel lebten, sondern dass sie Teil einer Welt waren, in der manche Dinge einfach nicht gestattet waren und nicht geduldet wurden. „Du hast recht", antwortete er schweren Herzens, „was aber nichts daran ändert, dass meine Gefühle für dich ..."

„Und meine Gefühle für dich ...", ergänzte Charlotte.

Mehr mussten sie hier und jetzt nicht aussprechen. Ihre Blicke vermochten sich noch lange nicht voneinander zu lösen. Ihre Augen sagten sich gegenseitig all das, was sie miteinander verband. Und was sie möglicherweise auch für den Rest ihres Lebens immer miteinander verbinden würde.

Alfons lag in seinem Bett. Durch das geöffnete Fenster der Dachkammer strömte kühle, frische Nachtluft herein. In fünf Stunden würde sein Wecker klingeln und ihn zur Arbeit rufen. Doch er war sicher, in dieser Nacht nicht einschlafen zu können.

Noch einmal ließ er die Ereignisse des Tages Revue passieren. Alles in allem, daran konnte überhaupt kein Zweifel bestehen, war dies ein ganz besonderer Tag gewesen. Trotz aller Widrigkeiten fühlte er sich befreit. Zum ersten Mal hatte *er* die Initiative ergriffen. Zum ersten Mal war er es gewesen, der Charlotte geküsst hatte ...

Aber das Besondere an diesem Tag hatte ja bereits am Vormittag begonnen. Die Rose. Das Café. Ihr gemeinsames Gelächter, als Charlotte und er wieder ein Herz und eine Seele waren wie unschuldige Kinder. Später seine lange, mühselige Wanderung hinaus zu Hurlimann. Die vielen Gedanken, die ihn dabei geplagt hatten. Das Gespräch mit dem Eremiten hatte die Wende gebracht. Wie anders war die Wanderung auf dem Weg zurück verlaufen! Als wäre er geschwebt, über Berg und Tal und durch die Wälder.

Und schließlich die unverhoffte Begegnung mit Charlotte. Ihr Gesicht, das erst erschreckt gewesen war, als er hinter der Eiche hervorsprang. Das dann begonnen hatte, wie ein Stern zu leuchten. Ohne zu zögern hatte er sie in die Arme geschlossen und geküsst. Ohne nachzudenken! Es war einfach geschehen. Und sie hatte seinen Kuss erwidert. Für eine lange Weile, auf dieser kleinen Lichtung im Wald, waren sie eins gewesen, eine untrennbare Einheit. Kein Kuss auf der ganzen Welt konnte süßer sein, als ihrer es gewesen war.

Charlotte! Er drehte sich im Bett herum und drückte sein Kopf in das Kissen. Der angenehme Duft ihrer Haare, der leichte Flaum ihrer Haut waren ihm gegenwärtig, als würde sie neben ihm liegen. Der weiche, zarte Druck ihrer Lippen auf seinem Mund. Ihre bebenden Schultern. Die gerade Linie ihres Rückens. Ihre Hände, die seinen Kopf umfasst hielten. Ihre Augen, die ihn erst verwundert betrachteten, die dann glücklich zu ihm aufschauten. Charlotte!

Er musste unwillkürlich an das Bild denken, das Hurlimann ihm dort oben vor seiner Hütte geschenkt hatte. Ja, die Blume, deren Duft ihn betörte – er hatte sie gefunden. Er hatte sich zur Blüte hinabgebeugt und dieses unvergleichliche Geschenk der Natur genossen. Ja, er hatte weitergehen müssen, doch er würde zu seiner Blume zurückkehren ... Sie würde immer da sein, egal, was die Zukunft auch bringen mochte. Diese Blume blieb ihm für ewig!

Der Wecker auf dem Nachttisch tickte die Nachtstunden davon, doch Alfons hörte es nicht. Er war endlich doch eingeschlafen.

Auch Charlotte lag lange wach in ihrem Bett. Sie grübelte darüber nach, was wohl mit Alfons geschehen war. So lange kannte sie ihn nun schon. Doch heute hatte er ihr zum ersten Mal gezeigt ... nein, nicht nur gezeigt, sondern mit Leib und Seele bewiesen, was er für sie empfand. Sie konnte seinen herben, männlichen Duft, der ihr den Atem geraubt hatte, immer noch riechen ... Sie konnte seine kräftigen Hände und die Sicherheit, die Geborgenheit, die sie empfunden hatte, als er sie umarmte, immer noch spüren ... Sie konnte seine Lippen, fest und gleichzeitig weich, immer noch schmecken ... Und sie konnte seinen Blick, der tausend Bände zu ihr sprach, immer noch sehen, seine zärtlichen Augen, die sie nie mehr loslassen wollten ...

Und vor allem spürte sie das Verständnis, das er ihr entgegenbrachte. Plötzlich wurde ihr bewusst, dass die Tage der Kindheit und Jugend irgendwann ein Ende finden mussten. Gleichzeitig und noch viel stärker wurde ihr klar, dass sie heute ein unbezahlbares Geschenk erhalten hatte. Einen Menschen wie Alfons an ihrer Seite zu wissen – das war einfach wunderbar.

3. KAPITEL

Wieder war es Sommer geworden. Charlotte kehrte nun als Studentin an den Fürstenhof zurück.

Ihr Zimmer sah genauso aus, wie sie es nach den Semesterferien im Frühjahr verlassen hatte. Sie machte sich nicht die Mühe, den schweren Koffer auszupacken. Das hatte Zeit, sehr viel Zeit, noch den ganzen Sommer lang. Ganz unten im Koffer lagen ihre Bücher der Betriebswirtschaft. Aber die konnten ruhig noch warten. Hatte sie in den letzten Ferien überhaupt einmal in diese Bücher hineingeschaut? Sie konnte sich nicht so richtig erinnern. Würde sie sie in diesen Sommerferien studieren? Das war fraglich. Vielleicht ein, zwei Wochen, bevor sie wieder nach München fuhr. Vielleicht. Aber mit dieser Frage wollte sie sich im Moment als Allerletztes beschäftigen. München und die Universität lagen weit, weit weg. Jetzt waren andere Dinge sehr viel wichtiger.

Sie schlüpfte ins Badezimmer, drehte den Wasserhahn auf und spritzte sich kühles Wasser ins Gesicht. Das tat gut nach der langen Zugreise! Dann griff sie nach ihrem Parfum, um sich ein, zwei Tropfen davon auf den Hals zu tupfen. Als sie den Flakon öffnete, strömte ihr der ganz leicht süßliche Duft entgegen und mit einem Mal spürte sie – Ellie! Ihre Schwester Elisabeth. Verwunderlich war das nicht, hatte sie doch in den vergangenen Monaten immer wieder an ihre verschollene Schwester denken müssen, gerade und besonders in München! Wenn sie abends in ihrer Studentenbude saß, mit den Büchern vor der Nase, die sie gar nicht lesen mochte, fühlte sie sich oft einsam und alleingelassen. Sie vermisste einen Menschen an ihrer Seite, dem sie sich anvertrauen konnte, und gerade in solchen Momenten war ihr immer wieder Ellie in den Sinn gekommen. Wie wunderbar es doch gewesen wäre, wenn sie gemeinsam hätten studieren können. Wenn sie sich eine Bude hätten teilen können. Wenn sie abends vor dem Schlafengehen miteinander hätten sprechen und ihre Gedanken austauschen können. So wie vor Jahren, als sie noch unzertrennlich, ein Herz und eine Seele gewesen waren und den gesamten Fürstenhof mit ihren Streichen unsicher gemacht hatten.

Aber Ellie war und blieb verschollen. Niemand hatte von ihr etwas gehört oder gesehen. Keine Briefe, keine Anrufe, kein Garnichts. Nichts, außer der quälenden Ungewissheit, ob es ihr gut ging oder schlecht, ob sie sich freute oder ob sie weinte. Und natürlich die Frage, was aus ihrem Baby geworden war. Es musste jetzt – wie alt? – zweieinhalb Jahre sein. War es ein Junge oder ein Mädchen geworden? War das Kind gesund? Hatte es ein Bett? Deckte die Mutter es abends vor dem Einschlafen zu und sang ihr ein Gutenachtlied? Keine Gewissheit. Nur unbeantwortete Fragen.

Charlotte sah lange in den Spiegel und runzelte leicht die Augenbrauen. War sie eigentlich eine hübsche Frau?

Sie tat sich schwer, den Komplimenten, die ihr hier am Fürstenhof oder dort in München gemacht wurden, Glauben zu schenken – zu kritisch war ihr Blick auf sich selbst. Doch andererseits, wenn sie einen Schritt zurücktrat und die Augen ein wenig zusammenkniff, damit das Bild ein bisschen unscharf wurde ... dann sah sie wiederum doch gar nicht so übel aus. Aber das waren müßige Gedanken. Was interessierte sie ihr Aussehen? Andere Dinge waren sehr viel wichtiger.

Sie verließ die Privaträume der Familie, lief mit schnellen Schritten die Treppe hinab und durch das große Foyer, ohne sich um die Gäste, die dort herumsaßen, Koffer durch die Hotelhalle trugen oder gerade an der Rezeption anstanden, zu kümmern. Sie sprang die herrschaftliche Außentreppe hinunter und eilte mit wehenden Haaren zu ihren Rosenbeeten. Dort angekommen blieb sie endlich stehen und schlug vor Freude die Hände zusammen.

Der Anblick ihrer in voller Blüte stehenden Rosen raubte ihr fast den Atem! Das ganze lange Beet, ein Rosenstock mit genau festgelegtem Abstand zum anderen – daran hatte sie beim Pflanzen im Frühjahr peinlichst geachtet –, das ganze Beet wirkte wie ein breiter, langer Fluss von Grün, gekrönt mit einer Unzahl von großen, wilden, prachtvoll entfalteten Blüten. Die Farben schimmerten jetzt fast schon in genau der Farbmischung, wie sie es vor zwei Jahren geplant hatte.

Es gab Unterschiede, gewiss. Aber gerade das machte

den Reiz aus, befand Charlotte. Es gab immer noch einige Blüten, bei denen das Gelb vorherrschte, bei denen sich das Violett nicht richtig hatte durchsetzen können. Andererseits aber trugen manche Rosen fast durchgehend violette Blüten. Dazwischen jedoch und in der Mehrzahl hatten sich ihre Clairs so entwickelt, wie sie sollten.

In der Mitte der Blüten wuchsen, wie von einem Kartenspieler ineinandergesteckt, abwechselnd ein gelbes und ein violettes Blatt. Die Blätter außen aber, die großen Deckblütenblätter, die Visitenkarten der Rose gewissermaßen, sahen einfach absolut hinreißend aus. Wie ein Meer von Flammen. Mal loderte das Gelb aus dem Violett, mal züngelte das Violett aus dem Gelb. Das Ganze wirkte so wild, so ungebärdig, so verwegen!

Wieder musste Charlotte an Ellie denken. Ja, diese Rosen, die sie ihrer Schwester gewidmet hatte, waren das genaue natürliche Abbild ihrer Persönlichkeit. Selbstverständlich konnte Charlotte nicht wissen, wie sich Ellies Charakter inzwischen entwickelt hatte. Aber für sie waren die Clairs, so, wie sie hier wuchsen und blühten, eine genau Entsprechung ihrer Schwester zu jenem Zeitpunkt, als sie den Fürstenhof verlassen hatte. Verwegen, wild, ungebärdig. So ganz, ganz anders als die üblichen Rosenkreationen, die es sonst gab. Diese einfarbigen, braven und vollkommen langweiligen Züchtungen, die man an jeder Straßenecke kaufen konnte.

Ach, wenn Ellie doch nur für ein paar Minuten hier

sein könnte! Mit welchem Stolz Charlotte ihr die Rosen präsentieren würde. Schau, würde sie sagen, das bist du. Die Rose bist du, du bist die Rose. Dann würde sie die schönste Blüte sorgfältig mit der Schere abschneiden und Ellie diese Blüte ins Haar stecken. Sie würden sich an den Händen fassen und den Anblick des Rosenbeets genießen. Sie würden miteinander lachen und beieinander sein und nichts könnte sie trennen. Anschließend würden sie Arm in Arm davonspazieren, in den nahe gelegenen Wald. Und endlich würde Charlotte über all die Dinge sprechen können, über die sie jetzt – und so lange schon! – mit niemanden sprechen konnte.

Träume, Phantasien. Und doch war es Charlotte, als ob Ellie für kurze Zeit hier neben ihr gestanden hatte. Und wenn es nur diese viel zu kurzen Momente gewesen wären, so hätte sich doch all die Arbeit und all der Aufwand für die Clair schon gelohnt!

„Das ist ja ein schönes Chaos", hörte sie plötzlich Clemens' Stimme hinter sich, „das du hier angerichtet hast, Charlotte."

„Papa!" Charlotte wirbelte herum und fiel ihrem Vater um den Hals.

„Schon gut, schon gut", sagte er und befreite sich aus ihrer Umarmung, „ich freue mich, dass du wohlbehalten zurückgekehrt bist. Wie war die Reise?"

„Langweilig. Sag, Papa, findest du das nicht schön?" mit einer Armbewegung umfasste sie das ganze lange Rosenbeet, „sieht das nicht einfach herrlich aus?"

Clemens tat seiner Tochter den Gefallen und gaukelte ihr vor, ihre Rosen zum ersten Mal zu sehen. Tatsächlich war er in den vergangenen Wochen mehr als einmal hier gewesen und hatte sich insgeheim an der wilden Pracht in seinem Garten erfreut. Ein kleines Juwel, so kam es ihm vor. Für sich selbst hatte er die verrückten Blumen, wie er sie früher genannt hatte, schon längst ad acta gelegt, jetzt sprach und dachte er nur noch den offiziellen Namen „Clair de Lune". Er war mindestens genauso stolz wie Charlotte auf das, was sie geschafft hatte. Aber zugeben wollte er das nicht. Er hielt gar nichts davon, Kinder zu sehr zu verwöhnen.

„Nicht schlecht, nicht schlecht", antwortete er deshalb nur.

„Och, Papa, du bist gemein!" rief sie mit gespielter Enttäuschung aus. Denn natürlich wusste sie, dass dies ein Zeichen seiner höchsten Anerkennung war. So gut kannte sie ihren Vater doch. Und es freute sie ungemein, dass selbst er sich dem Zauber ihrer Rosen nicht zu entziehen vermochte.

Nachdem sie noch eine Weile über die Rosen und anschließend über Charlottes Studium gesprochen hatten – sie ließ von ihrer Unlust an den Betriebswirtschaften wohlweislich nichts verlauten –, kam Clemens auf seine alte Hoffnung zu sprechen, die ihn nicht losließ und jetzt eigentlich hierhergeführt hatte. Er achtete allerdings darauf, möglichst diplomatisch vorzugehen. Das hatte ihm Ursula eingeschärft.

„Der junge Hardenberg trifft heute Abend ein", sagte er beiläufig.

„Ach, Leopold. Das ist ja eine Überraschung." Charlotte wollte die gute Stimmung zwischen ihnen nicht grundlos zerstören und schlug deshalb einen neutralen Tonfall an.

„Nun, ich bin nicht sicher, ob es wirklich eine Überraschung ist. Immerhin hat er sich mehrfach erkundigt, wann du aus München hier eintriffst."

„Sieh mal einer an!"

„Genau genommen fragt er ständig nach dir."

„Tatsächlich?"

„Ich kenne seinen Vater, den alten Hardenberg, jetzt schon seit über fünfzehn Jahren. Wir haben das ein oder andere Geschäft miteinander abgeschlossen. Und manchmal logiert das Ehepaar Hardenberg in der König-Ludwig-Suite. Aber seit der Sohn dich zum ersten Mal gesehen hat, kann ich den Namen Hardenberg regelmäßig immer wieder in den Rechnungen finden. Merkwürdigerweise stets zu den Zeiten, in denen du auch hier bist."

„Ist das wahr?"

„Der junge Mann ist äußerst beeindruckt von dir!"

Der erste Tag der Sommerferien. Die Rosen entwickelten sich prächtig. Charlotte war gut gelaunt, sehr gut gelaunt. Warum sollte sie ihrem Vater nicht einen Gefallen tun? „Ich werde morgen mit Leopold ausreiten. Ist es das, was du wissen wolltest?"

Für einen Augenblick verschlug es Clemens die Sprache. Charlotte, die sich sonst so störrisch wie ein junges Fohlen gebärdete, die sonst in die Luft ging, wenn der Name Leopold Hardenberg nur erwähnt wurde, seine Charlotte hatte einen Ausflug mit Leopold vereinbart, obwohl der noch gar nicht im Fürstenhof eingetroffen war! Sie war doch wohl nicht durch den Aufenthalt in München und ihr Studium ... sie war doch wohl nicht wirklich ... ein Stück erwachsen geworden?

„Na dann wünsche ich euch eine gute Zeit miteinander“, sagte er und ließ seine Tochter alleine. Sollte sie sich ruhig weiter an ihren Rosenbeeten erfreuen. Ihm gingen ganz andere Gedanken durch den Kopf. Vielleicht würde es ja doch noch etwas aus der so sehr erhofften Verbindung mit den Hardenbergs! Er musste Ursula sofort berichten, was er gerade erfahren hatte. Sie würde sich bestimmt freuen.

Charlotte blickte ihrem Vater hinterher. Schon merkwürdig, was ein kleiner Satz bei anderen Menschen auslösen konnte. Denn ehrlich gesagt, Leopold kümmerte sie nicht einen Krümel. Es gab einen anderen jungen Mann, einen ganz besonderen jungen Mann, an dessen Gegenwart sie erheblich mehr interessiert war. Dem wollte sie eine Überraschung bereiten, die sich gewaschen hatte. Doch sein Dienst war erst um zwanzig Uhr beendet. Zeit genug, ein paar Kleinigkeiten vorzubereiten. Sie zückte die Rosenschere, ließ den Sicherungsverschluss aufspringen und begann mit der Arbeit ...

Es war wirklich ein harter Tag gewesen! Viele neue Gäste waren auf einen Schlag in den Fürstenhof gekommen, und Alfons fühlte sich wie gerädert. Im Keller, in der hoteleigenen Wäscherei, hatte er seine Uniform abgegeben, denn die war nach den Strapazen des Tages nicht mehr zu gebrauchen. Jetzt – seine Uhr zeigte Viertel nach acht – zog er sein kariertes Hemd und die dunkle Breitcordhose an. Endlich konnte er sich wieder ganz leger geben. Als Zivilist durch den Fürstenhof zu gehen, und sei es nur nach oben in seine Dachkammer, bereitete ihm immer ein besonderes Vergnügen. Niemand, der nach ihm winkte, niemand, der einen eiligen Auftrag für ihn hatte. Wohlverdienter Feierabend!

Auf dem Weg durch die Hotelhalle dachte er an Charlotte. Genau genommen hatte er den ganzen Tag lang an nichts anderes als an Charlotte denken müssen. Sie war heute aus München zurückgekehrt. Der Termin ihrer Heimkehr war ihm lange bekannt. Aber dass sie auch tatsächlich eingetroffen war, wusste er nur, weil eine Kollegin sie gesehen und darüber gesprochen hatte.

Was hätte es sie gekostet, einmal kurz bei ihm vorbeizukommen und Hallo zu sagen? Schon ein Winken über einen der langen Hotelflure hinweg wäre nett gewesen. Stattdessen kein Zeichen von ihr, gar nichts.

Alfons begann, die Treppe hinaufzusteigen. Auf dem Absatz zum zweiten Stockwerk saß eine junge Frau in einem geblümten Kleid, die Haare unter einem kecken Strohhut auf dem Kopf zusammengesteckt, und las in einer Illustrierten. Sie saß nicht etwa auf einem der dort bereitstehenden Stühle, sondern mitten auf einer Treppenstufe und hielt die Illustrierte so, dass er ihr Gesicht nicht erkennen konnte. Alfons beschloss, nichts zu sagen, sondern dieses wahrscheinlich verwöhnte Töchterchen eines Gastes einfach zu ignorieren. Also drückte er sich notgedrungen an der Wand entlang, um sie nicht zu stören.

Er war kaum fünf Stufen weitergegangen, als er die Illustrierte rascheln hörte. Darauf den herrischen Ausruf: „Page!"

Reflexartig blieb er stehen und drehte sich um. Im gleichen Moment wurde ihm bewusst, dass er weder eine Uniform trug noch überhaupt im Dienst war. Ärgerlich. Und auch wieder nicht ärgerlich. Denn unter dem Strohhut schaute ihn das Gesicht von – Charlotte an! Sie hatte sich verkleidet. Niemals zuvor im Leben hatte er sie in einem geblümten Kleid und mit zusammengesteckten Haaren gesehen. Er fragte sich, was sie mit dieser Aufmachung bezwecken wollte.

Charlotte stand auf, klemmte sich die Illustrierte unter den Arm und kam auf ihn zu. „Sie haben wohl lange vor der Zeit Feierabend gemacht, junger Mann", sagte sie barsch, „oder was soll diese zivile Aufmachung bedeuten?"

Jetzt erkannte Alfons, dass dies ein Spiel sein sollte. „Entschuldigen, gnä' Dame, ich … ähh … jawoll, gnä' Dame, lange vor der Zeit Feierabend gemacht. Ich bitt' sehr schön um Ihro gnädigste Verzeihung."

„Sitten wie im alten Rom“, schüttelte Charlotte gespielt ärgerlich den Kopf, „und dann auch noch wie ein Elefant durch den Leseraum zu trampeln. Ich werde mich bei der Direktion beschweren!“

„Jawoll, gnä’ Frau, bitte untertänigst um Verzeihung“, dienerte Alfons, „werde mein Gesuch um sofortige Entlassung sofortigst einreichen, gnä’ Frau, unverzeihlicher Fehler meinerseits.“

„Entlassung wird wohl nicht reichen“, erwiderte sie mit verstellter, schneidend kalter Stimme, „es muss eine harte Bestrafung erfolgen, und zwar auf der Stelle!“

„Harte Bestrafung, sehr wohl, gnä’ Frau. Hätten gnä’ Frau einen diesbezüglichen Vorschlag?“

„Nun, elender Wurm von einem unbotmäßigen Pagen …“ Sie gab ihm einen Klaps mit der Illustrierten. „Fürs Erste steht wohl eine Verbannung aus den herrschaftlichen Räumlichkeiten an. Marsch hinauf ins Dachgeschoss mit Ihnen!“

„Gnade“, winselte Alfons, „nicht das Dachgeschoss!“

Charlotte schaute sich mit strengem Blick um, aber es war kein Mensch zu sehen. Jetzt konnte sie nicht mehr an sich halten und prustete los. Auch Alfons begann zu lachen. Sie hüpfte die paar Stufen hinauf, bis sie bei ihm war, umarmte ihn herzlich und drückte ihm einen dicken Kuss auf die Wange. „Ich bin so froh, dich wiederzusehen!“

„Und ich dachte schon, du hättest mich inzwischen ganz vergessen.“

„Du sollst nicht denken, sondern mich einmal fest drücken. Damit ich weiß, dass ich wirklich wieder zuhause bin und bei dir!“ Dazu bedurfte es keiner Aufforderung. Alfons legte seine Arme um sie und drückte sie an sich.

Doch dann befreite sich Charlotte wieder aus der Umarmung. „Schnell“, flüsterte sie verschwörerisch, „sonst sieht uns noch jemand.“

Und schon huschte sie die Treppen hoch, flink wie ein Reh. Alfons hatte Mühe, ihr zu folgen. Kurz darauf waren sie im Dachgeschoss angelangt. Vor der Tür zu seiner Kammer blieb sie stehen und verwehrte ihm den Einlass. „Du musst mir etwas versprechen“, sagte sie mit sehr ernster Miene.

„Alles, was du willst.“

„Du darfst nicht schimpfen.“

„Ich werde nicht schimpfen“, sagte Alfons, der keine Ahnung hatte, worauf sie hinauswollte.

„Versprochen, heiliger Eid?“

Alfons legte die Hand auf sein Herz. „Versprochen.“

Jetzt gab sie den Durchgang frei. Alfons öffnete die Tür und betrat seine Kammer.

Der Anblick, auf den er nicht vorbereitet war, verschlug ihm den Atem. Es war überwältigend. Die ganze Kammer war übersät mit Rosen. Mit roten Rosen, gelben Rosen, weißen Rosen. Und auf seinem Bett lagen die allerschönsten, prächtigsten Blüten der Clair de Lune! Als hätte er nicht seine Dachkammer, sondern einen besonders schön gestalteten Garten betreten.

Charlotte ließ die Tür ins Schloss gleiten. Er drehte sich zu ihr um. Ihre Augen strahlten vor Freude, ihr ganzes Gesicht glühte. Welche Mühe sie sich gegeben hatte! Und sogar einen Teil ihrer geliebten Rosen hatte sie für ihn geopfert!

Erneut nahm er sie in die Arme. Diesmal musste er keine Rücksicht auf eventuelle Beobachter nehmen. Ihre Lippen fanden sich zu einem innigen Kuss. Jetzt wusste er, warum er sie den ganzen Tag nicht gesehen hatte. Wie glücklich konnte er sich in diesem Augenblick schätzen. Er küsste sie wieder und wieder. Charlotte war zurück. Und sie liebte ihn. Um mehr wollte er sich jetzt nicht kümmern.

„… und immer nur Formeln und Zahlen. Gesetze und irgendwelche komplizierten Erklärungsmodelle, die mir ganz und gar nichts erklären, sondern mich immer nur weiter verwirren. Ich sage dir, dieses Studium ist die reinste Pest. Hätte ich mich doch nie darauf eingelassen!"

Charlotte saß auf dem Bett, umrahmt von ihren eigenen Rosen. Alfons hatte sich auf seinen Stuhl gesetzt und hörte ihr zu. Sie musste so viel loswerden, was sie niemand anderem sagen konnte.

„Die anderen Studenten sind total blöd. Auf der einen Seite die Streber, die schon im Nadelstreifenanzug zur Uni kommen. Auf der anderen Seite diese Verrückten, die alles umwerfen wollen und nur gegen die Professoren pöbeln. Wenn man mit denen nicht gleichzieht, beschimpfen sie einen gleich als ‚angepasste Bürgerstochter' oder ‚Bourgeois'. Dann ziehen sie los in ihren Parkas und Dufflecoats und zünden Kaufhäuser an. Das nennen sie dann revolutionär! Also, du siehst, ich bin da umgeben von einem Haufen Idioten."

Alfons nickte. Von dem Aufruhr an den Universitäten in München und Berlin sprach zurzeit alle Welt.

„Aber ich habe eine Möglichkeit gefunden, mich auch in München mit Rosen zu beschäftigen", setzte Charlotte ihren Bericht fort, „es gibt nämlich noch ein paar wenige vernünftige Menschen dort, man sollte es kaum glauben. Eine ältere Dame, der ich ab und zu mal helfe, hat mir die Pflege ihres Gartens überlassen."

„Was heißt ‚ab und zu mal helfen'?" fragte Alfons.

„Na, einkaufen gehen und ein bisschen putzen. Das ist prima! Ich darf in ihrem Garten schalten und walten, wie es mir passt. Der Garten war ziemlich verwildert, als ich die Dame kennen lernte. Du kannst dir vorstellen, welche Beete ich zuerst in Angriff genommen habe."

„Natürlich die Rosenbeete."

„Klar. Als Erstes habe ich eine ganze Reihe Clair de Lune gesetzt. Und die alte Dame ist total begeistert."

„Aber dann hast du ja überhaupt keine Zeit mehr für dein Studium."

„Das macht doch gar nichts. Wer soll das hier im Fürstenhof schon erfahren?"

Charlotte beugte sich vor und umschloss Alfons' Hände. „Du verrätst mich doch nicht?!"

„Ich bitte dich! Mich so etwas zu fragen."

„Auch dass wir uns so lieb haben, darf niemand erfahren", sagte sie eindringlich, „und meine Eltern schon gleich gar nicht."

„Ich weiß. Das ist nicht schlimm." Alfons blickte ihr ernst in die Augen. „Unsere Liebe ist etwas ganz Besonderes. Unser ganz eigenes Geheimnis."

„Ich liebe Geheimnisse!" Charlotte lächelte schief. „Das macht die ganze Sache ... viel spannender."

„Du sagst es. Sich in aller Öffentlichkeit küssen kann jeder."

„Es ist ein ganz klein bisschen wie ..."

„Wie was?"

„Wie Romeo und Julia. Die durften sich auch nicht öffentlich lieben."

Alfons lächelte. Das hatte sie schön gesagt. Warum saß er eigentlich noch immer in diesem Stuhl? Er erhob sich und neigte sich zu Charlotte. Voller Erwartung blickte sie ihn an, als er sie in seine Arme schloss und leidenschaftlich küsste.

An Ende des Reitweges zügelte Leopold seinen Rappen und wartete auf Charlotte. Er war ein sehr guter, dazu auch sehr erfahrener Reiter und hatte die freie Bahn genutzt, um seinem Pferd die Sporen zu geben. Wie ein Blitz war er davongaloppiert. Charlotte ihrerseits hielt nichts von irgendwelchen kindischen Wettrennen und hatte ihren Braunen einfach im normalen Tempo weiterlaufen lassen. Nun dauerte es eine ganze Weile, bis sie bei ihm angelangt war.

Was ist sie doch für ein wunderschönes Geschöpf, dachte Leopold, als Charlotte in gemächlichem Trab auf ihn zugeritten kam, die Reiterkluft steht ihr ganz ausgezeichnet und betont ihre hinreißende Figur. Wenn sie erst meine Frau geworden ist, werden wir jeden Morgen vor dem Frühstück ausreiten.

Er zweifelte keine Sekunde daran, dass er Charlotte eines Tages heiraten würde. Dazu brauchte es überhaupt nicht die Gewissheit, dass ihre Eltern diese Verbindung ebenso wünschten wie er selbst. Leopold Hardenberg war es seit jeher gewohnt, das zu bekommen, was er sich in den Kopf gesetzt hatte. Sicherlich, er war das Kind sehr reicher Eltern. Aber diese hatten ihn niemals verwöhnt, sondern immer nur die höchsten Anforderungen gestellt und ihm nichts durchgehen lassen. All seine Erfolge waren das Ergebnis harter und zielgerichteter Arbeit.

In der Schule war er stets der Klassenbeste gewesen, dazu hatte es keiner Protektion bedurft. Seine beiden Studiengänge hatte er summa cum laude abgeschlossen, und in geschäftlichen Dingen hatte er schon in der Einarbeitungszeit ein goldenes Händchen und gewieftes Verhandlungsgeschick bewiesen. Nun war er, ganz unabhängig von irgendwelchen finanziellen Beteiligungen,

Geschäftsführer von zwei Firmen und saß bereits in mehreren Aufsichtsräten. Leopold sah sich selbst als das Vorzeigeexemplar eines Erfolgsmenschen. Und da er es sich nun einmal in den Kopf gesetzt hatte, Charlotte zu ehelichen, konnte er sich nicht im Mindesten vorstellen, wer oder was ihn daran hindern sollte.

Als Charlotte auf ihrem Braunen fast bei ihm war, ließ er seinen Rappen eine halbe Drehung machen und langsam loslaufen. Gemeinsam nebeneinander reitend kamen sie aus dem kühlen, schattigen Wald hinaus in die helle Junisonne. Sie mussten, um einen nächsten Abschnitt des Reiterwegs zu erreichen, etwa eine Viertelstunde auf sandiger Piste am Rande des Ortes entlang reiten. Pause und Entspannung für ihn, bevor er wieder in vollem Galopp durch den Wald jagen konnte. Zeit genug, um vielleicht ein wenig mit seiner Angebeteten zu plaudern.

Sie kamen jetzt an einem Grundstück vorbei, auf dem sich ein dreistöckiger Backsteinbau erhob, den Leopold schon lange als ganz und gar unpassend eingestuft hatte. Es musste ein öffentliches Gebäude sein, eine Schule oder ein Kindergarten oder etwas Ähnliches. In seinen Augen war dieser große rote Bau, so weit draußen am Rande des Ortes, nichts anderes als eine Verschandelung der Landschaft. Da hatte der Gemeinderat sich ein schönes Ei gelegt. Dem Tourismus – dem Hauptgeschäft des Ortes – konnte solch eine Verschandelung auf keinen Fall nützen. Ein schönes, einstöckiges Kurhaus, pastellfarben gestrichen, oder etwas in dieser Art, das wäre hier an dieser Stelle das Richtige gewesen.

Auch jetzt spielten wieder eine Menge lärmender Kinder auf dem eingezäunten Gelände. Waren denn nicht Schulferien? Hatte man denn nirgendwo mehr seine Ruhe? Leopold registrierte, dass einige Kinder auf die beiden Reiter aufmerksam wurden und für kurze Zeit in ihrem Lärm und sinnlosen Gekreische innehielten. Das war völlig normal. Als Reiter war er es gewohnt, die Blicke der Spaziergänger sowie die Aufmerksamkeit von Hunden und Kindern auf sich zu ziehen. Umso erstaunter war er, als er die Kinder plötzlich Charlottes Namen rufen hörte. Und schon strömten etliche Kinder auf den Zaun zu, winkten und riefen.

Verwundert bemerkte er, dass Charlotte keineswegs – wie es sich in seinen Augen gehörte – unbeteiligt ihren Ritt fortsetzte und dieses sinnlose Gelärme einfach ignorierte, sondern ebenfalls winkte. Aber sie winkte nicht nur, sie rief auch noch diverse Namen. „Hallo Karin!“, „Guten Tag, Trudchen!“, „Wie geht’s dir, Franzl?“ und dergleichen mehr. Äußerst befremdlich, dachte er, äußerst unpassend. Mittlerweile hatte sich eine regelrechte Traube von Kindern gebildet, die am Zaun entlang den Weg der beiden Reiter verfolgte. Erst das Ende des Zauns stoppte dieses unglaubliche Spektakel und die Kinder drängten sich nun in der Ecke des Geländes zusammen. Charlotte war sich tatsächlich nicht zu schade, ihre Reiterkappe vom Kopf zu nehmen und damit den zurückbleibenden Kindern einen Abschiedsgruss zuzuwerfen.

Dann ritt sie wieder neben ihm. „Haben Sie gesehen“, fragte sie, „wie die Kinder sich gefreut haben?“

„Ich bin, Gott sei Dank, nicht mit Blindheit geschlagen.“ Er gab sich ihr gegenüber ungewohnt barsch. Im Grunde wollte er den Vorfall so schnell wie möglich vergessen. Andererseits – und zu seiner eigenen Verwunderung – war er aber auch sehr neugierig auf Charlottes Erklärung.

„Diese armen Waisenkinder sind so froh über jede Zuwendung.“

Das war es also: ein Waisenhaus! Irgendwie dann doch passend für solch ein hässliches Gebäude, befand Leopold in Gedanken. „Ich frage mich, was Sie mit diesen ... Waisenkindern zu schaffen haben.“

Charlotte schien seinen Widerwillen gar nicht zu bemerken, sondern sprudelte los wie ein frisch entsprungener Bergquell. „Das ist jetzt fast genau ein Jahr her. Da hatte sich jemand an meinen Rosen vergriffen. Die schönen Blüten waren einfach abgerupft worden. Ich vermutete schon das Schlimmste, Wilderer oder so etwas Ähnliches ...“

Sie erzählte die ganze Geschichte bis ins Detail. Wie sie herausbekommen hatte, dass zwei Mädchen aus dem Waisenhaus in den Garten des Fürstenhofs eingedrungen waren und in ihrer kindlichen Freude so von den bunten Blüten angetan waren, dass sie sie mit nach Hause nehmen wollten. Wie sie, Charlotte, die Täterinnen aufgespürt, zur Rede gestellt und dann bemerkt hatte, dass den Kindern einfach nur die richtige Umgangsweise mit Pflanzen und Blumen nicht bewusst war. Nicht bewusst sein konnte, denn – man stelle sich vor! – das gesamte Areal des Waisenhauses war unbepflanzt gewesen. Nichts als karger Boden und Sand.

Und sie erzählte weiter, wie sie begonnen hatte, mit den Kindern zusammen Beete anzulegen und wie Tscharlie ihr geholfen hatte, Erdbeeren, Johannisbeer- und Stachelbeersträucher zu besorgen, damit die Kinder eines Tages Früchte in ihrem eigenen Garten ernten konnten. Ja, sie hatte tatsächlich die in den Kindern schlummernde Liebe zur Natur zum Leben erweckt und ihnen die Gelegenheit eröffnet, am Wachsen und Werden der Pflanzen durch eigene Anstrengung teilzuhaben. Ob Leopold denn gar nicht aufgefallen war, dass der Garten des Waisenhauses sich mittlerweile in eine Oase von Grün und bunten Blumen verwandelt hatte? Offensichtlich aber hatte er keinen Sinn für solche Dinge.

„Das ist doch reine Zeitverschwendung“, sagte er, „diese Kinder sind zu nichts nutze und werden der Gesellschaft und dem Staat zeit ihres Lebens auf der Tasche liegen. Die einschlägigen Statistiken sprechen da eine ganz klare Sprache.“

„Aber es geht um die ganz natürlichen Bedürfnisse von Kindern“, empörte sich Charlotte, „das kann man doch nicht in toten Zahlen ausdrücken!“

Leopolds Laune war im Verlauf von Charlottes Bericht in Richtung Nullpunkt gesunken. Ohne nachzudenken, platzte es einfach aus ihm heraus. „Und überhaupt, diese ganze Rosengeschichte! ‚Clair de Lune' oder wie Sie sie nennen. Das sind doch alles Kindereien. Ich kann nicht erkennen, wie man mit solchem Firlefanz das Bruttosozialprodukt steigern könnte."

Mit dieser Bemerkung hatte er den Bogen eindeutig überspannt. Charlotte fluchte wie ein Pferdekutscher und beschuldigte ihn eingebildeter Ignoranz und engstirniger Überheblichkeit.

Leopold spürte, dass er Charlotte im tiefsten Inneren verletzt hatte. Jetzt musste er schnell reagieren. Das wäre ja noch schöner, wenn diese dämlichen Rosen sich seiner Ehe in den Weg stellten! „Ich habe unbedacht gesprochen und entschuldige mich dafür. Wenn ich es recht bedenke, könnte in Ihren Rosen sehr wohl ein wirtschaftliches Potenzial zu erkennen sein. Mal angenommen, es gäbe einen Markt für diese … nun ja, außergewöhnliche Züchtung. Wenn man die entsprechenden Käuferschichten erreichen könnte … das Ganze in größerem Maßstab anlegen würde … den Handel mit gewissen Anreizen zum Einstieg bewegte … natürlich müsste man die Blumenproduzenten im Landkreis und darüber hinaus überzeugen … die Konkurrenz aus den Niederlanden ins Kalkül ziehen …"

Charlotte glaubte, ihren Ohren nicht zu trauen. Zuerst machte Leopold – in ihren Augen jetzt definitiv ein verabscheuungswürdiger Widerling – ihre Rosen schlecht. Dann, im nächsten Moment, plante er das große Geschäft. Mit ihren Rosen! Die sie nur für sich züchten wollte. Nein, nicht nur für sie selbst. Für Ellie! Was sollte dieses Gerede über eine Vermarktung? Daran hatte sie nie gedacht. Und daran würde sie auch in Zukunft nicht denken. Die Clair war und blieb ihre ganz eigene Privatangelegenheit! „Sie sind wohl nicht ganz dicht in Ihrem Oberstübchen!" rief sie voller Abscheu.

Ein nicht unerheblicher Teil seines Erfolges lag darin begründet, dass Leopold in den Gesichtern anderer Menschen lesen konnte. Bei jedem Pokerspiel hätte er am Ende den Jackpot gewonnen. So las er nun auch in Charlottes aufgebrachtem Gesicht, dass seine Kehrtwende bezüglich ihrer Rosen eine Sackgasse gewesen war. Ein weiterer, ebenfalls nicht unerheblicher Teil seines Erfolges lag in Leopolds Flexibilität begründet. Deshalb gelang es ihm, das Ruder sofort wieder herumzureißen. „Liebste Charlotte", sagte er geschmeidig, „Sie verstehen mich völlig falsch. Das war doch nur ein Gedankenspiel. Sie müssen mir verzeihen, dass ich hin und wieder in diese kommerziellen Kategorien verfalle. Niemand denkt ernstlich daran, aus Ihren herrlichen Blumen ein Geschäft zu machen."

Charlottes Erwiderung fiel ebenso knapp wie eindeutig aus. „Das will ich Ihnen aber auch dringend geraten haben!"

Leopold war froh, dass sie jetzt wieder den Reitweg

durch den Wald erreicht hatten. Jetzt musste er dieser widerspenstigen Charlotte, musste er der Welt und musste er vor allem sich selbst beweisen, zu welchen Dingen er fähig war. „Hüah!!!“

Während er sein Pferd antrieb, dachte er, was für eine wunderbare junge Frau Charlotte doch war. Nur in ihrem Kopf, dort kreisten ganz offensichtlich nichts als unnütze und sehr naive, kindliche Gedanken. Welch eine unglaubliche Verschwendung von Potenzial!

Leopold gab seinem Rappen die Sporen wie selten zuvor. Das arme Pferd bäumte sich auf, konnte aber dem harten Griff der Zügel nicht entgehen und preschte also los wie von einem wild gewordenen Bienenschwarm verfolgt.

Charlotte schaute dem davongaloppierenden Leopold nach. Was war das nur für ein Mensch!? Sie schüttelte den Kopf. So ein heller Kopf. Und so voll mit ganz und gar unnatürlichen und immer auf Geschäfte gerichteten Gedanken. Welch eine unglaubliche Verschwendung der Natur!

Am Abend des gleichen Tages schlich Charlotte hinauf ins Dachgeschoss. Den ganzen Tag über hatte sie kein vernünftiges Wort mit jemandem wechseln können. Jetzt brauchte sie Alfons, brauchte sein offenes Ohr, seine Fürsprache, seine Nähe und sein Verständnis.

Sie achtete wie immer darauf, dass niemand sie sah. Es war nicht ganz ungefährlich für sie, im Dachgeschoss gesehen zu werden, das ausschließlich den Angestellten vorbehalten war. Nicht auszudenken, was passierte, wenn ihre Eltern etwas von ihrer innigen Verbindung mit Alfons erfuhren. Nicht nur, dass es dann noch wesentlich schwieriger und komplizierter werden würde, Alfons zu sehen. Nein, die Eltern würden wahrscheinlich auch all ihre anderen Angelegenheiten unter die Lupe nehmen.

Sie würden vielleicht sogar ihre Aktivitäten in München überprüfen! Dann mussten sie zwangsläufig auf ihre mehr als unterdurchschnittlichen Noten im Studium stoßen. Sie konnten sogar ihrer Rosenzucht in dem Münchener Garten auf die Spur kommen. Und also würden sie vielleicht zu dem Schluss gelangen, dass die Freiheiten, die sie ihrer Tochter bisher in München zugestanden hatten, radikal eingeschränkt werden mussten. Nein, all das konnte und wollte sie nicht riskieren. Jedenfalls jetzt noch nicht.

Das Dachgeschoss lag um diese späte Stunde jedoch ruhig und menschenleer da. Charlotte eilte auf Alfons' Dachkammer zu, hielt sich nicht mit Klopfen auf, sondern trat einfach ein und schloss schnell die Tür hinter sich. Alfons, der an seinem Tisch saß, sah überrascht auf, dann ging ein freudiges Strahlen über sein Gesicht. Er stand schnell auf, schloss Charlotte in seine Arme und küsste sie.

Auf ihren Vorschlag hin setzte er sich aufs Bett und Charlotte legte ihren Kopf in seinen Schoß. So war es gut. Sie war ihm nahe und konnte endlich die Dinge loswerden, die sich im Laufe des Tages bei ihr angestaut hatten. Sie erzählte Alfons von ihrem Ausritt mit Leopold und ereiferte sich über dessen borniertes und arrogantes Wesen. „Manchmal glaube ich, die Welt ist voll mit dieser Art von Menschen. Menschen, die nur an ihr persönliches Fortkommen und an ihren Gewinn denken. Manchmal, wenn ich Leopold in die Augen schaue, weißt du, was ich da sehe?"

„Verrate es mir."

„Du kennst doch diesen Dagobert Duck aus dem Mickymausheft. Den reichen Geldsack, der in einem riesigen Geldspeicher lebt. Da gibt es solche Bilder von Dagobert, wenn der ein neues Geschäft wittert. Und dann hat er plötzlich diese komischen Dollarzeichen in den Augen statt Pupillen. Genau das sehe ich auch bei dem jungen Hardenberg."

„Dollarzeichen in den Augen statt Pupillen?"

„Ganz genau. Ist das nicht schrecklich?"

Alfons musste über diesen Vergleich schmunzeln.

„Zum Lachen ist das eigentlich nicht", sagte Charlotte ernst, „sondern zum Heulen. Und es ist deshalb so schrecklich, weil man ja ständig auf diese Leute trifft. Die immer nur an Geld denken und Geschäfte und wie sie andere Leute übers Ohr hauen können."

„Es gibt ja immer noch dich und mich", gab Alfons zu bedenken, „und ein paar andere vernünftige Leute sind auch noch da. So schlecht ist die Welt nun auch wieder nicht, Charlotte."

„Ich will damit gar nichts mehr zu tun haben“, erklärte Charlotte, „und eines Tages bin ich hier weg und keiner findet mich. Was hältst du davon?“

„Wovon?“

„Stell dir doch nur einmal vor. Ein kleines Häuschen, ganz weit draußen in der Einsamkeit. Da wohnen wir beide. Ein Teil des Gartens gehört meinen Rosen, aber im größeren Teil des Gartens pflanzen wir Kartoffeln, Salat, Bohnen und Gemüse. Davon können wir uns das ganze Jahr über ernähren. Es gibt Hühner, die Eier legen. Und eine Kuh haben wir natürlich auch, für die Milch. Wir können sogar unseren eigenen Käse machen!“

„Unseren eigenen Käse …“, sagte Alfons nur.

„Im Umkreis von hundert Kilometern kein anderer Mensch als wir beide. Wer braucht da Geld? Beim ersten Schrei des Hahnes stehen wir auf. Wenn die Sonne hinter den Bergen verschwindet, gehen wir zu Bett. Wir sind eins mit dem Kreislauf der Natur. Alles, was wir brauchen, stellen wir selbst her. Mehr brauchen wir doch gar nicht.“

„Das wäre schön.“ Alfons wollte ihren Traum nicht zerstören. „Aber ob das auch auf Dauer funktioniert …?!“

„Warum denn nicht?“

„Sieh mal, Charlotte, ich bin nicht zum Bauern geboren oder zum Gärtner. Für ein paar Wochen, im Urlaub zum Beispiel …“

„Ach, was redest du da! Wir leben und lernen. Andere Leute schaffen das auch. Was wir nicht wissen oder was wir nicht können, das müssen wir uns eben aneignen. So schwer wird das wohl nicht sein. In Amerika machen die jungen Leute das auch schon. Sie ziehen scharenweise hinaus aufs Land und scheren sich nicht mehr um Geld oder Geschäfte."

Charlotte schien ganz vernarrt in ihre Idee vom unabhängigen Leben in der Natur. Alfons konnte seinen Widerspruch nicht mehr zurückhalten.

„Ich dachte eigentlich, dass mein Platz hier im Fürstenhof ist. Die Arbeit macht mir großen Spaß, auch wenn es manchmal sehr anstrengend ist."

„Hier wimmelt es nur so von Menschen mit Dollarzeichen in den Augen!"

„Das würde ich so nicht unterschreiben", wandte Alfons ein, „der junge Hardenberg steht keineswegs für die Gesamtzahl aller Gäste. Die meisten suchen einfach nur Ruhe und Erholung. Das sind ganz normale Menschen wie du und ich."

„Niemand ist so wie du und ich", beharrte Charlotte.

„Wie auch immer. Ich habe hier eine Laufbahn eingeschlagen, die mich eines Tages an eine sehr verantwortungsvolle Position bringen soll. Darauf will ich mit aller Kraft hinarbeiten. Wenn ich irgendwo draußen auf dem Lande Kartoffeln ausgrabe, werde ich mit Sicherheit nicht eines Tages hinter der Rezeption des Fürstenhofs stehen können, Charlotte."

Charlotte richtete sich auf und funkelte Alfons mit einem Anflug von Unwillen in den Augen an. „Du kannst oder willst dir das nicht vorstellen? Wir beide, ganz alleine, in unserem Häuschen ...“

„Natürlich stelle ich mir das vor und natürlich finde ich die Idee schön. Aber ...“

„Aber?“

„Wir dürfen doch deswegen die Wirklichkeit nicht aus den Augen verlieren.“ Alfons überlegte kurz. „Arzt, Tierarzt, Medikamente, Geld für Saatgut, Werkzeug, und was sonst noch alles gebraucht wird. Das fällt doch nicht einfach so vom Himmel.“

„Pah! Du bist genauso materialistisch eingestellt wie alle anderen!“

„Das bin ich keineswegs. Und das weißt du auch.“

Charlotte sprang auf. Sie war jetzt zu sehr enttäuscht, dass Alfons ihren Traum nicht mitspinnen wollte, als dass sie noch vernünftig argumentieren konnte. „Ich ertrage diesen fürchterlichen Leopold, damit Mama und Papa nicht hinter unsere Liebe kommen können. Ich spiele die brave Studentin und tue alles, was von mir verlangt wird. Dabei steht mir das alles bis hier oben!“ Sie zeigte mit der Hand an, wie weit oben ihr das alles stand. „Und was machst du? Du spielst hier den selbstgefälligen Hotelmanager und tust so, als würdest du morgen zum Geschäftsführer avancieren. Du bist nichts als ein blöder Spielverderber! Das bist du!“

Alfons stand vom Bett auf und versuchte, Charlotte

in die Arme zu nehmen. „Aber Charlotte, bitte. Ich meine doch nur …“

Sie entwand sich seiner Umarmung und stampfte mit dem Fuß auf, trotzig wie ein kleines Kind. „Du bist genauso blöd wie alle anderen auch!“

„Komm her und gib mir einen Kuss.“ Alfons versuchte, der Situation eine versöhnliche Wendung zu geben.

Aber Charlotte hatte sich mittlerweile zu sehr in die Vorstellung hineingesteigert, dass alle Welt gegen sie war. Und jetzt sogar der Mensch, von dem sie dachte, dass er ihr am nächsten stand. „Gar keinen Kuss gibt es! Nie wieder! Ihr könnt mich alle mal!“ Sie drehte sich auf dem Absatz um, lief hinaus und knallte die Tür hinter sich zu. Kaum auf dem Flur, schossen ihr schon Tränen in die Augen. Sie fühlte sich verraten und verkauft. Wenn noch nicht einmal ihr Liebster die Träume mit ihr teilte …

Alfons stand mitten in seiner Kammer und schüttelte den Kopf. So hatte er Charlotte noch nicht erlebt. Jetzt tat es ihm leid, dass er nicht einfach den Mund gehalten und sie reden gelassen hatte. Er hätte doch einfach nur zuhören können! Was später einmal tatsächlich geschehen würde, stand auf einem ganz anderen Blatt. Da hätte er sich ruhig ein wenig einfühlsamer zeigen können …

Charlotte brauchte frische Luft und – viel dringender noch – Trost. Sie rannte die Treppen hinab, schaute nicht nach links oder rechts. Schon war sie auf dem Weg hinaus zu ihren Rosenbeeten.

Wenn Ellie nur hier wäre! Die hätte sie verstanden, als Einzige. Mit Ellie zusammen hätte sie sich ihre Träume ausmalen können, den ganzen Abend und die ganze Nacht hindurch. Schluchzend warf sie sich auf den Boden. Sie fühlte sich alleine, ganz alleine und einsam. Jetzt hatte sie sich sogar mit ihrem Alfons gestritten ...

Ellie! Ach Ellie! Warum hast du mich verlassen?

Alfons schaute aus dem Fenster seiner Kammer, hinaus in die dunkle, schwarze Neumondnacht. In der Ferne schrie ein Käuzchen. Die Wipfel der Bäume vor ihm, fast zum Greifen nah, wiegten sich sanft im lauen Nachtwind. Im Ort waren nur noch einzelne Fenster erleuchtet, sie wirkten wie kleine Kerzenlichter im Garten der Welt. Die Mehrheit der Menschen jedoch schlief um diese späte Stunde bereits. Alfons beneidete sie um ihre sorglose Seelenruhe.

In seiner Brust rangen die widersprüchlichsten Gefühle miteinander. Er liebte Charlotte. Er liebte sie von ganzem Herzen. Aber bedeutete das auch, dass er ihre – zweifelsohne sehr schönen – Träume jederzeit unterstützen musste? Er war doch auch nur ein Mensch! Er hatte doch auch Träume! Ganz andere zwar als die Geliebte, aber waren sie deshalb weniger wert? Waren seine Vorstellungen von der Zukunft denn wirklich so abwegig?

Er seufzte. Die Liebe war schon ein seltsames Spiel.

Als Charlotte vorhin zu ihm gekommen war, hatten sie sich so gut verstanden. Sie hatten auf dem Bett gelegen und waren sich so nahe gewesen. Und dann, ganz plötzlich, war die Stimmung umgeschlagen. Charlotte war ihm auf einmal so feindselig entgegengetreten, wie er es noch nicht erlebt hatte. Er konnte das nicht verstehen. Sie musste doch selbst einsehen, dass es einen Unterschied gab zwischen Phantasie und Wirklichkeit. Wenn sie dies nicht erkennen konnte, was hatte das zu bedeuten? Vielleicht war sie einfach noch zu jung?

Alfons sog tief die kühle Nachtluft ein und atmete langsam wieder aus. Nein, er würde sich auch weiterhin weigern, an irgendwelchen Hirngespinsten teilzuhaben! Oder doch? Was kostete es ihn schon, Charlottes Reisen ins Reich der Phantasie zu begleiten? Ein bisschen Zeit, ein offenes Ohr, mehr war gar nicht vonnöten. Aber eine wirkliche, echte, gemeinsame Zukunft für sie beide gab es ja nicht! Warum sollte er ... Er wünschte, er könnte jetzt mit Hurlimann sprechen. Der Alte hätte sicherlich einen guten Rat für ihn. Aber Hurlimann war ebenso weit entfernt wie sein nächster freier Tag.

Nein, heute Nacht gab es keine Antworten mehr auf die vielen, vielen offenen Fragen, die ihn beschäftigten. Es gab nichts zu tun, als sich auszuziehen und ins Bett zu legen. Er hoffte inständig, dass er bald Schlaf finden würde. Schlaf und ein wenig Ruhe. Noch einmal schrie das Käuzchen in der Ferne, dann lag die Welt draußen nur noch still da.

Charlotte war ins Haus zurückgekehrt. Sie hatte sich wieder beruhigt und fühlte sich jetzt ganz merkwürdig. Irgendwie leer und ausgepumpt. Sie wollte auch gar nicht mehr darüber nachdenken, was geschehen war. Also wusch sie ihre Hände und ihr Gesicht, putzte sich die Zähne, schlüpfte in ihr Nachthemd und öffnete das Fenster weit, um die Nachtluft hereinzulassen. Dann ging sie zu Bett.

Doch kaum hatte sie die Augen geschlossen, da tauchten – warum nur? – einige ihrer Kommilitonen aus München vor ihr auf. Es war ja nicht so, dass es an der Universität keine Verehrer für sie gab, ganz im Gegenteil. Doch alles, was sie von denen zu hören bekam, waren leicht durchschaubare Komplimente. Keiner von ihnen meinte es wirklich ernst mit ihr, das hatte sie von Anfang an sofort gespürt. Weshalb es auch recht einfach gewesen war, damit fertig zu werden. Für oberflächliche Schmeicheleien war sie nicht zu haben, sie nicht.

Nachdem sie die Kommilitonen erfolgreich vor ihrem inneren Auge verscheucht hatte, tauchte ausgerechnet Leopold auf. Das hatte ihr gerade noch gefehlt! Sie keuchte vor Wut auf, als sie sich plötzlich an seine Worte über die Waisenkinder erinnerte. Und dann seine abfälligen Bemerkungen über ihre Rosen! Zu allem Überfluss hatte sich dieser Schuft nicht entblödet, sein dummes Gerede von einer Sekunde zur anderen ins Gegenteil zu verkehren. Was für ein schlaues Kerlchen dieser Leopold doch war. Ihre geliebten „Claires“ dem schnöden

Kommerz preiszugeben! Er glaubte wohl, dass er alles so drehen und wenden konnte, wie es ihm gerade in den Sinn kam. Aber nicht mit Charlotte!

Sie verscheuchte auch diesen aalglatten Widerling, und ehe sie es sich versah, stand plötzlich Alfons vor ihr. Er schaute sie an mit einem solch hilflosen Blick, dass sie sich auf einmal schämte. In seinen traurigen Augen lag die ganze Unmöglichkeit, mit ihrer Laune fertig zu werden.

Ein Gefühl der Scham kroch in ihr hoch. Hatte sie tatsächlich mit dem Fuß aufgestampft? Hatte sie tatsächlich die Tür zugeknallt wie ein trotziges, kleines Mädchen? Waren dies Argumente, mit denen sie den Geliebten von ihren Träumen überzeugen wollte? War sie nun eine erwachsene Frau oder nur ein verwöhntes Kind? Sie war es doch gewesen, die Alfons einfach in seiner Dachkammer hatte stehen lassen. Da hätte sie vielleicht etwas mehr Selbstbeherrschung an den Tag legen können.

Gewiss, Alfons hatte in ihrem Traumgebilde vom Leben auf dem Lande herumgestochert und sie dadurch zutiefst verärgert. Aber dies war nur die eine Seite der Medaille, wie ihr urplötzlich klar wurde. Denn auf der anderen Seite hatte Alfons einfach nur seine Meinung gesagt. Und noch nicht einmal sehr offensiv seine Meinung gesagt, sondern vorsichtig und behutsam.

Das war es, was ihn von den anderen Männern unterschied, die ihre Aufmerksamkeit zu erhaschen versuchten. Alfons drehte sein Fähnchen nicht nach dem Wind! Er hatte Schneid und stand zu dem, was er dachte und lebte. Er war immer freundlich und zuvorkommend, aber nie redete er ihr nach dem Munde. Nie versuchte er, sich durch falsche Schmeicheleien bei ihr eine Gunst zu erkaufen. Alfons war einfach ein durch und durch ehrlicher Mensch. Wahrscheinlich konnte er sich gar nicht verstellen.

Charlotte warf sich im Bett herum und kam sich schäbig vor. Den einzigen Mensch, der ehrlich und aufrichtig mit ihr umging, ausgerechnet diesen Menschen hatte sie einfach stehen- und alleine gelassen. Was war sie doch für ein garstiges Biest gewesen! Sie biss vor Scham und Enttäuschung über sich selbst in ihr Kissen.

Nach einer Weile hatte sie sich wieder beruhigt. Morgen würde sie sich bei Alfons entschuldigen. Nicht für ihre Träume, das nicht, aber für ihr ungezogenes Auftreten ganz bestimmt. Sie kannte Alfons gut genug um zu wissen, dass er ihre Entschuldigung annehmen würde. Sie hatten doch noch den ganzen Sommer vor sich! So viele heimliche Treffen in seiner Dachkammer, so viele Spaziergänge, so viele wundervolle Momente. Es war so beruhigend, sich auf Alfons verlassen zu können. Er würde immer da sein, egal was passierte. Alfons gab ihr eine Sicherheit, die sie von niemand anderem bekommen konnte.

4. KAPITEL

Der hohe, weitläufige Kongress-Saal des Grand Hotels Esplanade in München wimmelte von fein gekleideten Menschen, die einzeln, in Paaren oder kleineren Grüppchen auf ihre Plätze zustrebten. Überall an den Wänden und in den schmalen Gängen standen Blumen in großen Vasen. An der Decke des Saals waren zahlreiche Blumenarrangements aufgehängt worden. Doch das Podium schien dies alles noch übertreffen zu wollen. Ein überwältigendes Meer von bunten Blumen, die keinen Hintergrund mehr erkennen ließen, die Treppen bedeckten, über das Rednerpult wucherten und auch die Rampe der Bühne vollkommen zudeckten. Ein phantastisches Gemälde in Rot, Gelb, Blau, Grün, Rosa, Orange und allen nur denkbaren Schattierungen dieser Farben.

Leopold Hardenberg führte Charlotte, Clemens und Ursula bis fast ganz nach vorne. Er hatte für sie alle Sitze in der dritten Reihe reserviert. Nachdem sie Platz genommen hatten, beugte sich Clemens zu Leopold hinüber.

„Ich weiß immer noch nicht, warum wir eigentlich hier sind."

Der junge Hardenberg in seinem schwarzen Nadelstreifenanzug lächelte verbindlich. „Lassen Sie sich doch einfach überraschen. Ich verspreche Ihnen, Sie werden es nicht bereuen."

Charlotte war hin- und her gerissen. Dieses Hotel, dieser Saal voll mit Menschen in feinster Garderobe, diese ganze Münchener Schickeria passten ihr gar nicht. Aber die Blumen! Nie zuvor hatte sie einen so großen, derartig geschmückten Raum mit einer solch überbordenden Fülle der unterschiedlichsten und vielfarbigsten Blumen erlebt. Sie konnte sich gar nicht satt sehen. Und wie das duftete! Als schwebte sie in einer einzigen Wolke der süßesten Blütenaromen. Sie schloss die Augen, um sich diesem unvergleichlichen Genuss hinzugeben.

Ein dezenter, wenngleich unüberhörbarer Gongschlag weckte sie aus ihrer Andacht. Das Gemurmel im Saal ebbte langsam ab und dann wurde es still. Nun kam eine kleine ältere Dame auf die Bühne, trat zum Rednerpult und begrüßte die Anwesenden zur Abschlussveranstaltung der Tagung des Bundesverbandes Deutscher Blumenzüchter. Sie sprach kurz über die erfolgreiche Arbeit des Verbandes, deren Vorsitzende sie zu sein die Ehre hatte. Sie lobte die Arbeit der anwesenden Teilnehmer in den vergangenen drei Tagen und bedankte sich bei dem Hotel für die hervorragende Ausrichtung der gesamten Konferenz. Dann übergab sie das Wort an den Präsidenten der Jury.

Welcher Jury? Fand hier irgendeine Art von Wettbewerb statt? Charlotte fragte sich ernstlich, warum Leopold sie und ihre Eltern hierher eingeladen hatte. Die vielen Blumen waren gut und schön, aber dieses langweilige Gerede dort oben auf der Bühne interessierte sie nicht die Bohne. Und jetzt kam es, wie zu erwarten gewesen war, zu einer dieser endlos langen und unsagbar öden Ansprachen, ohne die solch eine Veranstaltung scheinbar niemals auskommen konnte.

Der Mann, der das Pult übernommen hatte, dröselte in umständlichen Worten die Geschichte der Blume von Urvaters Zeiten an auf. Er wollte offenbar nichts, aber auch gar nichts auslassen. Die alten Griechen machten, wie immer bei solchen Festansprachen, den Anfang – Charlotte unterdrückte nur mühsam ein Gähnen –, dann kamen die Römer, die Päpste, die Kaiser, die … Charlotte schloss wieder die Augen und wünschte sich in ihren Münchener Garten, wo sie es mit echten, wirklich greifbaren Blumen zu tun hatte und nicht dieser ermüdenden Aneinanderreihung von historisch verbürgten Zitaten, dass die Blume an sich die Grundlage jedweder kulturellen Entwicklung der Menschheit gewesen war.

Doch überraschend schnell schlug der Redner den Bogen zur Neuzeit. Plötzlich sprach er über die emsigen Menschen, die überall auf der Welt Tag für Tag damit beschäftigt waren, die Blume an sich weiterzuentwickeln. Er lobte die Ausdauer und Geduld dieser Züchter, ihren Erfindungsreichtum und ihre Kraft, mit Rückschlägen fertig zu werden. Das klang auf einmal gar nicht so uninteressant! Charlotte musste daran denken, wie lange sie gebraucht hatte, um ihrer Clair de Lune auch nur annähernd die Form und das Aussehen zu geben, welche sie sich vor drei Jahren einmal vorgestellt hatte. Sie dachte an die vielen Fehlentwicklungen, die sie nicht weitergebracht hatten und wie sie ein ums andere Mal hatte alles aufgeben wollen. Mittlerweile hörte sie sehr aufmerksam zu.

Der Redner war nun gottlob im konkreten Hier und Jetzt angekommen. Die Rose hatte man zur Blume des Jahres erkoren. Weshalb der Bundesverband Deutscher Blumenzüchter seinen Wettbewerb ebendieser wahrhaft königlichen Blume gewidmet hatte. Aha! Das hatte Charlotte gar nicht gewusst. Offensichtlich gab es Auszeichnungen für die schönsten Rosenzüchtungen. Das war mal eine Sache! Da hätte sie sich ja eigentlich auch bewerben können! Natürlich ohne jede Chance gegen all diese professionellen und erfahrenen Züchter. Aber sie hätte immerhin beweisen können, dass sie etwas tat. Dass sie an der … wie hieß es noch? … ja, dass sie an der kulturellen Entwicklung der Menschheit Anteil hatte.

Zuerst sollten die Preisträger im Bereich Nachwuchs prämiert werden. Der Saal wurde abgedunkelt und auf der Bühne eine weiße Leinwand heruntergelassen. Darauf wurde nun das Dia einer wunderschönen Rose projiziert. Eine riesige Blüte in einem ganz unwiderstehlichen zarten Rosa, dass es Charlotte fast den Atem verschlug. Der Redner nannte den Namen der Rose, „Coral Dawn", und den Namen des Züchters. Der Saal applaudierte laut dem dritten Preisträger.

Das nächste Dia zeigte eine absolut ungewöhnliche

Rose, deren Blüten nicht ganz so groß waren wie die Coral Dawn. Diese Neuzüchtung hieß „Rosmarin“ und zeichnete sich durch eine gefällige Kombination von kleinen hellroten Blütenblättern in der Mitte aus, die von strahlend weißen Blättern umrahmt wurden. Charlottes Begeisterung hielt sich in Grenzen. Diese Rose sah für sie aus, als hätte jemand einen Klecks Himbeerkonfitüre auf einen Baiser getupft. Sehr gewollt, befand sie, das war reine Effekthascherei. Und dieser Name … über den deckte man besser den Mantel der Barmherzigkeit. Aber immerhin der zweite Preis! Der Züchter würde sich freuen.

Mit einem vom Tonband eingespielten Trommelwirbel wurde nun der diesjährige Gewinner in der Sparte Nachwuchs angekündigt.

„Verehrte Damen und Herren: Hier ist der einstimmig gewählte Sieger unseres Wettbewerbs! Genießen Sie nun in voller Pracht …“

Irgendetwas stimmte mit dem Diaprojektor nicht. Die Leinwand blieb weiß. Der erneut eingespielte Trommelwirbel verklang, ohne dass etwas geschah. Unruhiges Gemurmel im Publikum. Gerade jetzt, als alle bis zum Äußersten gespannt waren auf die Rose des Jahres, ausgerechnet jetzt wollte die Technik nicht funktionieren! Auch Charlotte murrte, das war ja wirklich zu ärgerlich. Der Redner verhaspelte sich, als er die kleine Panne zu entschuldigen versuchte. Noch mehr unwilliges Gemurmel im Publikum. Ein flinker Tontechniker reagierte und spielte den Trommelwirbel ein drittes Mal ein. Der Redner setzte noch einmal von vorne an.

„Die preisgekrönte Rose dieses Jahres heißt …“

Die Leinwand auf der Bühne füllte sich mit einer überwältigenden Komposition aus geflammtem Gelb und Violett. Ein lautes Raunen spontaner Begeisterung ging durchs Publikum. Dann brandete ungeheurer Beifall auf. Die Menschen im Saal jubelten begeistert.

Charlotte dachte, dass diese Rose dort oben auf der Leinwand sie an irgendetwas erinnerte. Sie schüttelte ungläubig den Kopf. Das konnte doch nicht wahr sein!

„Die Siegerin im Bereich Nachwuchs heißt: ‚Clair de Lune‘!“

Charlotte japste nach Luft. Es war die Clair! Es war ihre Rose, ihre Züchtung, ihre Kreation!

„Ich gratuliere hiermit der Züchterin und damit der Nachwuchs-Preisträgerin des heutigen Tages: Charlotte Saalfeld!“

Unglaublich. Es war nicht nur ihre Rose, die Frucht jahrelanger, mühseliger Arbeit, ihre eigene Kreation, es war auch ihr Name! Für einen Moment wurde ihr schwarz vor Augen. Dann spürte sie die Hände, die ihr auf die Schultern klopften, spürte den Kuss, den ihr Ursula auf die Wange gab, bemerkte Leopolds freudig strahlendes Gesicht, sah ihren Vater, der gar nicht aufhören wollte zu applaudieren, und hörte schließlich, wie der Redner sie auf die Bühne bat.

Was folgte, erlebte sie wie im Rausch. Ihr Gang

zum Podium, die kurze Treppe hinauf und der Glückwunsch des Redners. Der tosende Applaus des Publikums, als sie die Trophäe für ihren Preis in Empfang nahm. Der Schritt hin zum Pult und das Mikrofon vor ihrem Mund. Worte der Freude und der Dankbarkeit. Später konnte sie sich nicht mehr erinnern, was sie alles gesagt hatte.

Nur die beiden letzten Sätze ihrer kurzen Rede, die würde sie wohl niemals vergessen: „Wo auch immer meine Schwester Elisabeth jetzt sein mag, ich bete darum, dass es ihr gut geht. Meine Rose und dieser Preis sind allein ihr gewidmet."

Nachdem auch die Preisverleihung für die Berufszüchter und anschließend die Tagung insgesamt beendet war, fuhr Charlotte mit ihren Eltern im Aufzug nach oben. Clemens hatte für sich und seine Frau eine Suite im Esplande genommen und wollte zur Feier des Tages Champagner spendieren, abseits des Trubels und des ganzen offiziellen Getöses. Leopold würde später nachkommen, er hatte noch einige geschäftliche Angelegenheiten zu regeln.

„Ich bin wirklich sehr, sehr glücklich", sagte Charlotte im Lift, „aber irgendwie fühle ich mich von Leopold auch überrumpelt. Das war nicht fair, meine Rose bei dem Wettbewerb anzumelden, ohne mich vorher zu fragen."

„Na hör mal", sagte Clemens, „das war doch eine

sehr nette Idee von dem jungen Hardenberg. Wenn er nicht die Initiative ergriffen hätte, würde immer noch niemand von deiner Rosenkreation wissen."

„Und einen Preis hättest du auch nicht gewonnen", ergänzte Ursula.

„Darum geht es nicht. Es geht doch gar nicht um die Rosen!" begehrte Charlotte auf.

„Und worum, liebste Tochter, geht es dann?" wollte Clemens wissen.

Aber Charlotte schwieg. Was hätte sie ihren Eltern sagen sollen? Jetzt, wo der erste Rausch verflogen war, stellte sich die Geschichte für sie in einem ganz anderen Licht dar. Sie ahnte, dass es Leopold tatsächlich niemals um ihre Rose gegangen war. Er hatte diesen Wettbewerb lediglich für seine eigenen Zwecke zu nutzen versucht. So, wie er wahrscheinlich alles und jedes für seinen eigenen Vorteil zu nutzen verstand. Deshalb war er ja so erfolgreich. Weil er immer alles so drehen und wenden konnte, dass es ihm zum Gewinn gereichte.

Charlotte spürte instinktiv, dass Leopold an diesem heutigen Tag von vornherein zwei Fliegen mit einer Klappe zu schlagen beabsichtigt hatte. Zum einen wollte er ihre Freude über den Preis ausnutzen, um ihr Herz zu gewinnen. Zum anderen wollte er sich bei ihren Eltern beliebt machen.

Das war, jedenfalls in Charlottes Augen, einfach nur Berechnung. Dies aber ihren Eltern zu sagen, wagte sie nicht. Sie würden es nicht verstehen. Clemens und Ursula waren derartig eingenommen von dem jungen Hardenberg, dass sie blind waren für die Wahrheit. Oder für das, was Charlotte in diesem Moment für die Wahrheit hielt.

Denn ganz sicher war sie sich auch nicht. Immerhin, sie hatte den ersten Preis unter Dutzenden von jungen Bewerbern zugesprochen bekommen. Ohne Leopolds Initiative, da hatte Clemens ganz recht, wäre die Clair de Lune in ihrer ganzen prachtvollen Schönheit weiterhin vollkommen unbekannt geblieben. Ihre Rose der Welt aber vorzuenthalten war im Grunde eigennützig und selbstsüchtig. Denn sie hatte es ja gerade eben selbst erleben dürfen, mit welcher Freude, mit welchem Entzücken die Menschen auf ihre Rose reagiert hatten.

Doch Leopold hätte das niemals einfach hinter ihrem Rücken inszenieren dürfen.

Aber es sollte noch schlimmer kommen. Clemens hatte einige geschäftliche Telefonate führen müssen, während Charlotte, Ursula und Leopold Hardenberg in der Suite zusammensaßen, an ihren edlen Champagnerkelchen nippten und zwanglos miteinander plauderten.

Plötzlich kam Clemens mit hochrotem Kopf aus dem Nebenzimmer gestürzt und baute sich in voller Größe vor seiner Tochter auf. „Du hast also beschlossen, dich, deine Zukunft und die Zukunft des Fürstenhofs einfach wegzuwerfen!“ rief er.

Ursula verstand gar nichts. „Was ist denn passiert?“

„Ich will es dir sofort sagen. Deine Tochter, diese großartige Rosenzüchterin vor dem Herrn, die verbummelt hier in München ihre Zeit, das ist passiert. Ihre Noten im Studium schreien zum Himmel, das ist passiert. Mehr als unterdurchschnittlich, sage ich nur, geradezu mangelhaft."

„Aber …", wollte Charlotte einwenden.

„Nichts aber!" rief Clemens erregt. „Du hast wohl geglaubt, dass ich nicht dahinterkomme. Aber die Sekretärin deines Fachbereichs war sehr hilfsbereit. Ich glaubte, meinen Ohren nicht trauen zu können. Nichts hast du bisher geschafft, gar nichts!" Er begann, ruhelos hin und her zu laufen. „Da schickt man seine Tochter auf die Universität nach München – und was tut sie? Gammelt herum, versäumt ihre Vorlesungen und schreibt Klausuren, dass es zum Himmel schreit."

Charlotte war wie vom Donner gerührt. Ihr Vater hatte also tatsächlich alles herausbekommen! Dies hätte niemals geschehen dürfen.

Clemens war nicht zu beruhigen. „Ich wusste ja gleich, dass diese Rosenliebhaberei der falsche Weg ist. Das Kind", und dabei schaute er Ursula an, „hat nichts als Flausen im Kopf. Es wird höchste Zeit, dass sie etwas mehr Zielstrebigkeit an den Tag legt. Erinnert ihr euch noch, wie es Elisabeth ergangen ist?"

Er schaute sich mit zornig funkelnden Augen um, erhielt aber keine Antwort. Das Schweigen im Raum war geradezu greifbar. Niemand wagte etwas zu sagen. Charlotte war bei der Erwähnung von Ellies Namen zu Eis erstarrt. Ursula hatte den Kopf gesenkt und starrte auf den kostbaren Teppich, als wäre dort eine Lösung des Problems zu finden.

Nur Leopold, der die Hintergründe von Elisabeths Verschwinden vom Fürstenhof vor mehr als drei Jahren nicht kannte, nahm Clemens' Ausbruch gelassen auf. „Ist es nicht das Vorrecht der Jugend", warf er ein, „die Zeit ein wenig verbummeln zu dürfen? Ich bin mir ganz sicher, dass Ihre Tochter nicht in bösem Willen gehandelt hat."

Clemens warf sich in einen der Plüschsessel und schnaufte ärgerlich. „Böser Wille oder nicht ... Es ist doch wohl nicht zu viel verlangt, wenn ich von meiner Tochter etwas mehr Einsatz erwarte, als sie offensichtlich bisher im Studium gezeigt hat."

Leopold sah sich genötigt, die Dinge wieder auf ihren angestammten Platz zu rücken. „Ich könnte mir vorstellen, dass es für Charlotte ganz andere Beweggründe gibt, nicht zielgerichtet zu studieren. Vielleicht ist sie einfach nicht genug ... motiviert!"

„Motiviert", grummelte Clemens, „bleiben Sie mir weg mit diesem neumodischen Kram. Es geht hier um Ziele! Ich wusste genau, was ich erreichen wollte, als ich den Fürstenhof aufgebaut und dahin gebracht habe, wo er jetzt steht."

„Das streitet auch niemand ab." Leopold gab sich wieder einmal sehr geschmeidig. „Aber versuchen Sie doch einmal, es so zu sehen: Wozu braucht Ihre Tochter eigentlich einen Universitätsabschluss in Betriebswirtschaft? Nur einmal angenommen, sie würde heiraten. Nur einmal angenommen, ich könnte der Glückliche sein, dem sie ihr Herz schenkt. Mit ihrem wundervollen Aussehen und ihrem perfekten Auftreten würde sie meine Arbeit und meine nicht unwesentlichen Besitztümer auf geradezu hervorragende Weise repräsentieren. Wozu braucht sie dann ein Diplom, das frage ich Sie."

Charlotte traute ihren Ohren nicht. Nicht genug, dass sie bei ihren zugegebenermaßen schludrigen Bemühungen im Studium erwischt worden war. Nicht genug, dass Clemens Ellie ins Gespräch gebracht hatte – nun wurde auch noch über sie gesprochen, als wäre sie gar nicht anwesend. Und als Krönung der ganzen Sache versuchte jetzt Leopold, die Situation auszunutzen, und machte ihrem Vater mehr oder weniger unverblümt das Angebot, sie zu heiraten und damit alle Probleme vom Tisch zu wischen.

Als sich Leopold erfrechte, wie beiläufig seinen Arm um ihre Schulter zu legen, stand Charlotte ruhig auf und ging langsam zur Tür. „Ich höre mir das nicht länger an", sagte sie kühl und betrachtete die Anwesenden aus schmalen Augen. „Und ich habe es satt, dass ihr über mich sprecht, als wäre ich nicht im Raum. Ihr wollt euch weiter über dieses wunderbare Thema unterhalten? Bitte schön." Sie drückte die Türklinke hinunter und wandte sich um. „Dazu scheint meine Anwesenheit ja nicht vonnöten zu sein. Einen schönen Abend wünsche ich allerseits!"

Vor der Tür lehnte sie ihre Stirn an die kühle Wand. Äußerlich hatte sie sich zwar angemessen verhalten, aber in ihrem Innersten brodelte es. Warum interessierte sich denn niemand für das, was *sie* wollte? Spielten ihre Träume und Gefühle denn überhaupt keine Rolle? Entschlossen lief Charlotte die Treppe hinunter. Diese drei konnten ihr wirklich mal im Mondschein begegnen.

Es war ein glücklicher Zufall, dass sich Alfons zur gleichen Zeit ebenfalls in München aufhielt. Er nahm wie jedes Jahr um die gleiche Zeit an einem Fortbildungslehrgang des Hotel- und Gaststättengewerbes teil, um seine Kenntnisse zu erweitern.

Normalerweise kehrte er nach den anstrengenden Seminaren in sein kleines, in einer unscheinbaren Seitenstraße gelegenes Hotel zurück, verschwand auf seinem Zimmer, um sich ein wenig auszuruhen, und machte danach einen kleinen Spaziergang durch das Viertel, um neue Kraft zu tanken. Hinterher konnte er dann noch ein oder eineinhalb Stunden in den Büchern lesen, die ihm vom Leiter des Lehrgangs empfohlen worden waren.

An diesem Abend allerdings entschloss sich Alfons, auf einen Sprung in der Bar des kleinen Hotels vorbeizuschauen, bevor er nach oben ging. Er wusste selbst nicht, warum, aber sein Gefühl zog ihn ganz deutlich dorthin. Und wer saß da an einem der runden winzigen einbeinigen Tische? Charlotte! Und was stand vor ihr auf dem Tisch? Ein großes Glas mit einer mehrfarbig geschichteten Flüssigkeit, einem rosafarbenen Papierregenschirmchen obendrauf und einem dicken Strohhalm mittendrin. Und was tat Charlotte? Sie saugte an dem Strohhalm wie eine Ertrinkende, die nach Luft schnappt.

So weit, so gut. Oder auch schlecht. Charlotte zu treffen, war sicherlich großartig. Aber so, wie sie da an dem Tisch saß, und so, wie sie an dem Strohhalm saugte, bekam Alfons den Eindruck, dass sie sich regelrecht betrinken wollte. Das kannte er von ihr nicht. Es musste irgendetwas vorgefallen sein, das sie tief getroffen hatte.

Alfons beschloss, die für ihn sehr überraschende Begegnung von seiner Seite aus so nüchtern wie möglich zu gestalten. Das war aber gar nicht so einfach.

Kaum hatte sie ihn erblickt, sprang Charlotte auf und fiel ihm derart stürmisch um den Hals, dass sie ihn beinahe umgestoßen hätte. „Alfons, du Untreuer", rief sie eine Spur zu laut, „wo bist du gewesen in der Stunde, da alle Welt gegen mich angetreten ist?"

„Ganz ruhig, Charlotte", versuchte er, sie zu beruhigen, „wir kriegen alles wieder hin."

„Nichts kriegen wir wieder hin! Alle sind gegen mich, alle. Und du hast mich jetzt auch noch verlassen. Du bist ein Schuft, Alfons, das ist es, was du bist."

„Aber nicht doch, Charlotte, nicht doch. Setz dich

erst mal wieder hin und dann sprechen wir über alles." Er fasste sie behutsam an den Schultern, führte sie zu ihrem Platz und setzte sich dann neben sie.

Charlotte plapperte auf einmal wie wild drauflos. Er hatte allerdings große Mühe, ihren wirren Gedankengängen zu folgen. Von einem ersten Preis für ihre Clair de Lune war die Rede und von den Nachforschungen durch ihren Vater an der Universität und von dem opportunistischen Widerling Leopold, der offensichtlich – so klang es aus ihren Worten heraus – an allem Unglück dieser Welt irgendwie schuld war. Schließlich kam Charlotte auf ihre verschollene Schwester zu sprechen, die seltsamerweise auch eine Rolle in dem – Alfons immer noch weitgehend unbekannten – Drama dieses Tages gespielt hatte.

Mit den Worten „Ach, die arme, arme Ellie!" begann Charlotte zu weinen, während sie Alfons noch mit großen Augen anschaute. Dann klammerte sie sich plötzlich an ihn, vergrub ihren Kopf an seiner Schulter und schluchzte hemmungslos. Ihr Körper wurde wie von Krampfanfällen geschüttelt. Alfons legte seinen Arm um sie, hielt sie einfach nur fest und murmelte beruhigende Worte. Was hätte er sonst tun können?

Das Schluchzen ebbte langsam ab. Er hatte inzwischen eins seiner blütenweißen Taschentücher herausgezogen. Nun hob er ihren Kopf mit den Fingerspitzen sachte an und tupfte ihr behutsam die Tränenspuren von den Wangen. Mit einem schiefen Lächeln blickte sie ihm ins Gesicht. Ihre Hand wollte nach dem Cocktailglas greifen, doch Alfons hatte es vorsorglich an den äußersten Rand des Tisches geschoben. Als eine Kellnerin vorbeikam, bat er sie, das noch halbvolle Glas abzuräumen, und bestellte stattdessen einen Kaffee – „aber stark, bitte!“ – für die Unglückliche.

„Du darfst mich heute nicht alleine lassen!“ flehte ihn Charlotte an, „sag, dass du mich nicht alleine lässt.“

„Ich lasse dich nicht alleine“, sagte Alfons, „aber erzähl mir doch mal, wie du überhaupt hierhergekommen bist.“

„Ich habe die einfach alle da sitzengelassen in ihrer dämlichen Suite in dem blöden Grand Hotel.“ Ihre Stimme klang trotzig. „Ich bin einfach weggegangen. Weil ich ein Gläschen trinken wollte. Oder zwei. Vielleicht auch drei, was weiß denn ich? Ist auch egal. Jetzt sind wir ja zusammen. Und ich lasse dich die ganze Nacht nicht mehr los!“

Alfons ahnte, dass Charlottes Eltern sich inzwischen fragen würden, wo ihre Tochter geblieben war. Es konnte nicht mehr lange dauern, und sie würden beginnen, sich Sorgen zu machen. Langsam wurde es Zeit zu handeln.

„Nimmst du mich mit auf dein Zimmer?“ bat Charlotte mit feuchten Augen, „sag, dass du mich mit auf dein Zimmer nimmst.“

Alfons wusste, dass der Alkohol aus Charlotte sprach. Sie war nicht mehr Herr ihrer Sinne, und Alfons würde das ganz bestimmt nicht ausnutzen. „Trink mal einen Schluck Kaffee."

„Nur, wenn du mir versprichst, dass du mich mit auf dein Zimmer nimmst!"

„Trink deinen Kaffee." Er legte so viel Nachdruck wie möglich in seine Stimme.

Charlotte verzog schmollend ihren Mund, nahm dann aber doch einen kleinen Schluck. „Ich will die ganze Nacht bei dir sein", beharrte sie, „du sollst mich festhalten und nie wieder loslassen."

„Bald, Charlotte. Aber nicht heute."

„Heute!"

„Bitte trink deinen Kaffee, Charlotte."

„Du bist gemein." Immerhin leerte sie die Tasse bis auf den letzten Tropfen.

Alfons streichelte beruhigend ihre Hand und redete leise auf sie ein. Charlotte schien sich nach und nach zu beruhigen, und endlich ließ sie auch von ihrer fixen Idee ab, bei ihm übernachten zu wollen. Schrittchen für Schrittchen konnte er ihr begreiflich machen, dass sie zurück ins Hotel zu ihren Eltern gehen musste. Am Anfang protestierte sie zwar noch heftig, doch ihr Widerstand schmolz langsam dahin. Als er darauf hinwies, dass die Polizei durch eine Vermisstenanzeige alarmiert worden sein könnte, gab Charlotte auf.

Alfons bezahlte die Rechnung, auf der sage und schreibe vier Cocktails standen. Fast seine gesamte Barschaft musste er dafür auf den Tisch blättern, aber das machte ihm nichts aus. Was ihm allerdings etwas ausmachte, war, seine geliebte Charlotte in einer solch aufgelösten Verfassung zu erleben. Er war regelrecht bestürzt über ihren Zustand.

Endlich verließen sie die Bar, und Alfons forderte Charlotte auf, sich bei ihm einzuhaken. So schwankte und wankte sie nicht durch die Gegend, sondern ließ sich auf dem schnellsten Wege zum Grand Hotel führen. Mittlerweile konnte Charlotte auch wieder einigermaßen klar denken und sie berichtete ihm, diesmal in verständlicher Form, was den Tag über geschehen war.

Alfons freute sich ungeheuer über die Nachricht vom Erfolg der Clair de Lune. Er hatte schon immer gewusst, dass diese Rose etwas ganz Besonderes war. Mit dem Preis dieses Wettbewerbs wurde das praktisch amtlich festgestellt, wie er erklärte. Dass Clemens sie gleich nach der Preisverleihung so massiv unter Druck gesetzt hatte, fand er überhaupt nicht in Ordnung. Zu ihren schlechten Noten an der Universität bemerkte er allerdings lakonisch, dass Charlotte sich ruhig ein bisschen mehr Mühe geben könnte. Wie viele Menschen aus weniger begüterten Familien wären froh und glücklich, wenn sie überhaupt die Chance bekämen zu studieren.

Im Hotel und auf der Etage angekommen, begann Charlotte, an seinem Ärmel zu zupfen. „Du kommst doch mit auf mein Zimmer, oder?“

„Besser nicht, Charlotte“, entgegnete er mit einem gequälten Lächeln.

„Du bist gemein“, sagte sie.

„Ich bin nicht gemein, ich liebe dich.“ Er nahm sie fest in seine Arme und drückte sie kurz an sich. „Und weil ich dich liebe, komme ich nicht mit.“ Dann küsste er sie sanft, doch Charlotte erwiderte seinen Kuss so leidenschaftlich, dass er sich nur mit Mühe von ihr lösen konnte. Schließlich befreite er sich. „Gute Nacht“, sagte er leise.

„Gute Nacht, mein Liebster.“ Charlotte blieb für einen kurzen Moment in der Tür stehen und winkte Alfons zum Abschied zu. Doch plötzlich stürzte sie hinter ihm her und fiel ihm erneut um den Hals. „Nicht gehen“, bat sie, „lass mich jetzt nicht allein.“

Er küsste sie erneut. „Ich gehe jetzt in mein Hotel“, sagte er mit der nachdrücklichsten Stimme, die ihm zur Verfügung stand, „und du gehst in dein Bett. Morgen sprechen wir über alles. Gute Nacht!“

„Schlaf gut, Liebster.“ Sie sah ihm hinterher, bis er im Fahrstuhl verschwunden war. Dann erst drückte sie die Klinke hinunter und verschwand leise in ihrem Zimmer.

Am nächsten Morgen erwachte Charlotte früh. Ihr Kopf fühlte sich an, als wäre er mit glühenden Kohlen gefüllt, und sie verspürte einen so unglaublichen Durst, als wäre sie zwei Tage durch die Wüste marschiert. Schnell schlüpfte sie aus dem Bett und lief ins Bad, wo sie erst mal ein paar kräftige Schlucke Wasser aus dem

Hahn durch ihre Kehle laufen ließ. Anschließend ging sie unter die Dusche. Sie wechselte den Regler immer hin und her zwischen heiß und eiskalt, bis sie sich frisch genug fühlte, der Welt wieder ins Auge zu blicken. Beim Abtrocknen fiel ihr dann nach und nach wieder ein, was gestern passiert war.

Zuerst schämte sie sich, dass sie Alfons auf diese Weise bedrängt hatte. Das empfand sie nicht nur als unwürdig für sie selbst, sondern auch für ihn und ganz besonders für die liebevolle Beziehung, die sie beide zueinander hatten. Da würde sie sich ganz schön anstrengen müssen, um diesen Vorfall vergessen zu machen! Zum Glück, erinnerte sie sich, war Alfons sich selbst treu geblieben in dieser dummen Situation. Er hatte sich auf nichts eingelassen, sondern sie treu und hilfsbereit umsorgt, schließlich sogar nach Hause gebracht. Ob sie die Cocktails bezahlt hatte? Daran konnte sie sich nicht erinnern. Alfons würde es ihr sagen müssen. Und überhaupt, diese Cocktails! Sie schwor sich, nie wieder in ihrem ganzen Leben solche Getränke anzufassen.

Dann fiel ihr der Anruf von Clemens bei der Fachbereichssekretärin ein. Ihr wurde klar, dass ein großer Teil der gestrigen Flucht ihren eigenen Schuldgefühlen zuzuschreiben war. Sie atmete durch. Eigentlich gar nicht schlecht, dass ihre Bummelei im Studium jetzt endlich ans Licht gekommen war. Nun brauchte sie sich nicht mehr zu verstecken. Irgendwie war ihr mit einem Mal leicht ums Herz. Vielleicht hatte sie dieses Fegefeuer gebraucht, um klarer sehen zu können, was zu tun war.

„Was mich nicht interessiert", sagte Clemens, der gerade seine durchgeschnittene halbe Semmel mit einer Scheibe Schinken belegte, „und worüber ich auch gar nichts mehr hören will, ist dein Verschwinden gestern. Worüber ich aber durchaus sehr genau und sehr viel hören möchte, sind deine Pläne für die nächsten Jahre. Du weißt, wie sehr es mir widerstrebt, sinnlos Geld in ein Projekt zu investieren, das von vornherein zum Scheitern verurteilt ist."

Natürlich meinte er damit das betriebswirtschaftliche Studium. Charlotte hatte die Zeit, bis Clemens und Ursula aufgestanden waren und sich frisch gemacht hatten, ausgiebig genutzt, um ihre Gedanken zu ordnen. Deshalb fiel es ihr jetzt nicht schwer, ihrem Vater gerade ins Gesicht zu schauen und eine ehrliche Antwort zu geben. „Ich kann dir keine erstklassigen Noten garantieren", sagte sie, „aber ich kann dir versprechen, dass ich mich in Zukunft ernsthaft bemühen werde. Es tut mir wirklich leid, dass ich so gebummelt habe. Aber es war auch alles nicht leicht für mich, ganz allein nach München zu gehen und dieses Studium anzufangen."

„Ich hätte in einer solchen Lage jedenfalls Schwierigkeiten gehabt", ergänzte Ursula, die sich eine Tasse Kaffee einschenkte, „ganz alleine in einer fremden Stadt."

„Alles schön und gut", Clemens war nicht gewillt,

sich auf eine Diskussion über das Erwachsenwerden einzulassen. „Aber auf dein Versprechen alleine will ich mich nicht verlassen."

„Das habe ich mir fast gedacht", erwiderte Charlotte, „und mache deshalb einen Vorschlag. Du kannst die Telefonnummer der Fachbereichssekretärin aus deinem Notizbuch streichen. Stattdessen bekommst du nach jeder Klausur und nach jeder Zwischenprüfung von mir einen Bericht über die Ergebnisse. Umgehend. Sobald ich sie selbst bekommen habe. Wenn du darauf bestehst, mit einer Kopie."

„Das hört sich vernünftig an. Ich bin nicht der Mann, der dein Leben bis ins kleinste Detail kontrollieren möchte. Ich will lediglich, dass du dich deinen Fähigkeiten und deiner Intelligenz entsprechend ernsthaft bemühst. Und fürs Erste … ja, doch, fürs Erste würde ich auf Nachweisen bestehen. Jedenfalls bis die Dinge wieder einigermaßen ordentlich ins Lot gebracht sind."

Eine Weile aßen alle drei schweigend. Aber Charlotte hatte noch etwas auf dem Herzen, das sie jetzt, wo schon einmal Großreinemachen angesagt war, loswerden wollte. „Ich habe aber auch eine Bitte an euch."

Clemens und Ursula schauten sie fragend an.

„Es betrifft Leopold Hardenberg. Ihr drängt ständig darauf, dass ich ihn heiraten soll. Aber ich will ihn gar nicht heiraten. Ich finde, dass er einfach nicht zu mir passt. Außerdem ist er ein Opportunist."

„Ein hartes Wort", Clemens runzelte die Augenbrauen, „aber ich höre mir erst mal an, was du weiter zu sagen hast."

„Der junge Hardenberg ist die beste Partie, die eine junge Frau bekommen kann", flocht Ursula ein.

„Nehmen wir doch diesen Wettbewerb gestern. Aus meiner Sicht hat der Leopold das alles nur gemacht, um sich selbst in ein besseres Licht zu rücken. Nicht nur bei mir, sondern auch bei euch. In Wirklichkeit hat er überhaupt kein Interesse an meiner Clair de Lune. Das hat er mir selbst mal gestanden."

„Weißt du, was du da sagst?" Clemens beugte sich vor. „Weißt du denn, welche Bemühungen er auf sich genommen hat, um deine Rose in den Wettbewerb zu bringen? Es ist ja beileibe nicht so, dass er nichts anderes zu tun hätte. Soweit mir bekannt, ist sein Arbeitsplan für den Tag ausgefüllt vom frühen Morgen bis hinein in den späten Abend. Sogar auf dem Fürstenhof arbeitet er stundenlang. Von dem könnten sich diese langhaarigen Gammler, die angeblich die Welt verändern wollen, eine dicke Scheibe abschneiden. Nicht, dass es diesen selbsternannten Revoluzzern helfen würde …"

Charlotte entschied, die Sache auf den Punkt zu bringen. „Ich liebe ihn nicht. Und wenn ich ihn nicht liebe, heirate ich ihn auch nicht!"

Clemens und Ursula tauschten einen kurzen Blick. Wusste ihre Tochter denn überhaupt schon irgendetwas von der Liebe?

„Wir müssen doch", sagte Ursula schließlich, „das

Kind nicht mit dem Bade ausschütten. Ob du den jungen Hardenberg heiratest oder nicht, können wir auch später noch entscheiden."

„Erst mal geht es darum", ergänzte Clemens, „dass du dein Studium ordentlich absolvierst. In ein, zwei Jahren sehen wir weiter."

Damit konnte Charlotte leben, auch wenn sie nicht begriff, warum ihre Eltern sie anscheinend nicht verstehen wollten. Clemens und Ursula spielten ganz offensichtlich auf Zeit. Aber Charlotte war sicher, dass die Zeit letztendlich für sie und ihre eigenen Vorstellungen von der Zukunft entscheiden würde.

Frau Birnmeyer war eine Witwe Mitte fünfzig, sorgte sich ständig und lautstark um ihr Gewicht, legte sich einmal im Monat für zwei Tage ins Bett, um ihre Migräne zu pflegen, und besuchte jedes Heimspiel des Fußballvereins 1860 München. Den Rest der Zeit kümmerte sie sich aber um ihre „Kindlein", wie sie die drei Studentinnen liebevoll nannte, an die sie jeweils ein Zimmer ihrer Altbauwohnung vermietet hatte. Frau Birnmeyer selbst wohnte und schlief im kleinsten Raum der Wohnung, war jedoch meistens in der Küche zu finden, wo sie Kaffee kochte und ihren ebenso berühmten wie berüchtigten Gugelhupf backte. Von hier aus konnte sie die Diele der Wohnung und somit Ein- und Ausgang der Studentinnen am besten beobachten.

Ihre nun schon viele Jahre zurückliegende Ehe war allem Anschein nach nicht sehr glücklich gewesen. Denn ihr verstorbener Mann Alois war bei ihren Untermieterinnen zum Synonym für absolute Unfähigkeit des Mannes an sich geworden, speziell in sämtlichen Bereichen des Alltags, gepaart mit übelster Herrschsucht und einer schier unermesslichen Faulheit. Niemand konnte sich erklären, aus welchen Gründen Witwe Birnmeyer diesen Mann einmal geheiratet hatte. Nichtsdestotrotz hatte Alois, Gott hab ihn selig, seiner Frau im Laufe der Jahre eine grundlegende Abneigung gegen Männer im Allgemeinen und gegen die Verehrer ihrer Kindlein im Besonderen eingeimpft.

Es war der letzte Abend für Alfons in München. Seine Fortbildung war am Abschlusstag bereits um sechzehn Uhr beendet, und Charlotte wünschte sich nichts mehr, als dass es ein schöner Abend für sie beide werden würde. Nur – wie konnte sie Frau Birnmeyer davon überzeugen, dass in ihrer Wohnung nichts Unrechtes geschah? Nun war ein gemeinsames Abendessen und das Anhören von Beatles-Schallplatten, auf Zimmerlautstärke natürlich, an sich überhaupt nichts Unrechtes. Die Witwe aber mochte das anders sehen, und es war ein absolutes Ding der Unmöglichkeit, Alfons heimlich an ihr vorbeizuschleusen.

Charlotte nahm sich vor, zu improvisieren. Und das tat sie. „Wir sind es nur“, rief sie laut, nachdem sie die Wohnungstür aufgeschlossen hatte, „der Alfons und ich!“

Frau Birnmeyer kam aus der Küche geschossen, als hätte sie nur darauf gewartet. „Der Alfons? Aber mein

Kindlein, welcher Alfons denn? Und um diese Zeit! Es ist viel zu spät für Herrenbesuch." Mit Argusaugen musterte sie Alfons, der sein freundlichstes Lächeln aufgesetzt hatte. Missbilligend schüttelte sie den Kopf und übersah dabei geflissentlich seine Hand, die er ihr zum Gruße hingestreckt hatte.

„Aber Frau Birnmeyer, vom Alfons habe ich Ihnen doch schon so viel erzählt", flötete Charlotte, „mein Zukünftiger. Wir werden nächstes Jahr heiraten."

„Ogottogott, mein Kindlein, du wirst dich doch nicht ins Unglück stürzen."

„Der Alfons und ich, wir lieben uns halt." Charlotte lächelte die Witwe treuherzig an.

„Das glauben sie doch alle, die jungen Leute. Und hinterher nichts als Jammern und Wehklagen! Ich weiß genau, wovon ich spreche."

„Der Alfons ist ganz anders als Ihr Alois."

Die Witwe ließ Alfons nicht aus den Augen, während sie sich daraufhin ausführlich über die Unzulänglichkeiten ihres Mannes ausbreitete. „... faul sind sie am Ende alle, die Männer. Faul und egoistisch!" Frau Birnmeyer war fertig.

„Mein Alfons nicht", widersprach Charlotte entschieden, „und jetzt gehen wir auf mein Zimmer, wenn Sie erlauben."

„Kein Herrenbesuch nach 22 Uhr, mein Kindlein, du weißt ja."

Jetzt schaltete sich Alfons ein, der bisher noch gar

nichts gesagt hatte. Die Witwe schaute sehr verblüfft drein, als er sie einfach am Arm nahm und in die Küche führte. Mit einem Auge zwinkerte er dabei Charlotte zu, was nichts anderes bedeuten sollte als „ich mach das schon“. Charlotte nickte zuversichtlich und konnte sich ein Grinsen nicht verkneifen. Schnell drückte sie sich hinter die nächste Tür, um kein Wort von dem folgenden Gespräch unter vier Augen zu verpassen. Sie war äußerst gespannt, wie das Duell zwischen der Witwe und ihrem Geliebten ausgehen würde.

„Auf ein Wort, liebe Frau Birnmeyer.“ Alfons sprach sehr bestimmt und sehr fest, während er die Witwe in der Küche mit sanftem Einsatz seiner Hände auf ihren angestammten Stuhl dirigierte. „Ich bin nicht irgendein Herr. Ich bin Alfons Sonnbichler, meines Zeichens Hauptportier im Hotel Fürstenhof, von dem Sie bestimmt schon gehört und gelesen haben. Ich arbeite hart, sehr hart, von fünf Uhr morgens bis einundzwanzig Uhr abends, sechsmal die Woche. Und am Sonntag gehe ich in die Kirche, wie es sich für einen gottesfürchtigen Menschen gehört.“

Frau Birnmeyer lauschte mit offenem Mund seiner Rede und vergaß darüber völlig, selbst zu sprechen. Das passierte wahrlich nicht oft.

„Ich habe nur diesen einen Abend, um verschiedene wichtige Dinge, die unsere gemeinsame Zukunft betreffen, mit meiner über alles verehrten und liebsten Braut Charlotte zu erörtern. Verstehen Sie das?“

Die Witwe nickte.

„Ich … nein, wir beide möchten bei dieser Aussprache unter vier Augen auf keinen Fall von irgendjemandem gestört werden. Verstehen Sie das?“

„Ja“, sagte Frau Birnmeyer. Sie wirkte merkwürdig kleinlaut.

„Manche Angelegenheiten kann man nicht nach irgendeiner Zeit bemessen. Manche Dinge benötigen so viel Zeit, wie sie halt brauchen. Sie verstehen?“

Wieder nickte sie.

„Und deshalb, liebe Frau Birnmeyer, muss ich Sie bitten, uns an diesem äußerst wichtigen Abend weder zu stören noch nach der Uhr zu schauen. Ich versichere Ihnen, dass nichts, aber auch gar nichts geschehen wird, worüber Sie sich auch nur einen einzigen Gedanken machen müssten. Habe ich mich so weit verständlich ausgedrückt, liebe Frau Birnmeyer?“

„Aber ja“, antwortete die Witwe.

„Gut“, sagte Alfons, „dann sind wir uns einig. Ich verlasse mich auf Ihr Wort.“

„Aber selbstverständlich können Sie sich darauf verlassen.“

Alfons ließ sie dort sitzen und ging einfach hinaus, ohne noch etwas zu sagen. Frau Birnmeyer für ihren Teil beschloss spontan, jetzt sofort einen Gugelhupf zu backen. Sie wusste nicht genau, warum, aber vor ihren Augen stand bereits die Teigschüssel, in die sie bald mit dem Finger hineinfahren und aus der von dem leckeren süßen Teig etwas herausschlecken konnte. Und sie beschloss – ganz gegen ihre sonstigen Gewohnheiten – noch etwas: Sie würde heute Abend nicht an der Tür ihres Kindleins lauschen.

Dieser Herr Sonnbichler, meine Güte, der hatte etwas. Das war ein Mann mit Prinzipien. In keiner Weise vergleichbar mit dem Alois. Eins stand nach dieser offenen und vertraulichen Unterredung zweier lebenserfahrener Menschen ohne Frage fest: Dem ebenso fleißigen wie energischen Herrn Alfons Sonnbichler würde sie nicht in die Quere kommen!

Charlottes Zimmer war über und über mit Rosen geschmückt. Rosen aus Krepp-Papier in allen Farben des Regenbogens hatte sie mit Stecknadeln rund um die Wände an den Tapeten befestigt. Viel schöner waren die echten Rosen, orange, gelb, tiefrot, auch weiß, die auf der Kommode, auf dem Schreibtisch und auf dem Fensterbrett ausgelegt und wunderbar drapiert waren. Die Krönung des Ganzen aber war ein riesiger Strauß von Clair de Lune, der in einer Kristallvase mitten im Zimmer auf dem Fußboden stand. Alleine schon der süßlich-herbe Duft, der von ihm ausging! Und da hatte man über die Pracht der Blüten und die überwältigende Komposition der Farben noch kein Wort verloren.

Alfons schaute sich voller Bewunderung um. Er betrat zum ersten Mal ein Zimmer, das Charlotte eingerichtet oder, da sie nur zur Untermiete hier wohnte, zumindest geschmückt hatte. Der Raum war etwa doppelt so groß wie seine Dachkammer im Fürstenhof, aber sehr viel mehr Möbel standen auch nicht darin. Aber eine Frau konnte so viel aus solch einem einfachen Zimmer machen, einfach unglaublich. Selbst wenn man die vielen Rosen wegließ, Charlottes Handschrift war unverkennbar. Hier eine sanft geschwungene Stoffbahn, die einer Zimmerecke die Härte nahm, dort ein paar gerahmte Familienfotos, sorgfältig arrangiert auf dem Nachttisch – der ganze Raum atmete Gemütlichkeit, Vertrauen, ein wohl gepflegtes Zuhause. Alfons fühlte sich von der ersten Sekunde an wohl.

„Hast du die Witwe überzeugt?“ fragte Charlotte neugierig.

„Ich denke ja. Ich habe es genauso gemacht, wie du mir geraten hast. Wenn ich mich nicht vollständig täusche, wird sie uns in Ruhe lassen. Sie schien beeindruckt von mir zu sein.“

„Na, da ist sie nicht die einzige“, lachte Charlotte zärtlich, „ich kenne noch jemanden, der sehr beeindruckt ist von dir, mein Schatz.“

„Wer sollte das wohl sein?“

Statt einer Antwort sprang sie auf, umarmte und drückte ihn, dass ihm fast die Luft wegblieb. Alfons ließ es geschehen. Dann löste er sich ein wenig und ganz behutsam von ihr, nahm ihren Kopf in beide Hände und küsste sie auf den Mund. Ihr Herz begann, heftig zu pochen. Sie erwiderte seinen Kuss voller Hingabe. Plötzlich spürte sie eine seltsame Sehnsucht, wie sie es noch nie zuvor gekannt hatte. Über sich selbst ein wenig erschreckt, trat sie einen Schritt zurück.

„Jetzt wollen wir erst mal schön brav und gesittet zu Abend essen."

„Ich hab einen Bärenhunger", sagte Alfons, der etwas Ähnliches gespürt hatte wie sie, sich aber folgsam dem vorbereiteten Programm von Charlotte fügte, „was gibt es denn?"

„Spaghetti Bolognese. Das Rezept habe ich aus einem italienischen Restaurant", erklärte sie, „einer so genannten Pizzeria. Die schießen jetzt wie Pilze aus dem Boden. Wir Deutschen würden einfach ‚lange, dünne Nudeln mit Fleischsoße' dazu sagen, aber Spaghetti Bolognese sind mehr, viel mehr. Du wirst es gleich schmecken."

Auf ihre Bitte hin entkorkte er die Flasche Chianti, die Charlotte am Vormittag in einem Feinkostgeschäft erstanden hatte, und füllte die beiden Gläser. Der Schreibtisch war von ihr zum Esstisch umgestaltet worden und stand mitten im Zimmer.

Eine blütenweiße Decke, silbernes Besteck – wo hatte sie das nur aufgetrieben? –, große, edel wirkende Porzellanteller und die vielen Rosen auf dem Tisch komplettierten den Eindruck, in einem wirklichen Restaurant zu sitzen. Als Charlotte auch noch zwei schmale Kerzen in kleinen silberfarbenen Haltern auf den Tisch stellte, anzündete und anschließend das helle Deckenlicht löschte, war es perfekt. Mit einem Mal saßen sie nicht mehr in einem Münchener Altbauzimmer, sondern in einem kleinen, verschwiegenen italienischen Restaurant, irgendwo in Rom, Genua oder Neapel. Romantisch, dachte Alfons, sehr romantisch.

Die Spaghetti schmeckten wirklich phantastisch, Charlotte hatte nicht zu viel versprochen. Als die Nudeln alle waren, stippte er den Rest der Bolognese noch mit einem Stück Weißbrot auf.

„Köstlich", schwärmte er ein ums andere Mal, „einfach sagenhaft. Dafür würde ich sogar meinen geliebten Schweinsbraten stehen lassen. Vorausgesetzt, du und nur du bist es, die diese Spaghetti gemacht hat."

Charlotte nahm dieses Kompliment mit großer Freude entgegen. Beide hoben ihr Glas, ließen es aneinander klingen und tranken einen Schluck. Dabei schauten sie sich tief in die Augen. Und wieder begann ihr Herz zu pochen. Ob es ihm genauso ging?

„Ich werde dich verwöhnen, bis du dick und rund bist." Charlotte begann zu träumen. „In unserem Häuschen da draußen, wo niemand sonst lebt außer uns."

Alfons war von dem guten Essen und der romantischen Atmosphäre derart in Bann gezogen, dass er ihr nicht widersprach. Im Gegenteil, heute war es ihm, als könnte er zum ersten Mal Charlottes Zukunftsphantasien teilen.

„Niemand außer uns beiden?"

„Doch, doch", sie schloss die Augen und sprach leise,

wie zu sich selbst, „da werden Kinder sein, viele Kinder. Unsere Kinder!“

„Du wirst dich um deine Rosenzucht kümmern und um unsere Kinder ...“ Auch Alfons träumte nun. „... und ich bestelle den Garten und sorge für die Früchte des Feldes.“

„Über uns nur der Himmel. Tagsüber die helle Sonne, nachts der Mond und die Sterne.“

„Du und ich.“

„Ich und du.“

Ihre Hände auf dem Tisch hatten sich gefunden und streichelten sich zärtlich. Alfons hatte das unbedingte Gefühl, dass er jetzt aufstehen und um den Tisch gehen und Charlotte in die Arme nehmen sollte. Umso erstaunter war er, als sie aufstand, hinter ihn trat und ihre Arme um seinen Hals legte.

„Du mein lieber Alfons“, wisperte sie in sein Ohr.

Ihre weichen Haare kitzelten ihn angenehm und er spürte ihren Atem heiß über seine Wange streichen.

„Komm jetzt, mein Liebster“, flüsterte sie.

Sie nahm seine Hände und zog ihn hoch. Plötzlich schien sich die Erde schneller zu drehen. Er fasste sie um die schlanke Taille und näherte seinen Mund dem ihren. Ihre Lippen trafen sich zu einem innigen Kuss. Charlotte wurde schwindelig. Die seltsame Sehnsucht in ihr verwandelte sich in ein ungekanntes Verlangen. Sie spürte seinen kräftigen Körper, seine Arme, die sie festhielten, seine zärtlichen Hände, die sich auf ihren

Rücken schmiegten, und sie wünschte, er würde sie niemals wieder loslassen.

Es geschah wie im Traum und Charlotte genoss jeden einzelnen Augenblick, als wäre es wie die Ewigkeit. Sie fanden wie von selbst zum Bett und küssten sich voller Leidenschaft. Die Erde drehte sich schneller. Sie spürte mit ihren Fingerspitzen die Muskeln unter seiner Haut, hörte die liebevollen Worte, mit denen er sie bedachte, und schmeckte dann wieder seinen Atem auf ihrer Zunge.

Dann hatten sie sich von der Kleidung befreit, langsam und ohne Hast. Das ungekannte Verlangen brannte wie Feuer in ihr. Der Geliebte tupfte Küsse auf ihre Haut, sie wollte jeden einzelnen für immer bewahren. Die Erde drehte sich schneller und immer schneller. Niemals hätte sie sich vorstellen können, dass er so fürsorglich und voller Sanftmut sein könnte wie in diesem Moment. Sie stöhnte leise auf. Alfons umfing sie erneut mit seinen starken Armen. Sie bedeckte sein Gesicht mit Küssen, seinen Mund, seine geschlossenen Augen, seine Wangen, sein Kinn. Nie, nie, nie wollte sie ihn wieder loslassen.

Plötzlich hörte die Erde auf, sich zu drehen, und stand für einen ganz kurzen Augenblick still. Und hier, in diesem Zimmer, das nur von Kerzen erleuchtet war, in den Armen ihres Geliebten, im betörenden Duft ihrer Rosen, hier ging die Sonne auf. Und diese Sonne strahlte so hell, als wäre sie neugeboren.

Charlotte weinte vor Glück. Die Tränen quollen aus ihren Augenwinkeln wie glänzende Tautropfen am Morgen. Aber Alfons war ihr so nah. Er küsste jeden einzelnen Tautropfen mit seinen weichen Lippen auf, als wollte er ihre gemeinsame Liebe in sich aufnehmen. Niemals in ihrem ganzen Leben hatte sie sich geborgener gefühlt.

Ein langer, tiefer Seufzer entrang sich ihrer Brust, als wäre ihr eine schwere Last von der Seele genommen. Dann lächelte sie. Die Erde begann, sich ganz langsam weiterzudrehen. Und Alfons lächelte sie an.

„Du … und ich …“, die Worte kamen kaum vernehmbar aus ihrem Mund.

„Du … und ich …“

Alfons’ beruhigende Stimme war wie ein ewig wiederkehrendes, nie verlöschendes Echo.

Am nächsten Vormittag standen sie auf einem Bahnsteig des Münchener Hauptbahnhofs und schauten den roten Lichtern des ausfahrenden Zuges hinterher, den Alfons nicht rechtzeitig erreicht hatte. Nicht rechtzeitig erreicht hatte, weil die Nacht lang, der kurze Schlaf tief und das Glück scheinbar grenzenlos gewesen war.

„So viel zum Thema Pünktlichkeit“, keuchte Alfons atemlos.

„In einer Stunde geht doch schon der nächste Zug. Niemand wird dir den Kopf abreißen.“ Auch Charlotte atmete schwer, denn sie waren beide von der Tramhaltestelle und durch den ganzen Bahnhof bis auf den Bahnsteig nur gerannt, was ihre Füße hergaben.

Jetzt hatten sie also noch eine Stunde Zeit füreinander. Schweigend setzten sie sich auf eine Bank. Alfons legte seinen Arm um Charlotte und sie ihren Kopf an seine Schulter.

Auf dem Nachbargleis stand ein Zug in Richtung Frankfurt am Main kurz vor der Abfahrt. Ein Ehepaar verabschiedete sich auf dem Bahnsteig von seinen Kindern, die offensichtlich in der Obhut ihres Kindermädchens in München zurückbleiben mussten. Die Eltern drückten und küssten ihre Kinder innig, ermahnten sie, artig zu bleiben, und schienen gar nicht in ihren Zug einsteigen zu wollen.

„Schau dir die an“, sagte Alfons leise.

„Was meinst du?“ Charlotte sah ihn unsicher an.

„Sieht so aus, als wollten die Eltern ihre Kinder gar nicht mehr loslassen. Dabei fahren die doch nur bis Frankfurt.“

„Ist es nicht ganz egal, wie weit weg sie fahren und wie lange?“ erwiderte Charlotte und kuschelte sich an ihn. „Trennung ist Trennung. Und für uns ist es doch auch nicht leicht …“

„Da hast du Recht.“ Alfons seufzte und küsste sie auf den Haaransatz.

Sie saßen noch eine Weile schweigend da, hielten sich fest an den Händen und hingen ihren Gedanken nach, die sie zum ersten Mal seit langem nicht miteinander teilten. Sie liebten sich, daran bestand für beide kein Zweifel. Und konnte die erste gemeinsame Nacht schöner, romantischer und erfüllter sein als ihre? Und doch hatte sich plötzlich etwas Fremdes in ihre Vertrautheit eingeschlichen, das sie atemlos machte und auch ein wenig hilflos. Beide spürten eine Unruhe und Rastlosigkeit in sich, die das gestern noch so klar gezeichnete Bild ihrer gemeinsamen Zukunft langsam vor ihren Augen verschwimmen ließ. Was hatte das zu bedeuten? Oder war es nur der bittersüße Geschmack des Abschieds?

Als Alfons' Zug einrollte, standen sie auf und umarmten sich liebevoll. Dann nahm Alfons seinen Koffer und stieg in den Zug. In seinem Abteil angekommen, schob er das Fenster herunter. Sie fassten sich bei der Hand, bis das Abfahrtssignal ertönte und der Zug sich in Bewegung setzte.

Charlotte winkte Alfons und dem abfahrenden Zug so lange hinterher, bis von beiden wirklich nichts mehr zu sehen war. Sie drehte sich um und ging mit gesenktem Kopf langsam in Richtung Ausgang.

Was würde die Zukunft für sie bringen?

Sie wusste es nicht. Glück und gleichzeitig Trauer erfüllten ihr Herz.

5. KAPITEL

Im Sommer des nächsten Jahres brauchte sich Charlotte nicht mehr um die Züchtung ihrer Clair de Lune zu kümmern. Die Rose und damit ihr Geschenk an Ellie – welches sie leider immer noch nicht überreichen konnte – war inzwischen vollkommen ausgereift und hatte ja sogar in München einen ersten Preis gewonnen. Natürlich pflegte sie ihre Kreation immer noch mit aller Hingabe, aber über diese Pflege hinaus gab es für die Claire wenig zu tun. Deshalb hatte Charlotte auf der Bahnfahrt zum Fürstenhof beschlossen, dass sie in diesen Semesterferien neue Beete in dem ihr überlassenen Teil des Gartengeländes anlegen würde.

Aber was hieß neue Beete genau? Beete bedeuteten gerade Linien und feste Begrenzungen. Beete bedeuteten, den Pflanzen ihren Willen aufzuzwingen und sie nur dort und nur so wachsen zu lassen, wie es dem Menschen gefiel. Ob das wirklich im Sinne der Natur war? Ihr waren inzwischen Zweifel daran gekommen. Statt immer nur Beete und gerade Linien zu ziehen, hatte sie die Idee eines verwunschenen Gartens entwickelt. Das Areal dafür hatte sie bereits ausgewählt. Es lag weit genug entfernt von den peinlich gepflegten Anlagen für die Gäste, wo jeder Grashalm aufs Sorgfältigste getrimmt, jede Beetumfriedung exakt ausgestochen war und kein Unkraut jemals eine Chance hatte.

Dieser Ort war genau der richtige Platz für ihre Idee. Über die Clair hatte ihr Vater auch zuerst gemeckert, dann aber war er voll des Lobes gewesen. Charlotte war sicher, Clemens auch mit ihrem verwunschenen Garten überzeugen zu können. Aber dazu benötigte sie zuerst einmal die geeigneten Gerätschaften, und die konnte sie sich nur in Tscharlies Verantwortungsbereich besorgen.

Von dem Gärtner war nichts zu sehen, wahrscheinlich war er gerade im entgegengesetzten Teil des Fürstenhof-Geländes beschäftigt. Charlotte betrat das große Gewächshaus, in dem Tscharlie die vielen Blumen heranzog, an denen sich später, wenn sie erblüht und ausgepflanzt waren, die Hotelgäste erfreuen konnten. Bevor sie sich die Harken, Hacken und Rechen besorgte, die sie heute brauchen würde, wollte sie sich erst einmal von der Fülle der noch nicht ganz entwickelten Blütenpracht im Gewächshaus inspirieren lassen. Sie streifte die langen Gänge auf und ab, ließ ihren Blick schweifen und scherte sich nicht um die Hitze, die hier trotz der geöffneten Oberlichter herrschte.

Im hinteren Teil des Gewächshauses entdeckte sie plötzlich von weitem eine Farbkombination, die ihr sehr bekannt vorkam: gelb und violett. Die Clair de Lune! Sie lief hin, und tatsächlich, hier hatte Tscharlie offensichtlich ganze Reihen von ihren Rosen gepflanzt. Wie konnte das sein? Wer hatte ihm das erlaubt? Die Clair war in allen Stadien des Wachstumsprozesses vertreten, vom kleinen Steckling bis hin zum ausgewachsenen Rosenstock. Viele der ausgewachsenen Rosen waren bereits abgeschnitten. Was war mit ihnen geschehen? Hatte Tscharlie etwa das Restaurant und den Zimmerservice des Fürstenhofs damit bedient?

Neugierig geworden schaute sich Charlotte aufmerksam um. Da entdeckte sie in einem etwas abseits gelegenen Raum Kisten und Kartons, die eigentlich nicht dorthin gehörten. Was bedeutete das? Sie durchstöberte den Raum und fand Adressaufkleber mit dem Absender Fürstenhof. Diese Kisten und Kartons sollten, laut handschriftlich vermerkten Adressen, allesamt an diverse Blumengroßhändler im Voralpenland und sogar bis nach München gehen. Sehr merkwürdig. Sie hatte gar nicht gewusst, dass der Fürstenhof sich seit Neuestem dem Blumenhandel verschrieben hatte.

In einer Ecke auf dem Boden stand, dem flüchtigen Blick fast verborgen, ein abgewetzter Aktenordner. Vielleicht fand sie darin die Lösung des Geheimnisses. Charlotte hob den Ordner auf und öffnete ihn. Ein reger Schriftverkehr, wie es schien. Lieferscheine, Rechnungen, Speditionspapiere. In allen Schriftstücken ging es um eine Rose mit dem Namen Pensacola, die – das zeigte sich schon auf den zweiten Blick – von Tscharlie in großem Umfang von hier aus verschickt wurde. Für die er Rechnungen geschrieben und Geld kassiert hatte. Pensacola, von dieser Sorte hatte Charlotte noch nie gehört! Sie blätterte weiter.

Ganz unten im Ordner fand sie einen Brief, in dem

Tscharlie die Pensacola einem Großhändler vor etwa einem halben Jahr in allen Details angepriesen hatte. Charlotte las. Sie las noch einmal. Und dann, um ganz sicherzugehen, las sie diesen Brief noch ein drittes Mal. Es war kein Zweifel mehr möglich. Die Pensacola war nichts anderes als ihre Clair de Lune! Tscharlie hatte mit ihrer eigenen Rosenkreation unter einem anderen Namen einen ausgedehnten Handel aufgezogen.

Es traf Charlotte wie ein Schock. Das war ja ein regelrechtes Gaunerstück. Schnell überschlug sie die Summen der Rechnungen, die Tscharlie bisher an die Großhändler verschickt hatte. Es kamen mehrere tausend Mark zusammen. Das war ja ein Ding. Na, dem würde sie aber kräftig Bescheid sagen!

„Was schnüffelst du denn hier in meinen Privatunterlagen?"

Als sie Tscharlies raue Stimme so plötzlich und unvermutet hinter sich vernahm, zuckte Charlotte zusammen und ließ vor Schreck den Aktenordner fallen. Sie fasste sich aber schnell. „Du treibst Handel mit meiner Clair. Was fällt dir eigentlich ein?"

Tscharlie gab sich verdächtig gelassen. Ganz unbeeindruckt, als hätte sie ihn nicht gerade bei einem vierstelligen Betrug erwischt. „Bleib mal ganz geschmeidig, Lottchen", sagte er frech, „in meiner Freizeit kann ich machen, was ich will. Und Handel … nun, den treibe ich mit meiner Pensacola, wie du ja ganz offensichtlich schon erschnüffelt hast."

„Von wegen Pensacola! Das ist die Clair! Auf der ganzen Welt gibt es keine andere Rose mit gelb und violett geflammten Blütenblättern."

Tscharlies Gesicht verfärbte sich für einen kurzen Moment rot. Doch er ließ sich von Charlottes Beharrlichkeit nicht aus dem Konzept bringen. „Den Brief hast du also auch schon entdeckt. Na, egal. Dann ist es eben die Clair. Und was willst du jetzt tun? Mich etwa anzeigen?"

„Ich sage es meinem Vater. Der schmeißt dich achtkantig raus."

„Du sagst es deinem Vater, so, so. Der wird sich freuen. Besonders, wenn er von deiner Liaison mit Alfons erfährt."

„Ich weiß ja gar nicht, wovon du redest!"

„Glaubst du, ich hätte euch nicht beobachtet? Wie ihr heimlich, still und leise? Und die heißen Küsse? Bei euren abendlichen Spaziergängen?"

Charlotte hielt den Atem an. Sie durfte auf gar keinen Fall riskieren, dass ihr Vater davon erfuhr.

Tscharlie grinste ihr jetzt ganz offen ins Gesicht. „Also los, geh nur zu deinem Papa und erzähle ihm alles. Er wird mich zu sich rufen lassen und dann erzähle ich ihm alles andere noch dazu, damit er ein komplettes Bild von der Lage bekommt. Eine Hand wäscht die andere, sagt man nicht so?"

Kalt war sein Ton, kalt und berechnend. Charlotte wusste nicht, was sie auf Tscharlies Frechheiten erwidern sollte. Plötzlich fühlte sie sich wie in einer Mausefalle gefangen. Keine Sekunde länger hielt sie es mit diesem unverschämten Kerl in einem Raum aus. Sie musste sofort von hier weg. Wenn sie erst außerhalb seiner Reichweite war, würde ihr schon etwas einfallen.

Tscharlie schaute Charlotte mit vor der Brust verschränkten Armen und einem selbstgefälligen Lächeln auf den Lippen nach. Die junge Frau würde ihm nicht so schnell das lukrative Geschäft verderben. Er hatte alle Trümpfe in der Hand.

Leopold Hardenberg saß in der König-Ludwig-Suite an seinem Schreibtisch und arbeitete. Er musste den Rechenschaftsbericht für seine Import-Firma durchsehen. Das war wenig spannend. Der Bericht umfasste mehrere Dutzend eng beschriebene Seiten und der Inhalt war ihm nichts Neues. Jetzt ging es nur darum, die Fehler, die seine Mitarbeiter – sei es aus Unwissenheit, sei es aus Nachlässigkeit – eingebaut hatten, zu korrigieren. Der Rotstift in seiner Hand folgte Zeile für Zeile. Immer wieder unterstrich er etwas, machte am Rand handschriftliche Anmerkungen oder strich ganze Zeilen einfach aus.

Es klopfte an der Tür. Er hatte nichts bestellt und das Bett war bereits vor drei Stunden gemacht worden. Deshalb glaubte er, sich verhört zu haben, und arbeitete weiter. Aber es klopfte erneut. Heftiger. Dringender. „Ja doch! Was gibt es denn?“ rief er laut.

Die Tür wurde geöffnet und Charlotte steckte ihren Kopf ins Zimmer.

„Na, wenn das keine angenehme Überraschung ist! Kommen Sie immer herein, verehrte Charlotte."

Leopold ließ den Rotstift auf die Papiere fallen, stand auf und ging der hübschen Hotelierstochter mit ausgestreckten Armen entgegen, um sie zu begrüßen. „Sie haben ja geweint. Was ist passiert, um Himmels willen?" Er begleitete sie zu der gepolsterten Sitzgruppe in der Mitte des Raumes und bedeutete ihr, sich zu setzen. „Kann ich Ihnen etwas zu trinken anbieten? Einen Kaffee? Einen Cognac vielleicht?"

Charlotte wehrte ab, sie wollte nichts. Die pure Verzweiflung hatte sie in die noble Suite des jungen Hardenberg geführt. Jetzt war sie sich plötzlich nicht sicher, ob das eine gute Entscheidung gewesen war. Leopold sah ihr aufmerksam ins Gesicht und sie hatte unvermittelt das Gefühl, all ihre Sünden könnten dort für jeden erkennbar zu sehen sein. Aber das stimmte natürlich nicht. Wahrscheinlich wirkte sie durch die Tränen und die Verzweiflung nur etwas verknautscht.

„Es ist alles so furchtbar …", begann sie, ohne den Satz zu Ende zu führen.

„Aber nicht doch, liebe Charlotte, nicht doch. Erzählen Sie mir in aller Ruhe, was geschehen ist. Keine Eile vonnöten. Und dann schauen wir, ob es nicht eine Lösung für Ihre Probleme gibt."

Charlotte wusste nicht, wie sie anfangen sollte. Das

war überhaupt eine dumme Idee gewesen, ausgerechnet zu dem jungen Hardenberg zu laufen. Aber nach dieser Konfrontation mit dem Gärtner hatte sie keine andere Möglichkeit gesehen. Ihren Eltern konnte sie auf jeden Fall nicht mit Tscharlies Betrugsgeschichte kommen. Und Alfons, der hatte Dienst. Außerdem hätte ihr Geliebter sowieso nichts ausrichten können. Es war in dieser Beziehung eh schon schwierig genug, da sie ihr Verhältnis unter allen Umständen geheim halten mussten. Und aus all diesen Gründen war sie jetzt bei Leopold gelandet. Die ganze Situation erschien ihr vollkommen unentwirrbar. „Ich habe doch wieder beim Studium gebummelt und jetzt hat der Tscharlie ein Geschäft aufgemacht mit meiner Clair de Lune."

Leopold begriff nicht. Er konnte keinen Zusammenhang zwischen Charlottes Studium und diesem Angestellten des Fürstenhofs erkennen. „Schritt für Schritt, liebe Charlotte", sagte er, „erzählen Sie bitte ganz von vorne, damit ich alles verstehen kann."

Also begann Charlotte ihre Geschichte zu erzählen. Ihr selbst kam es wie eine kleine Ewigkeit vor, als würde sie ihr ganzes Leben vor Leopold ausbreiten, aber in Wirklichkeit dauerte es nicht länger als zehn Minuten. Sie beendete ihren Bericht mit Tscharlies triumphierend vorgebrachten Argumenten und seinem schäbigen Erpressungsversuch. „… und jetzt weiß ich nicht, ob mir überhaupt jemand helfen kann. Meine Eltern dürfen unter gar keinen Umständen etwas davon erfahren!"

„Das werden sie nicht, keine Sorge“, beruhigte Leopold sie. Im Laufe von Charlottes Bericht, den er sehr aufmerksam verfolgte, machte sich ein zufriedenes Gefühl in Leopolds Brust breit. Es war das erste Mal, dass sie ihn aus freien Stücken aufgesucht hatte. Und vor allen Dingen wäre es das erste Mal, dass sie ihn um etwas bat. Endlich, endlich schien er einen Ansatz gefunden zu haben, um bei ihr weiterzukommen!

Die ganze Angelegenheit war indessen genügend verwickelt, um einen erfahrenen Mann wie ihn auf den Plan zu rufen. Wer sonst als er selbst könnte eine solche Sache ins Reine bringen? Charlotte schützen und ihre Interessen vertreten, diesen unbotmäßigen Gärtner in die Schranken weisen und seinen jämmerlichen Betrugsversuch vereiteln – all dies erforderte jemanden mit entsprechendem Geschick, viel Fingerspitzengefühl und natürlich ein paar hervorragenden Rechtsanwälten in der Hinterhand. Also niemand anderen als ihn, Leopold Hardenberg!

Er beugte sich vor und nahm Charlottes Hand. „Ich rate Ihnen jetzt Folgendes und bitte Sie, sich genau daran zu halten.“

Charlotte schaute ihn mit großen Augen an und nickte bei jedem seiner Worte.

„Sie selbst machen jetzt erst mal gar nichts, sondern überlassen alles mir. Ich versichere Ihnen, dass Ihre Eltern nichts erfahren werden. In dieser Hinsicht können Sie also vollkommen beruhigt sein. Ich werde zuerst einmal mit dem Gärtner sprechen und ausloten, wie weit er zu gehen beabsichtigt. Anschließend werde ich die Angelegenheit von meinen Anwälten überprüfen lassen. Und dann werden wir gemeinsam Schritte einleiten, um den Schaden für immer aus der Welt zu schaffen. Sind wir uns darin einig, liebe Charlotte?"

Sie nickte wieder.

„Sie können mir in allem vertrauen. Seien Sie versichert, dass Ihre Interessen in jeder Hinsicht bei mir in den besten Händen liegen. Und jetzt grämen Sie sich nicht weiter. Lassen Sie sich niemandem gegenüber anmerken, was in Ihnen vorgeht. Ihren Eltern nicht, dem Gärtner nicht, niemandem. Erst wenn wir alle Fakten beisammenhaben und zum Gegenschlag ausholen können, erst dann dürfen Sie wieder darüber sprechen. Kann ich mich darauf verlassen?"

Charlotte bejahte.

„Sehr gut. Nun werden Sie mich, so leid es mir tut, verlassen müssen, denn ich habe einige Telefonate zu erledigen. Aber ich darf doch darauf hoffen, dass Sie mich recht bald wieder in meiner bescheidenen Behausung aufsuchen werden?!"

Sie erhoben sich. Charlotte fühlte sich nach den überzeugenden Worten von Leopold wie befreit. Spontan fiel sie ihm um den Hals. „Ich komme wieder, ich komme bestimmt sehr bald wieder."

Leopold konnte sich dem Ansturm dieses entzückenden Wesens, dessen Nähe er sich seit langer Zeit so sehr wünschte, nicht widersetzen. Ganz im Gegenteil. Er nutzte die sich so überraschend bietende Gelegenheit, umarmte sie und küsste sie auf den Mund.

Charlotte ließ es zuerst geschehen, obwohl ihr nicht ganz wohl dabei war. Aber als sein Kuss stürmischer zu werden drohte, seine Umarmung fordernder, entwand sie sich ihm. „Ich muss jetzt wirklich gehen", sagte sie entschuldigend, „Sie haben noch so viel zu arbeiten."

„Für Sie, liebe Charlotte, lasse ich jederzeit alles stehen und liegen. Aber Sie haben Recht. Ihre Angelegenheit duldet keine weitere Verzögerung."

Nachdem sie gegangen war, stand Leopold noch eine Weile mitten im Raum und dachte darüber nach, was geschehen war. Jetzt hatte er endlich die Gelegenheit, Charlotte zu zeigen, was er alles für sie tun konnte. War er bei seiner Werbung bisher nach der Devise „Steter Tropfen höhlt den Stein" vorgegangen, würde er nun einen ganzen Wasserfall auf sie hinabrauschen lassen. Wenn das nicht den Erfolg nach sich zog, würde wahrscheinlich gar nichts mehr helfen.

Mit siegessicherer Miene kehrte er an seinen Schreibtisch zurück und nahm den Telefonhörer ab.

Leopolds Anweisungen gemäß ließ sich Charlotte nichts anmerken von ihrem Kummer. Aber um den geplanten verwunschenen Garten wollte sie sich jetzt auch nicht kümmern. Sie verspürte gerade so ganz und gar nicht das Bedürfnis, Tscharlie, der jetzt ihr Feind war, über den Weg zu laufen. Aber irgendetwas musste sie tun. Irgendetwas, das mit Pflanzen und Blumen in Verbindung stand. Warum besuchte sie nicht einfach mal wieder das Waisenhaus? Hatte sie mit den Kindern dort nicht auch eine Art verwunschenen Garten angelegt? Ja, genau, es war höchste Zeit, dort nach dem Rechten zu sehen. Der Umgang mit den Kindern und der Ortswechsel würden auch ihre angespannte Gefühlslage ganz sicher wieder stabilisieren.

Kaum hatte sie das große, schmiedeeiserne Tor zum Waisenhausgelände geöffnet, kamen auch schon ein paar kleinere von den Kindern angerannt, tanzten um sie herum, kreischten vor Freude, hängten sich an ihre Hände und wollten sie überhaupt nicht mehr loslassen. Die Schule war also schon aus und da war es nur natürlich, dass die Kleinen bei diesem schönen Sommerwetter die Zeit im Garten und bei den Spielgeräten verbrachten. Charlotte lenkte ihre Schritte um das große, rote Backsteinhaus und während die Kinder wie ein Schwarm Bienen um sie herumschwirrten, steuerte sie auf den Teil des Geländes, auf den eigentlichen Garten zu, der ihr Werk war. Ihr eigenes und natürlich das Werk vieler, vieler fleißiger Kinderhände.

Der Anblick dieses vollkommen wilden und in allen nur erdenklichen Farben und Formen wuchernden Teils des Gartens ließ ihr Herz höher schlagen. Genau so sollte es sein! Genau solch eine ungezähmte, ungeordnete, nur den Launen der Natur überlassene Blüten-

und Blätterpracht würde sie bald auch im Fürstenhof wachsen und gedeihen lassen.

Manche Sträucher und viele Sonnenblumen waren tatsächlich bis in Kopfhöhe gewachsen. Sie erkannte erst aus der Nähe, dass in diesem grün-bunten Gewirr einige weitere Kinder versteckt waren. Die sich jetzt hier und da aufrichteten und sie mit freudigem Gesicht anstrahlten. Zum Teil waren ihre Münder rot verschmiert von Erdbeeren, die sie am Grund des verwunschenen Gartens, oder Johannisbeeren, die sie etwas weiter oben gefunden und dann in sich hineingefuttert hatten. Charlotte begrüßte sie alle und setzte sich dann auf die Bank, die am Rande des Gartens aufgestellt worden war.

Als sie da saß, umringt von dieser vielköpfigen Schar lachender und unablässig plappernder Kinder in jeder Größe zwischen vier und vierzehn, schmolzen die bösen Gedanken an Tscharlie und seinen Betrug mit ihrer Clair dahin wie Schneeflocken in der gleißenden Sonne. Jetzt erst merkte sie, wie sehr die Auseinandersetzung mit dem Gärtner und auch die Unterredung mit dem jungen Hardenberg sie angestrengt hatten. Sie versuchte sich zu entspannen und richtete ihren Blick nach oben. Im klaren Blau des Himmels erkannte sie einen schwarzen Milan, der mit weit ausgebreiteten Schwingen seine Kreise zog.

Plötzlich war es ihr, als schwebte sie zusammen mit diesem Vogel über dem Waisenhausgelände, dann über den Ort hinweg – nicht weit davon der Fürstenhof mit seinen Gärten –, als schwebte sie über die grünen Wiesen und die goldgelben Felder, als könnte sie in der Ferne die stahlblauen Felsen der Berge erkennen, die Schäfchenwolken am Himmel, als fielen alle Beschwernisse mit einem Mal von ihr ab.

Es war halb Wachen, halb Traum. Plötzlich sah sie unter sich zwei kleine Mädchen, die durch den Bergwald streiften, auf der Suche nach Abenteuern. Das war ja sie selbst! Das war ja Ellie, die neben ihr ging!

Sie trugen beide rote Blüschen und grüne Röckchen, hielten sich bei der Hand und liefen gemeinsam lachend durch den Fichtenwald. Das waren Ellie und sie, vor vielen Jahren. Wie alt mochten sie damals gewesen sein? Neun oder zehn Jahre? Plötzlich erinnerte sich Charlotte, als hätte sich eine lange verschlossen gehaltene Pforte in ihrem Gedächtnis geöffnet. Oh ja, jetzt erinnerte sie sich. Das war der Tag des geheimnisvollen, afrikanischen Zauberarmbands! Wie hatte sie nur diesen aufregenden Tag vergessen, all die Jahre hindurch nicht daran denken können?

Ellie hatte sich von ihr losgemacht und war vorgelaufen. Obwohl die Jüngere von ihnen beiden, war es doch immer Ellie, die ein kleines bisschen neugieriger war, die ein kleines bisschen mehr Mut aufbrachte, die also Charlotte immer einen kleinen Schritt voraus war. Und so war es auch Ellie, die eine erstaunlich große, blauschwarz-weiße Elster zuerst sichtete. Die Elster trug etwas im Schnabel, etwas Glitzerndes, das die Strahlen der Sonne immer wieder mal kurz hinunter zur Erde reflektierte.

Durch Gestrüpp und Unterholz rannten die beiden Mädchen auf ihren flinken Beinchen der Elster nach. Sie bemerkten auf ihrer Jagd weder die Dornen, die ihnen die Haut zerkratzten, noch die Äste, die ihnen durch die vom Laufen angestrengten Gesichter wischten. Als ihnen schon die Luft auszugehen drohte, entdeckten sie das Versteck des Vogels in einem zerklüfteten Felshügel, der sich mitten aus dem Wald auftürmte. Keuchend und atemlos von dem schnellen Lauf blieben sie stehen. Die Elster verschwand mit ihrer Beute in einer Felsspalte. Kurze Zeit später kam sie wieder heraus, breitete ihre Flügel aus und flog davon.

„Was immer das war", sagte Ellie, „das holen wir uns."

„Da kommen wir niemals rauf", erwiderte Charlotte, „das ist doch viel zu hoch."

„Das schaffen wir schon. Wir müssen es einfach probieren."

„Und wenn wir abstürzen?"

„So ein Quatsch", Ellie schüttelte den Kopf, „wir stürzen nicht ab. Da haben wir doch schon ganz andere Berge erklommen."

Und ehe sie ihre Schwester aufhalten konnte, war Ellie losgekraxelt. Charlotte kletterte ihr hinterher. Und tatsächlich – es war zwar schwierig, aber nicht unmöglich. Von Kante zu Kante hangelten sich die beiden Mädchen nach oben, Ellie voraus und die ältere Schwester hinterher. Trotzdem dauerte es doch zehn Minuten oder mehr, bis sie das Versteck der diebischen Elster erreicht hatten. Als Charlotte hinter Ellie ankam, angelte die schon mit ihrem Arm in der dunklen Felsspalte. Plötzlich erhellte sich Ellies Gesicht, sie zog den Arm heraus und hatte – eine zusammengerollte Kugel Stanniolpapier in der Hand. Enttäuscht ließ sie das wertlose Zeug fallen, dann fuhr sie wieder mit dem ganzen Arm in den Felsen hinein.

„Ich hab's", rief sie aufgeregt, „ich hab's!"

Diesmal baumelte in ihrer Hand ein silbernes Armband. Charlotte machte große Augen.

„Das ist ja ein richtiges Schmuckstück!"

„Ja", rief Ellie, „und jetzt gehört es uns, nur uns beiden. Los, klettern wir wieder runter."

Aber der Abstieg erwies sich wesentlich schwieriger als der Aufstieg. Das, was beim Hochkraxeln so leicht gewesen war, wurde auf einmal zur gefährlichen Aufgabe. Wenn man nur nach oben schaute, war jedes Hindernis leicht zu nehmen. Wenn man aber die vielen steilen Meter hinabschaute, dann blieb einem fast die Luft weg vor dieser Höhe. Charlotte wägte jeden Schritt, jeden Tritt ab. Ellie aber kannte keine Gefahr und überholte sie, schnell wie ein Eichhörnchen, das den Baum hinabläuft. Als sie bereits unten auf dem Waldboden stand und sich das silberne Armband genauer anschaute, befand sich Charlotte immer noch mitten in der Felswand.

„Nun mach doch schon“, drängelte Ellie.

In diesem Moment gab ein Stein unter Charlottes Fuß nach, und ehe sie mit den Händen nach einem Halt greifen konnte, rutschte sie ab und fiel. Es war ein schwerer Sturz, auch wenn sie auf dem weichen, durch viele Fichtennadeln gefederten Waldboden aufkam. Für einen Augenblick wurde ihr schwarz vor Augen.

„Lotti! Lotti, schau doch!“

Sie schlug die Augen auf und da baumelte das Armband direkt vor ihr. Ellie lachte breit, ihr Gesicht war vor Aufregung gerötet.

„Das muss unheimlich wertvoll sein. Sieh doch nur.“

Es war kein normales Armband und es war auch nicht nur aus reinem Silber. Eine Reihe kunstvoll ineinandergesteckter runder Plättchen. Die Plättchen waren silbern, aber auf ihnen erhoben sich in winzigen Reliefs aus glänzendem Gold die unglaublichsten Tierfiguren. Eine Schlange erkannte Charlotte, ein Krokodil, sogar einen Elefanten und zu guter Letzt einen Löwen mit weit aufgerissenem Maul. Alle aus Gold!

„Ob das aus Afrika kommt?“ fragte sie zweifelnd.

„Natürlich kommt das aus Afrika, was denkst du denn. Das ist bestimmt ein Zauberarmband. Eines Tages reisen wir beide auch nach Afrika! Die Tiere, die auf dem Armband sind, die schauen wir uns dann in Wirklichkeit an!“

Ellie war total begeistert. Charlotte aber erschrak, als

ihr der mögliche Wert des Armbands bewusst wurde. Nur Silber und Gold!

„Das dürfen wir nicht behalten."

„Ach nein? Wir haben es schließlich gefunden. Und nicht nur so einfach gefunden, sondern unter Lebensgefahr aus dem Felsen gefischt. Schon vergessen? Du hättest dir gerade beinahe den Hals gebrochen. Du hast dich nur deshalb nicht verletzt, weil wir jetzt dieses Zauberarmband haben."

„Aber es gehört doch irgendjemandem!" Charlotte fühlte sich nicht ganz wohl bei dem Gedanken, das Schmuckstück – und sei es auch ein Zauberarmband – einfach so einzustecken.

„Und wenn schon", lachte Elli unbekümmert, „die Elster hat es geklaut und jetzt gehört es uns, basta!"

„Aber ... da hat jemand eine unheimlich teure Reise nach Afrika gemacht und für viel, viel Geld dieses kostbare Armband gekauft. Der ist doch bestimmt irrsinnig traurig."

„Dann darf er eben sein Zauberarmband nicht irgendwo hinlegen, wo es sich eine Elster schnappen kann! Und wenn er es doch tut, dann hat er halt keine Ahnung von Zauberarmbändern. Da ist er selbst schuld."

Fast wären sie miteinander in Streit geraten. Dann einigten sie sich darauf, dass sie den Besitzer des wertvollen Armbands wohl niemals ausfindig machen würden, dass sie aber das Armband auch nicht mit nach Hause bringen durften. Ihre Eltern würden es ihnen sofort wegnehmen.

Das durfte nicht passieren. Immerhin, es war der Tag des geheimnisvollen, afrikanischen Zauberarmbands! Und so beschlossen sie, ihren Schatz sicher zu verstecken.

In der Nähe des Fürstenhofs fanden sie eine geeignete Stelle und gruben ein tiefes Loch. Nachdem sie sich ein letztes Mal an der Schönheit der goldenen Tierfiguren ergötzt hatten, versenkten sie das Zauberarmband in der Tiefe. Sie schaufelten Erde und Sand darüber, bis die Stelle eben war, und schließlich schnitzten sie mit Ellies Taschenmesser ein geheimes, für jeden Unwissenden nicht erkennbares Zeichen in den nächststehenden Baum. So würden sie es immer wiederfinden.

Doch einige Wochen später sägten die Waldarbeiter diesen und viele andere Bäume in der Umgebung einfach ab. Da die Arbeiter auch mit ihren schweren Fahrzeugen überall herumgefahren waren, gestaltete sich die Suche nach dem Versteck des Zauberarmbandes als äußerst schwierig. Als vollkommen aussichtslos. Nachdem sie tagelang vergeblich Löcher in den Waldboden gebohrt hatten, gaben sie die Suche irgendwann enttäuscht auf. Aber noch Jahre später kamen Charlotte und Ellie immer mal wieder darauf zu sprechen, und sie erinnerten sich dann voller Wehmut an den Tag des geheimnisvollen, afrikanischen Zauberarmbands.

„Das ist ja schön.“ Eine freundliche Frauenstimme weckte Charlotte aus ihrer Träumerei. „Dass wir Sie hier wieder einmal begrüßen dürfen, Fräulein Charlotte.“

Die Leiterin des Waisenhauses, Frau Ziegler mit Namen, war eine große, dünne Niederbayerin mit roten Wangen und gescheiten, blitzblauen Augen. Sie verscheuchte mit einem energischen Wink ihres Arms einige der herumtobenden Kinder und setzte sich neben Charlotte auf die Bank. Die beiden schüttelten sich die Hand.

„Sie haben so Recht, sich gerade hierher zu setzen", sagte Frau Ziegler, „denn diesen wunderbaren Urwald, wenn ich so sagen darf, sieht man von dieser Bank aus am besten."

„Ja, es ist wirklich schön geworden", antwortete Charlotte, „die Kinder haben ganze Arbeit geleistet. Die Kinder, die gute Erde und die Sonne."

„Nun spielen Sie bitte Ihren eigenen Anteil nicht herunter, Fräulein Charlotte. Ohne Sie und ohne die großzügigen Sachspenden Ihres Vaters hätten wir immer noch lediglich trockenen, kargen Boden, ein bisschen Sand und die Spielgeräte."

Aber davon wollte Charlotte nichts wissen. In ihren eigenen Augen hatte sie lediglich das geleistet, was jeder normale und anständige Mensch ebenfalls getan hätte. Frau Ziegler sah das jedoch ganz anders. Dann kam sie auf die finanziellen Kürzungen zu sprechen, die dem Waisenhaus in diesem Jahr besonders zu schaffen machten. Das Geld reichte hinten und vorne nicht mehr.

„Wir müssen schon fast betteln gehen, nur um die Kleinen anständig zu kleiden", klagte sie Charlotte ihr

Leid, „und was die notwendigen Sachen für die Schule betrifft, ohne Spenden wären unsere Kinder bereits zum Gespött der anderen Schüler geworden."

Charlotte hörte sich das alles an und dachte, wie klein ihre eigenen Sorgen doch waren angesichts solcher haarsträubenden Missstände. Aber was konnte sie tun? Ihr fiel nichts ein. Ja, wenn sie jetzt das geheimnisvolle afrikanische Zauberarmband hätte, von dem sie gerade noch geträumt hatte … aber das wäre ja auch nur ein Tropfen auf den heißen Stein gewesen. Sie konnte Frau Ziegler nicht helfen.

Die Kinder bemerkten nichts von den Sorgen der Erwachsenen. Sie tobten und lärmten, sie spielten Verstecken in dem von ihnen selbst angelegten verwunschenen Garten, sie futterten Erd- und Johannisbeeren und freuten sich über Charlottes Anwesenheit. Immerhin etwas. Die Kinder waren noch weitgehend sorgenfrei. Um irgendwelche finanziellen Dinge jedenfalls mussten sie sich nicht kümmern.

Am nächsten Tag wanderten Alfons und Charlotte in die Berge. Er wolle ihr jemanden vorstellen, hatte Alfons gesagt. Jemanden, der eine gewisse Rolle in seinem Leben spielte. Einige Stunden später saßen sie vor Hurlimanns Hütte.

Der Ausblick überwältigte Charlotte. Die Luft war so klar, dass die Berge wirkten, als könnte man sie mit der Hand von hier aus berühren. Der Himmel schien von einem geradezu überirdischen Blau, welches kein Maler auf seine Leinwand zu bannen vermocht hätte. Nicht das kleinste Wölkchen war zu sehen. Lediglich ein riesiger Steinadler zog mit weit ausgebreiteten Schwingen majestätisch seine Kreise weit oben über dieser so gut wie menschenleeren Welt.

Der alte Mann hatte Alfons und sie mit selbstgebackenem Brot, Käse, einem Krug kühlen, klaren Quellwassers und einer großen Holzschale mit Früchten bewirtet. Charlotte hatte Hurlimann nicht nur deshalb sofort ins Herz geschlossen. Seine Ausstrahlung war es, die sie faszinierte, man konnte es ein fast mit den Händen greifbares Charisma nennen. Jetzt wurde ihr klar, warum Alfons so oft den langen und beschwerlichen Weg nach hier oben auf sich nahm. Aber gleichzeitig wurde ihr auch bewusst, dass der alte weise Mann ein Geschenk für Alfons bedeutet. Für Alfons und keineswegs für sie selbst. Sie hoffte nur, dass sie eines Tages ebenfalls einen Menschen wie Hurlimann finden würde. Ob irgendwo solch ein Geschenk auch für sie existierte?

Sie erhob sich, nachdem sie und Alfons ihren vom Aufstieg herrührenden Hunger gestillt hatten. Sie wolle in der weiteren Umgebung nach Kräutern suchen, sagte sie und ließ die beiden Männer alleine. Dass sie in Wahrheit Rücksicht nehmen wollte auf das vertrauliche Gespräch zwischen ihrem Liebsten und dem Eremiten, das äußerte sie wohlweislich nicht.

„Charlotte ist eine gute Frau“, sagte Hurlimann, nachdem sie außer Sichtweite war, „du hast großes Glück.“

Alfons nickte und schwieg. Er hatte schon mehrmals im Laufe der letzten Monate mit seinem väterlichen Freund über die italienische Nacht mit Charlotte in München gesprochen und vor allen Dingen über seine merkwürdig distanzierten Gefühle hinterher, die zu dieser wunderbaren Erfahrung überhaupt nicht zu passen schienen. Hurlimann hatte ihn in langen Gesprächen darüber aufgeklärt, dass solche Erscheinungen, scheinbare Entfremdung nannte er das, durchaus nichts Ungewöhnliches waren. Er hatte an seine Geduld appelliert.

Hurlimann stopfte sich seine Pfeife und ließ sich von Alfons' Schweigen nicht beeindrucken. Nachdem er den Tabak entzündet und einige dicke Rauchwölkchen ausgestoßen hatte, lehnte er sich auf seinem grob gezimmerten Holzstuhl zurück.

„Ich möchte dir eine kleine Geschichte erzählen, die mir gerade eingefallen ist.“

Alfons spitzte die Ohren. Hurlimanns kleine Geschichten, in deren Genuss er schon des Öfteren gekommen war, wirkten beim ersten Zuhören meist ganz einfach, fast banal. Ihre Wirkung aber war tief greifend. Mehr als einmal hatte sich Alfons beim Einschlafen in seiner Dachkammer dabei ertappt, wie er über eine dieser kleinen Geschichten nachdachte und dabei überraschende Einsichten gewann. Deshalb hörte er auch diesmal sehr aufmerksam zu.

„Als ich noch in der Stadt lebte, hatte ich einen Freund", begann Hurlimann, „der war Eiskunstläufer. Er lebte nur und ausschließlich für seinen Sport und war ein sehr guter Paarläufer. Er trainierte hart und unermüdlich mit seiner Partnerin, aber es waren ihr und sein Talent, welche den Ausschlag gaben, dass sie schließlich sogar Deutsche Meister wurden. Wenige Tage nach diesem Triumph, den er für den größten Augenblick seines Lebens hielt, erlitt er einen üblen Trainingsunfall. Sein Sprunggelenk wurde dabei zerstört. Die Ärzte konnten nichts ausrichten. Seine Karriere war mit einem Schlag beendet. Die Partnerin musste nach einem anderen Läufer Ausschau halten. Der Freund glaubte, dass damit sein Leben beendet sei."

Alfons lauschte. Er wusste, dass die kleinen Geschichten ihre Wirkung immer erst spät entfalteten, in einem Moment, da er sie fast schon vergessen glaubte. Deshalb ging es jetzt nur darum, zuzuhören. Irgendwann später, vielleicht erst Wochen oder Monate später, würde er wissen, warum er in diesem Moment kein Wort versäumen durfte.

„Nach diesem Unfall verfluchte der Freund den Eiskunstlauf", fuhr Hurlimann fort, „der Sport hätte ihn geradewegs in die Hölle geführt, erzählte er mir. Zwei Jahre lang sah ich ihn nicht mehr. Was ich im ersten Jahr über ihn hörte, war sehr unerfreulich. Er trank unmäßig viel Alkohol, trieb sich nur noch in Bars und Spielkasinos herum und verlor durch diese destruktiven Aktivitäten sein gesamtes Geld. Dann war er für ein Jahr lang verschwunden."

Alfons griff sich einen der wild gewachsenen Äpfel aus der Holzschale, rieb ihn an seinem Ärmel blank und biss hinein. Zuerst schmeckte der Apfel ausgesprochen sauer. Doch je länger er kaute, desto mehr entfaltete sich der natürliche Zucker des Apfels in seinem Mund. Gegen diese wunderbare Wandlung kam kein Zuchtapfel an.

„Nach zwei Jahren traf ich den Freund eines Tages ganz unvermutet auf der Straße. Er sah gut aus, schlank und sportlich, und wirkte wie erfüllt von einem inneren Feuer. Er sah tatsächlich sogar viel besser aus als in seiner aktiven Zeit als Sportler. Ich war neugierig und fragte nach seinen Lebensumständen. Ja, sagte er, er sei jetzt Trainer. Er habe zum Eiskunstlauf zurückgefunden und trainiere seine ehemalige Partnerin und deren Freund. Ein Paar, das sehr gute Aussichten hätte, in zwei oder drei Jahren die Deutsche Meisterschaft zu gewinnen."

Schon wieder Eiskunstlauf und Meisterschaften. Das hatte mit Alfons' Leben gar nichts zu tun. Trotzdem konnte er sich den Worten Hurlimanns nicht entziehen.

„Ich fragte ihn, was denn aus der Hölle geworden war, in die ihn der Sport doch angeblich getrieben hatte. Nein, das sei ein Irrtum gewesen, ein großer Irrtum. Die Arbeit als Trainer sei für ihn wesentlich erfüllender, als selbst im Rampenlicht zu stehen. Er habe es vorher nur nicht gewusst. Er sei viel zu beschäftigt damit gewesen, ein so genannter Star zu werden oder zu sein. Im Grunde wäre das zerstörte Sprunggelenk sein größtes Glück gewesen. Nur dadurch hätte er die Gelegenheit bekommen, zu sich selbst zu finden."

So langsam ahnte Alfons, was ihm der Eremit mit seiner Geschichte sagen wollte, auch wenn er es noch nicht in konkrete Gegebenheiten seines eigenen Lebens umsetzen konnte. Aber das hatte keine Eile.

„Der Freund lud mich ein, ihn zum Training zu begleiten. Als ich ihn dort sah, in der Halle, wie er mit den beiden jungen Leuten sprach und mit welcher Hingabe er sich um ihre sportliche Weiterentwicklung kümmerte, da wusste ich, dass er Recht hatte. Seine aktive Zeit als Sportler war wichtig gewesen, um etwas zu lernen. Der Unfall aber, der ihn für einige Zeit aus dem Gleichgewicht gebracht hatte, dieser Unfall hatte ihn zu seiner wahren Berufung geführt."

Hurlimann saß zurückgelehnt, schaute zu den Bergen hinüber und paffte an seiner Pfeife. Alfons drehte den Apfelschnitz zwischen seinen Händen. Sie saßen einfach nur da, jeder mit seinen Gedanken beschäftigt. Als Charlotte zu ihnen zurückkehrte, den Arm voller Kräuter und Blumen, setzte sie sich still hin. Sie sagte nichts und sie fragte auch nichts. Es gibt eine Zeit zu sprechen und es gibt eine Zeit zu schweigen, dachte sie. Und beides ist gut.

Charlotte und Alfons waren auf dem Heimweg zum Fürstenhof, als das Gewitter sie überraschte. Schon als sie von Hurlimanns Hütte aufgebrochen waren, hatte sich der Himmel bewölkt. Dann war Wind aufgekommen, erst schwach, dann von Minute zu Minute stärker werdend. Aus dem Wind wurde Sturm. Die Wolken verwandelten sich in eine schwarze, undurchdringliche Wand, aus der bald dicke Tropfen zu Boden fielen. Und schon rauschte der Regen herab, als wollte er die ganze Welt überfluten. Zum Glück wusste Alfons von einer kleinen Hütte, in der Wanderer auf ihrem Weg Rast machen oder sogar übernachten konnten.

Sie rannten jetzt, was ihre Beine hergaben, doch plötzlich zuckte ein blendender Blitz durch die Luft und schlug keine hundert Meter von ihnen entfernt ein. Keine Sekunde später schien die Luft zu explodieren von einem gigantischen Donnerschlag.

„Es ist zu gefährlich", schrie Alfons durch den tosenden Sturm, „wir erreichen die Hütte nicht mehr. Das Gewitter ist direkt über uns!"

„Was sollen wir tun?"

Alfons packte Charlotte bei der Hand und lief mit ihr auf eine Felskuhle zu. Dort angekommen, pressten sich die beiden so dicht an den Felsen, wie sie nur konnten. Die Blitze schlugen jetzt in dichter Folge rings um sie in den Boden ein. Das Donnern war ohrenbetäubend laut. Es war das reinste Inferno. Alfons hatte seinen Arm um Charlotte gelegt. Er spürte das Zittern ihres Körpers. Jeder Donnerschlag schien ein kleines Erdbeben in ihr zu verursachen.

„Ich habe Angst, solche Angst!“ Charlotte zitterte am ganzen Körper.

„Ich bin bei dir, es wird uns nichts passieren“, versuchte er sie zu beruhigen.

Doch ihr Gesicht war vor Angst wie verzerrt. Was konnte er tun? Er musste sie irgendwie von diesem gewaltigen Naturspektakel, das sie beide umfing, ablenken. Da fiel ihm plötzlich ein Lied ein. Ohne zu zögern legte er einfach los. „Wenn bei Capri ... die rote Sonne ... im Meer versinkt ...“ Er sang ihr das komplette Lied vor, so laut und so gut, wie er es in dieser Situation gerade vermochte. Schnell merkte er, wie Charlotte langsam ruhiger wurde, und auch ihn lenkte das Singen ab. Bald schmiegte sie sich nur noch an ihn und summte mit.

Die Blitze nahmen wieder ab. Zwischen den einzelnen Donnerschlägen gab es nun längere Pausen, nur der Regen strömte immer weiter. „Wir können weiter!“ rief Alfons ihr ins Ohr.

Sie erhoben sich und liefen los. Der Sturm peitschte ihre Haare und der Regen durchnässte ihre Kleidung bis auf die Haut. Es dauerte nicht lange, bis sie die Hütte erreichten, aber bis dahin hatten sie kein trockenes Stück Stoff mehr am Leib.

Schnell entzündete Alfons ein Feuer. Charlotte klapperte schon mit den Zähnen, so kalt war es ihr.

„Wir müssen die Kleidung trocknen, sonst holen wir

uns eine Lungenentzündung", sagte Alfons und begann, sich auszuziehen. Auch Charlotte wand sich aus ihren klitschnassen Sachen.

Splitterfasernackt standen sie nebeneinander in der Hütte und hängten ihre Hosen, Hemden und auch die Unterwäsche auf die Leine, die vor der Feuerstelle gespannt war. Als sie damit fertig waren, drehten sie sich fast gleichzeitig um und schauten sich gegenseitig an. Plötzlich fingen sie an zu lachen. Es war ein Lachen der Freude über die geglückte Rettung und es war ein Lachen darüber, dass sie vollkommen nackt voreinander standen und sich überhaupt nicht zu schämen brauchten.

„Adam und Eva", sagte Alfons leise.

Charlotte kicherte, blickte ihm in die Augen und wurde plötzlich ernst.

„Du ...", war das einzige Wort, das sie herausbrachte.

„... und ich ...", ergänzte Alfons.

Er nahm sie auf seine Arme, als wöge sie gar nichts, und trug sie hinüber zu dem mit Schaffellen bedeckten Holzbett. Dort legte er sie behutsam nieder.

„Du und ich", flüsterte er, als er zu ihr unter die Felle kroch.

„Du und ich", erwiderte sie mit leiser Stimme, als er begann, sanft ihre Haut zu streicheln.

Nachdem das Gewitter vorübergezogen und ihre Kleidung halbwegs getrocknet war, machten sie sich wieder auf den Weg. Sprechen mussten sie nicht mehr miteinander, ihre Körper unter den Schaffellen in der Hütte hatten alles gesagt, was zwischen ihnen zu sagen war.

Ein Wanderer, der vorbeikam, hätte sich wohl sehr gewundert über dieses durch den Wald spazierende merkwürdige Paar mit den zerknitterten Hosen und wie ausgewrungen wirkenden Hemden. Er hätte wohl kopfschüttelnd gelauscht, wie die junge Frau ihrem Begleiter Beatles-Lieder vorsang. Und wie der junge Mann seiner Begleiterin die schönsten Perlen des Deutschen Liedguts darbrachte. Aber wenn er ihre glücklich erfüllten Gesichter dabei hätte sehen können, er wäre wohl schnell mit einem wohlwollenden Lächeln in den Büschen verschwunden, um die beiden bloß nicht zu stören …

Zwei Tage später kniete Charlotte in den Erdbeerbeeten des Fürstenhofs und pflückte mit flinken Händen eine rote Frucht nach der anderen in das bereitgestellte Bastkörbchen. Der Koch des Hotel-Restaurants hatte ein Vanille-Schokolade-Parfait mit marinierten Erdbeeren an einem Holunderblütenspiegel als Dessert auf die Abendkarte gesetzt und Charlotte war die Aufgabe zugefallen, die schönsten und reifsten Früchte dafür zu besorgen.

Ohne dass sie etwas gehört hatte, erblickte sie plötzlich ein Paar Arbeitsschuhe neben dem Bastkörbchen. Sie blickte auf. In den Schuhen steckte – Tscharlie! Mit finsterer Miene schaute er auf sie herab.

„Wenn du mich verschaukeln willst, Lottchen, dann sieht dich nur vor!“ knurrte er.

„Ich weiß gar nicht, was du von mir willst.“ Charlotte gab sich gelassen, obwohl ihr das Herz plötzlich bis in den Hals hinauf pochte.

„Wenn du denkst, deine Eltern würden nichts erfahren, hast du dich mächtig geirrt“, Tscharlies Augen funkelten böse, „ich habe nämlich noch ein paar weitere Trümpfe in der Hinterhand.“

„Als da wären?“

„Na, zum Beispiel die Tatsache, dass du es schließlich selbst bist, die für den Handel mit der Clair verantwortlich zeichnet. Ich war von Anfang an nur dein Erfüllungsgehilfe, dein Handlanger, der Mann für die Drecksarbeit, der in deinem Auftrag handelt.“

„Das ist vollkommen absurd“, Charlotte schüttelte den Kopf, „du hast alles in eigener Regie durchgezogen.“

„Ach ja? Dann schau dir diese schriftlichen Beweisstücke doch einmal an, Lottchen.“

Tscharlie hielt ihr triumphierend mehrere Zettel vor die Nase. Sie erkannte ihre eigene Handschrift sofort. „Kümmerst du dich bitte um die Clair de Lune, wie wir es besprochen haben?“ stand auf dem einen. „Ich weiß meine Rosen und ihre Zukunft bei dir in den besten Händen“ auf einem anderen. Der Wortlaut der übrigen Zettel war ähnlich mehrdeutig interpretierbar.

„Aber da ging es doch darum, dass du dich in meiner

Abwesenheit um die Pflege der Clair kümmerst. Niemals ging es um irgendwelche geschäftlichen Dinge!“

Tscharlie grinste breit. „Das weißt du und ich weiß es auch. Aber wenn man es in einem anderen Licht betrachtet, könnten es genauso gut Anweisungen sein, dass ich den Handel zwecks Aufbesserung deiner Kasse nur als ausführendes Organ bewerkstelligt habe. Ich glaube, deine Eltern wären gar nicht erfreut, das zu hören.“

„Was willst du eigentlich von mir?“ rief Charlotte irritiert.

„Ich will, dass du die Rechtsanwälte zurückpfeifst, die dieser junge Schnösel Hardenberg auf mich gehetzt hat. Andernfalls ...“, der Gärtner ließ die Drohung unausgesprochen in der Luft stehen.

Charlotte atmete tief durch. Sie musste Tscharlie irgendwie zur Vernunft bringen. Aber wie? Sie erhob sich aus dem Beet und stellte sich dicht vor ihm auf. „Du und ich, wir kennen uns doch jetzt schon seit so langer Zeit“, sagte sie und blickte ihm in die Augen.

Tscharlie nickte widerstrebend.

„Du hast mich doch schon als Kind in deinem Garten spielen sehen und weißt, wie ich mich von Anfang an für die Blumen und die Pflanzen und auch für deine Arbeit interessiert habe. Ist es nicht so?“

Tscharlie nickte wieder. Er wusste nicht, worauf Charlotte hinauswollte.

Das Merkwürdige an der Situation war, dass auch sie selbst nicht genau wusste, worauf sie eigentlich hinauswollte. Trotzdem redete sie immer weiter. „Ich habe dir beim Unkrautjäten geholfen und du hast mir gezeigt, wie man Rosen beschneidet. Erinnerst du dich noch, wie du mich in der Schubkarre durch die engen Gartenwege gefahren hast? Wie wir mit der Karre beinahe in das Tulpenbeet gestürzt wären, als der blöde Rechen im Weg lag? Aber du hast reagiert wie der Blitz und nichts und niemandem ist etwas passiert. Da muss ich vier oder fünf Jahre alt gewesen sein. Wir hätten um ein Haar deine Arbeit von vielen Wochen an diesem Beet zerstört. Aber du hast das im letzten Moment noch abgewendet."

Tscharlie starrte sie an. Es war an seinem Gesicht abzulesen, dass er sich tatsächlich an diesen Vorfall erinnerte.

Charlotte wollte ihn von seinen bösen Gedanken abbringen. Gab es da nicht noch eine Geschichte, mit der sie ihm deutlich machen konnte, dass sie beide eigentlich keine Feinde, sondern in all den Jahren immer Verbündete gewesen waren? „Erinnerst du dich an den Tag, als mein Vater so ärgerlich war, dass er Ellie und mich mit dem Entzug des Abendessens bestrafen wollte? Ich glaube, das war ein Pfingstwochenende. Im Hotel ging alles drunter und drüber, weil mehrere Leute krank geworden waren. Was Ellie und ich ausgefressen hatten, weiß ich gar nicht mehr. Auf jeden Fall war Papa so wütend, dass er uns ohne Abendessen ins Bett schicken wollte. Wir beide, Ellie und ich, wir haben uns ins Gewächshaus geschlichen und dort versteckt. Dann hast du uns entdeckt, wie wir da hinter dem Wasserbecken hockten."

Tscharlie schüttelte unwillkürlich den Kopf, als er daran dachte. Er musste lächeln, ob er wollte oder nicht.

„Wir hatten solchen Hunger. Du hast dann angefangen, uns Erdbeeren zu bringen. Weißt du noch? Körbeweise hast du die besten Erdbeeren angeschleppt, und wir beide haben gefuttert, bis uns beinahe der Bauch geplatzt wäre. Papa hat dann jemanden geschickt, der uns suchen sollte. Aber du hast den einfach abgewimmelt. Er hätte in deinem Gewächshaus nichts zu suchen und was er sich überhaupt einbilden würde, du wärst doch keine Kleinkinderbewahranstalt. Da ist er ergebnislos abgezogen. Ellie und ich mussten uns ein Taschentuch in den Mund stopfen, um nicht laut herauszuplatzen vor Lachen, während du mit ihm gesprochen hast."

Charlotte bückte sich plötzlich, fischte eine besonders große und schöne Erdbeere aus dem Bastkörbchen und hielt sie ihm vor die Augen. Er griff danach und steckte sie sich hastig und ohne hinzusehen in den Mund.

„Die ganze Geschichte ist dann auch gut ausgegangen", fuhr Charlotte unbeirrt fort, „um acht Uhr sind wir wieder ins Haus zurückgekehrt. Du hattest uns beiden vorher noch den Mund und das Gesicht abgewaschen, weil wir von der Erdbeerfutterei so beschmiert waren. Trotzdem hat Papa gleich den Verdacht geschöpft, dass wir uns bei dir versteckt hatten. Aber Ellie und ich haben kein Wort darüber verloren. Wir haben uns darauf hinausgeredet, dass wir die ganze Zeit über im Wald gewesen wären. Er hat uns schließlich glauben müssen."

„Das ist wahr", sagte Tscharlie widerstrebend, „ich hätte mächtigen Ärger mit deinem Vater bekommen können, sehr großen Ärger. Das Pfingstwochenende damals war für alle am Fürstenhof ziemlich unerquicklich. Das Hotel platzte beinahe aus den Nähten vor Gästen und es waren also einfach viel zu wenige Leute für die Arbeit da."

„Die Hauptsache aber war doch", Charlotte konnte jetzt nicht lockerlassen, „dass *du* uns versteckt und nicht verraten hast. Und *wir* haben dich nicht verraten. Wir haben gemeinsam an einem Strang gezogen und hatten auch noch, das war ja das Schöne, Spaß an der ganzen Sache. Durch die blöden Umstände damals war, wie man so sagt, der Karren in den Dreck geraten. Und wir haben ihn gemeinsam wieder herausgezogen, wir alle drei zusammen. Und wenn man es genau betrachtet: Niemand hat damals einen Schaden davongetragen."

Von irgendwelcher Heimtücke und Gefährlichkeit war bei Tscharlie im Moment nichts mehr zu spüren.

„Aber wie kriegen wir jetzt diesen Karren aus dem Dreck?" hakte Charlotte schnell nach.

Tscharlie starrte sie nur an. Ihm fehlten die Worte, dazu fiel ihm nichts ein. Charlotte dachte intensiv nach. So schnell würde nicht wieder eine Situation eintreten, in der sie diese unangenehme Angelegenheit klären konnte. Ihr Blick wanderte über Tscharlies Gesicht und blieb an seinem Mund hängen. Der war durch das hastige Hineinstopfen der Erdbeere ganz rot verschmiert, eine dünne Spur Erdbeersaft lief von seinem Mundwinkel herab über das Kinn.

Charlotte erinnerte sich, dass sie ein solches Bild vor einiger Zeit schon einmal gesehen hatte. Wann war das gewesen? Und wo war das gewesen? Und warum kam ihr das auf einmal so wichtig vor? Dann fiel es ihr ein. Als sie mit Frau Ziegler auf der Bank gesessen hatte. Die Kinder, die in dem verwunschenen Garten Verstecken spielten und die Erdbeeren in sich hineinfutterten. Ihre vom Saft der Früchte rot verschmierten Münder!

Sie hörte noch die Stimme der Leiterin des Waisenhauses. Ihre Klagen über die angespannte finanzielle Situation. Da hatte Charlotte einen Geistesblitz.

„Tscharlie, Tscharlie! Ich habe eine Idee. Die kann uns allen helfen!"

Verständnislos schaute der Gärtner sie an.

„Uns allen? Ich verstehe nicht …"

„Du kannst deinen Handel weiter treiben. Du *sollst* deinen Handel sogar ganz entschieden fortführen."

„Du meinst …"

„Ja, aber diesmal unter dem richtigen Namen. Vergiss die Pensacola. Du wirst der offizielle, autorisierte und einzige Händler, der meine Clair de Lune vertreibt."

„Aber die Rechtsanwälte …"

„Vergiss Hardenberg, vergiss die Anwälte! Ich autorisiere dich ausdrücklich, meine Rosen-Kreation zu vermarkten."

„Da ist irgendwo ein Haken", bemerkte Tscharlie.

„Stimmt genau. Der Haken liegt beim Geld. Du wirst nicht mehr für deine eigene Tasche arbeiten."

„Also willst du die Einnahmen an dich reißen?"

„Nein, nein, nein! Das Geld aus dem Rosenhandel geht – an das Waisenhaus!"

Völlig verdattert starrte er sie an. Waisenhaus? War sie jetzt völlig verrückt geworden?

„Natürlich bekommst du einen gerechten Lohn für deine Arbeit. Das wird so wenig nicht sein. Ich habe ja gesehen, dass es ein gewaltiger Aufwand ist, der ganze Schriftverkehr, das Verpacken und der Versand. Da kriegst du einen schönen Batzen extra zu deinem Gärtnergehalt. Und der Überschuss geht an die Waisenkinder!"

Tscharlie ließ sich die neuen Ideen durch den Kopf gehen. Charlotte hatte Recht. Auf einen Schlag wären alle Probleme tatsächlich beseitigt. Und als kleiner Nebeneffekt würde der arrogante und überhebliche Hardenberg in die Röhre schauen und seine Rechtsanwälte zurückpfeifen müssen. Das klang ziemlich genial.

„Ich wollte eigentlich nur nicht", erklärte Charlotte, „dass die Clair für den schnöden Kommerz missbraucht wird … Sie ist doch mein Andenken an Elli! Aber wenn die Waisenkinder das Geld bekommen, dann wäre Ellie wohl die Erste, die meinem Plan zugestimmt hätte."

Aber Tscharlie war schon längst ganz und gar von Charlottes Idee überzeugt. Er war aus dem Schneider, konnte ein bisschen zuverdienen, hatte seine Widersacherin plötzlich auf seiner Seite und konnte auch noch ein gutes Werk tun. Besser ging es nicht. Er kam nicht umhin, Charlottes Scharfsinn zu bewundern. Sie war nicht nur bildhübsch, sie hatte auch ganz schön was in ihrem Kopf. Er streckte den Arm aus und hielt Charlotte die Hand hin. „Abgemacht?"

Sie schlug freudig ein. „Abgemacht!"

6. *KAPITEL*

Es war ein grauer Tag im November. Die Wolken hingen dunkel und tief über dem Land. Der Wind fegte durch die Bäume und entriss ihren Kronen die letzten verblichenen Blätter. Ein feiner Nieselregen ging unablässig hernieder. Es schien, als hätte sich die Sonne für immer von der Erde verabschiedet. Dazu kam eine Kälte, die unter die Kleidung kroch und sich auf der Haut festsetzte, als wolle sie die eisigen Temperaturen des kommenden Winters schon jetzt vorwegnehmen.

Die Menschen, die sich auf dem Friedhof versammelt hatten, waren schwarz gekleidet. Von weitem wirkten die aufgespannten Regenschirme wie ein einziges Dach, unter dem sich die Trauergäste eng zusammendrängten, als wollten sie sich dadurch gegenseitig Halt und Schutz geben.

Charlotte hatte sich bei ihrem Vater eingehakt und hielt den Kopf gesenkt. Beide standen sie am seitlichen Rand des Grabes, über dem der Sarg auf vier Holzbohlen ruhte. Am Kopfende des Grabes stand der Pfarrer und sprach Worte, die Charlotte nicht verstand. Sie fühlte sich immer noch wie betäubt. Der Schicksalsschlag war zu plötzlich gekommen, zu unerwartet. Niemand hatte damit gerechnet, dass Ursula sterben würde.

Es war der Krebs gewesen, und er war so heftig gewesen, dass sie alle noch wie unter Schock standen. Längere Zeit hatte sich Ursula mit nicht genau definierbaren Schmerzen im Bauch herumgeplagt, aber nie hatte sie ein Wort des Leidens verlauten lassen. Vor zwei Wochen war sie plötzlich mitten während der Arbeit zusammengebrochen. Im Krankenhaus hatten die Ärzte Ursula untersucht und dann wieder nach Hause geschickt. Sie waren machtlos gewesen. Eine Operation hätte ihr Leiden nur um einige Tage hinausgezögert. Kurz darauf war Ursula im Beisein ihres Mannes und ihrer Tochter für immer von ihnen gegangen.

Die nächsten Tage waren angefüllt mit organisatorischen Dingen, die erledigt werden mussten. Angefangen vom Totenschein des Arztes über die Testamentseröffnung bis hin zur Auswahl des Sarges beim Beerdigungsinstitut. Zum Nachdenken hatte es keine Zeit gegeben. Erst jetzt, als Charlotte hier am Grab stand, wurde ihr der Verlust ihrer Mutter mit aller Schonungslosigkeit bewusst.

Es waren weniger Worte, die sich in diesen schweren Minuten in Charlottes Kopf formten, als vielmehr eine ganze Reihe von Bildern. Die Mutter, die ihr orangefarbene Jodtinktur auf die Wunde tupfte, nachdem sie gefallen und mit blutigem Knie nach Hause gekommen war. Die Mutter, die neben dem reich geschmückten Weihnachtsbaum stand und herzlich lächelte, während sie und Ellie voll kindlicher Begeisterung ihre Geschenke auspackten. Ursula, die ihr einen Kuss auf die Stirn drückte, dann beruhigend mit der Hand über ihren Rücken strich und sagte „ist schon gut, mein Kleines, ist schon gut“. Das war vor drei Jahren gewesen, als sie miteinander über richtige und falsche Träume gesprochen hatten. Als Ursula sie bestärkt hatte, mit der Clair weiterzumachen, trotz des Studiums in München.

Wie schnell doch die Zeit vergangen war! Von der Jodtinktur bis zur Clair, nichts als ein winziger, gedankenschneller Sprung in ihrem Gedächtnis. Charlotte spürte, wie sich eine Träne aus dem Augenwinkel löste und ihre Wange hinunterrann. Ganz warm spürte sie die Träne auf der vom Novemberwind ausgekühlten Haut. Mit einem Mal wurde sie sich des Schmerzes und des Verlusts klar, den sie durch den Tod ihrer Mutter erlitten hatte.

Undeutlich drangen die Worte des Pfarrers an ihr Ohr. Er sprach wohlmeinende Sätze über Ursulas Freundlichkeit, ihre Güte und wie beliebt sie bei den Menschen gewesen war. Auch daran erinnerte sich Charlotte jetzt. Neben dem Gefühl des Verlusts drängte sich ihr ein anderes Gefühl auf. Sie verspürte plötzlich Dankbarkeit darüber, dass sie eine solche Mutter gehabt hatte. Solange Ursula da gewesen war, hatte sie die Freundlichkeit und Fürsorge ihrer Mutter immer als vollkommen selbstverständlich hingenommen und sich keine Gedanken darüber gemacht. Erst als sie unwiderruflich von ihr gegangen war, erst in diesem Moment bemerkte Charlotte, dass es keineswegs eine Selbstverständlichkeit war, eine so freundliche und gütige Mutter gehabt zu haben.

Ihr fielen die Kinder aus dem Waisenhaus ein. Die

Leiterin Frau Ziegler und die netten Betreuerinnen im Waisenhaus waren, sosehr sie sich auch bemühten, niemals ein vollwertiger Ersatz für eine richtige Mutter. Welches Glück sie gehabt hatte, dass sie selbst einundzwanzig Jahre lang sich in jedem Augenblick ihres Lebens darauf verlassen konnte, dass ihre Mutter da war! So waren es gleichermaßen Tränen der Trauer und auch Tränen der Dankbarkeit, die Charlotte nun weinte.

„Der Herr hat's gegeben, der Herr hat's genommen." Der Pfarrer klappte sein Gebetbuch zu, und der Sarg wurde langsam in die Erde hinabgelassen. Charlotte spürte die Hand ihres Vaters, die sich auf ihre Schulter legte.

„Ursula war eine wundervolle Frau", sagte Clemens mit leiser Stimme.

„Sie war eine wunderbare Mutter", erwiderte Charlotte ebenso leise.

Der Friedhof lag nicht weit vom Fürstenhof und sie gingen zu Fuß, trotz des schlechten Wetters. Auf dem Heimweg dachte Charlotte plötzlich an Ellie. Erneut ein unwiederbringlicher – wenn auch dieses Mal ein trauriger – Moment, den sie nicht mit ihrer Schwester teilen konnte. Mit Ellie an ihrer Seite, da war sie sich ganz sicher, hätte sie die vergangenen Tage wesentlich besser durchgestanden. Sie hätten sich gegenseitig trösten können. Sie hätten sich gegenseitig all die guten Momente ihrer Kindheit und Jugend vor Augen führen können, die sie Ursula verdankten. Vielleicht wären sie unter Ellies Führung einfach ins Treibhaus des Fürstenhofs eingedrungen und hätten einen riesigen Blumenstrauß zusammengestellt. Einen Strauß ihrer Herzen, den sie später, nach der offiziellen Zeremonie, auf Ursulas Grab gelegt hätten. Einen bunten Strauß zwischen die vielen dunkelgrünen Kränze und weißen Schleifen. Ein Zeichen ihrer großen Dankbarkeit.

Die Hände tief in den Manteltaschen vergraben, schritt Clemens neben Charlotte her. „Jetzt bist du die Herrin des Fürstenhofs", sagte er, „und so langsam musst du dich der Verantwortung stellen."

Sie nickte, fühlte sich aber unfähig, sofort darauf zu antworten. Herrin des Fürstenhofs, das klang wie eine tonnenschwere Bürde, die auf den Schultern lastete. Charlotte fühlte sich außerstande, diese Verantwortung zu übernehmen. Auch hatte sie Ursula nie als Herrin gesehen. Ihre Mutter hatte doch etwas ganz anderes verkörpert.

„Mama war die Seele des Fürstenhofs."

„Das ist wahr." Clemens überdachte die Worte seiner Tochter. „Sie war die Seele. Der Fürstenhof ist ein Haus mit Tradition, aber eine Tradition ohne Seele ist nur ein leeres Wort. Doch was wird nun werden aus dieser Tradition?"

Mit einem Schlag wurde sich Charlotte bewusst, wie sehr sie den Fürstenhof liebte, wie sehr ihr Herz an diesem Ort hing. Sie wusste um jeden Stein, jede Ecke, jeden Winkel des Hauses. Es gab keinen Quadratzentimeter Boden rings um das Hotel, den sie nicht eigenhändig erforscht hatte. Sie kannte jede Blume, jeden Strauch, jeden Grashalm und jeden einzelnen Kieselstein. Mit keinem anderen Flecken auf der Welt hätte sie den Fürstenhof tauschen wollen. Niemals!

„Du musst mir ein wenig Zeit lassen, Papa“, erwiderte sie.

Bis zum heutigen Tag, auch dies wurde ihr plötzlich bewusst, war der Fürstenhof eine kindliche Spielwiese für sie gewesen. Ob sie in den vergangenen Jahren eine außergewöhnliche Rose gezüchtet hatte oder nun, zusammen mit Tscharlie, einen Handel mit der Clair aufzog – das alles waren unbeschwerte Vergnügungen zu ihrer eigenen Freude und Befriedigung.

Wen kümmerte es in Wirklichkeit schon, ob die Züchtung erfolgreich war? Der verwunschene Garten im hinteren Teil des Geländes, dessen Grundlagen sie im Sommer mit viel Arbeit und Schweiß geschaffen hatte, was bedeutete er, angesichts der ungeheuren Verantwortung, die ein so großer Wirtschaftsbetrieb wie der Fürstenhof mit sich brachte? Sie dachte an die vielen Dutzend Arbeitsplätze, die das Hotel schuf. Dachte an den stetigen Strom von Gästen aus allen Teilen des Landes und auch aus dem Ausland, die Tag für Tag, Nacht für Nacht aufs Beste versorgt werden wollten.

Es schien unvermeidlich. Der Tod ihrer Mutter hatte die Dinge grundlegend verändert. Der Einschnitt war viel tiefer, als sie es sich in den zurückliegenden Tagen klargemacht hatte. Die Zeit der unbeschwerten Vergnügungen, der neugierigen Experimente, die Zeit des Tanzens und Spielens war vorbei. Vor ihr lag die Welt der Erwachsenen, und von nun an würde jede ihrer Handlungen mit einem ganz anderen Maß gemessen werden.

Sie hakte sich bei Clemens ein. Die letzten Sekunden der Jugend verrannen schnell, so furchtbar schnell!

„Papa?“

„Ja?“

„Das ist ein wirklich großes Vermächtnis, das Mama uns hinterlassen hat. Und besonders wohl auch mir hinterlassen hat.“

„Groß ja, aber nicht zu groß. Wenn du dabei die gleiche Zielstrebigkeit an den Tag legst, wie du sie zum Beispiel bei deiner Rosenzucht gezeigt hast, habe ich diesbezüglich überhaupt keine Bange.“

„Ich bin nicht davon überzeugt, dass ich einmal die Seele des Fürstenhofs sein kann.“

„Ich denke“, sagte Clemens, „du solltest einfach das tun, was du für wichtig und für richtig erachtest. Alles andere ergibt sich dann zwangsläufig daraus.“

Charlotte dachte über seine Worte nach. Eine Weile schritten sie schweigend nebeneinanderher.

„Papa?“

„Ja?“

„Du musst versprechen, dass du mir dabei hilfst.“

Clemens wusste nicht genau, worauf seine Tochter

hinauswollte. Aber er spürte, dass etwas in ihr vorging, das wichtig war. Wichtig in diesem Moment und auch wichtig für die Zukunft. Deshalb wählte er seine Worte mit Bedacht.

„Ich werde da sein, wenn du mich brauchst. Auf meine Hilfe kannst du immer zählen."

Charlotte atmete tief durch. Der Weg, den sie von nun an beschreiten würde, war mit Sicherheit nicht leicht. Aber diesen Weg musste sie nicht alleine gehen. Das zu wissen, war sehr, sehr beruhigend.

Weihnachten und Silvester lagen schon einige Tage zurück. Das neue Jahr hatte den Fürstenhof und das gesamte Voralpenland mit reichlich Neuschnee begrüßt. Nach einer kurzen Phase der Winterstürme hatte sich der Himmel aufgehellt. Jetzt schien endlich wieder die Sonne und tauchte die schneebedeckten Felder und Wiesen in gleißendes Licht. Von den Dächern hingen riesige Eiszapfen. Die Bäume wirkten, als hätte man sie mit Unmengen von Puderzucker bestäubt. Die Kinder bauten gewaltige Schneemänner mit Mohrrübennasen und einer Pfeife im Mund. Die Gäste des Hotels trieben ausgiebig Wintersport, fuhren Ski und Rodel oder ließen sich mit der Pferdekutsche wie schwerelos durch die weiße Pracht chauffieren. Es hatte in den letzten Jahren selten solch schöne erste Januarwochen gegeben.

In aller Herrgottsfrühe schulterte Charlotte ihren schweren Rucksack. Es waren noch ein paar Tage hin, bis sie mit ihrem Vater nach Helsinki fliegen sollte. Er hatte sie eingeladen, ihn zu einem großen Hotelier-Kongress in der finnischen Hauptstadt zu begleiten. Darauf freute sie sich schon sehr. Zwar würde sie Clemens niemals die Ehefrau und Geschäftspartnerin ersetzen können, die ihre Mutter für ihn gewesen war, aber sie wollte alles dafür tun, um den Fürstenhof an seiner Seite würdig zu repräsentieren.

Doch heute stand etwas anderes auf dem Programm. Alfons, der zwei Tage freihatte nach den harten Arbeitswochen vor und während der Feiertage, wollte mit ihr eine Bergwanderung unternehmen, ein Abstecher zu Hurlimann inklusive. Und sie würden in der Hütte übernachten, in der sie im Sommer während des furchtbaren Gewitters Unterschlupf gefunden hatten.

Natürlich durfte niemand wissen, dass sie beide diese Zeit zusammen verbrachten. Glücklicherweise nutzte Irene, eine alte Studienfreundin aus München, die Semesterferien für einen Besuch bei ihren Eltern im Ort. Charlotte hatte Irene in ihre Pläne eingeweiht und von der Kommilitonin volle Rückendeckung zugesagt bekommen. Offiziell – und vor allem Clemens gegenüber – unternahmen die beiden also einen Ausflug zum Starnberger See, um dort Schlittschuh zu laufen.

Charlotte hatte sich bereits am Abend vorher von ihrem Vater verabschiedet. Nun schlüpfte sie im Morgengrauen mit dem Rucksack auf dem Rücken aus dem Hintereingang des Fürstenhofs und stapfte durch den

Schnee hinaus in den Wald. Dort unter den Bäumen wartete schon Alfons auf sie, der ebenfalls einen gut gefüllten Rucksack trug. Sie begrüßten sich mit einem Kuss und marschierten Hand in Hand los.

Es würde wieder ein ausnehmend schöner und sonniger Tag werden. Zu Beginn ihrer Wanderung lag der Wald im Zwielicht. Ohne den Schnee wäre es noch erheblich düsterer gewesen. Doch mit jedem Schritt, den sie vorwärts kamen, wurde es heller. Alfons deutete immer wieder auf die verschiedenen Spuren im Schnee und erklärte ihr, welches Tier sie hinterlassen hatte. Hier ein Fuchs, dort ein Reh, Wildschweine hatten den Weg gekreuzt, sogar die Hufe eines ausgewachsenen Hirschs blieben ihnen nicht verborgen. Die Zeit verging wie im Fluge, und noch spürte Charlotte den schweren Rucksack auf ihrem Rücken kaum.

Als die Bäume spärlicher wurden, stand die Sonne bereits am wolkenlosen Himmel. Überall glitzerte es auf dem Schnee, als sei er mit winzigen Diamantsplittern besetzt. Die Luft war klar, kalt und rein. Bei jedem Atemzug stießen sie kleine Wölkchen aus wie Dampflokomotiven. Charlotte freute sich über den Ausblick, der sich ihnen bot. Durch den Schnee wirkten die nahen Berge noch riesiger und unnahbarer. Manch ein Gipfelkreuz war jetzt sehr viel deutlicher erkennbar als zu allen anderen Jahreszeiten.

„Zeit für die Frühstückspause“, sagte Alfons, als sie an einer aus rohen Stämmen gefertigten Bank vorbeikamen.

Charlotte war nun doch froh, den Rucksack abnehmen zu können.

„Ich habe jetzt ganz schönen Appetit. Hast du an den Kaffee gedacht?"

Alfons antwortete nicht, sondern schraubte eine silberne Thermosflasche auf, aus deren Hals ein dichter, überaus aromatisch duftender Dampf hochstieg.

Leopold Hardenberg, der im Ort einige Besorgungen zu machen hatte, betrat die Post und erkannte die junge Frau sofort, die dort an einem der Schalter anstand. Es war Charlottes Studienfreundin aus München, mit der sie angeblich einen Ausflug an den Starnberger See unternahm. Wie konnte das sein? Wenn diese Freundin – Irene hieß sie, erinnerte er sich – hier ganz alleine in der Post stand, wo war dann Charlotte?

Als Mann der Tat ging Leopold einfach hin und tippte ihr auf die Schulter. Irene drehte sich um und erkannte Leopold. Ohne dass sie etwas daran ändern konnte, schoss ihr umgehend das Blut ins Gesicht. Sie stammelte einige unzusammenhängende Satzfetzen und verstrickte sich ob dieser überraschenden Begegnung alsbald in widersprüchliche Aussagen. Das genügte dem jungen Hardenberg. Zutiefst verärgert ließ er sie einfach stehen. Mehr musste er im Augenblick nicht wissen. Der Fall war für ihn klar.

Schon seit längerer Zeit hatte er den Verdacht, dass Charlotte in irgendeine heimlichtuerische Liebelei verstrickt war. Viel zu oft, wenn er mit ihr etwas unternehmen wollte, war sie einfach nicht aufzufinden. Sein Gefühl sagte ihm, dass ein anderer Mann im Spiel war. Es beschäftigte ihn die Frage, um welchen Mann es sich handeln konnte. Sosehr er auch darüber nachdachte, es wollte sich partout keine Lösung finden lassen.

Gut, Charlotte hatte in den vergangenen Monaten sehr viel mit dem Gärtner zu tun gehabt, wie hieß er noch? Tscharlie, ja, das war sein Name. Die beiden hatten ja inzwischen begonnen, Charlottes Rosenkreation zu vermarkten. Sicherlich stellten sie sich dabei ganz und gar unbeholfen an. Von geschäftlichen Dingen konnten sie beide ja gar keine Ahnung haben! Und war nicht er es gewesen, dem Charlotte und ihre bunt geflammte Rose den ersten Preis beim Rosenzüchterwettbewerb zu verdanken hatten? Das war eine schöne Art, ihm ihre Dankbarkeit zu beweisen! Mit einem lächerlichen Amateur zusammen versuchte sie jetzt, aus der prämierten Rose Kapital für dieses Waisenhaus, dem Charlotte so zugetan war, zu schlagen. Das war doch einfach lächerlich.

Als Konkurrent in Herzensdingen kam dieser Tölpel wohl trotzdem kaum in Frage. Er war mit seinen fünfunddreißig Jahren viel zu alt und keineswegs attraktiv.

Aber wer war es dann?

Wer?

Als sie endlich bei Hurlimanns Hütte ankamen, war Charlotte unendlich froh. Ihre letzte Schneewanderung lag Jahre zurück, und sie hatte vollkommen vergessen, dass die wenigen Dinge in ihrem Rucksack – ein paar Kleidungsstücke, ein paar Lebensmittel und etwas zu trinken – im Laufe ihrer Wanderung dermaßen an Gewicht gewinnen konnten. Sie war ganz schön ins Schwitzen geraten und die Träger des Rucksackes schienen immer tiefer in ihre Schultern zu schneiden. Mit Bewunderung schaute sie auf Alfons, der gar keine Anstalten machen wollte, seinen eigenen Rucksack abzulegen. Als wöge er nichts, behielt er ihn einfach auf dem Rücken und lief um die Hütte herum, um nach seinem Freund Ausschau zu halten.

Es sollte eine gute Stunde dauern, bis Hurlimann auf einem Paar selbst gefertigter Skier den Hügel hinabgefahren und auf sie zukam. Charlotte und Alfons hatten es sich auf zwei der Holzstühle bequem gemacht und ließen sich von der Mittagssonne bescheinen. Der Alte begrüßte sie herzlich, bat sie sitzen zu bleiben und verschwand in seiner mit einer dicken Schicht Schnee bedeckten Hütte. Wenig später sahen sie Rauch aus dem schieferummantelten Schornstein aufsteigen und noch ein wenig später roch es plötzlich ganz köstlich nach Rauchfleisch und dicken Bohnen.

Hurlimann kam mit einem dampfenden gusseisernen Topf nach draußen, stellte ihn auf den Tisch und verteilte eine Art Eintopf in die Holzteller. Charlotte glaubte, nie etwas Köstlicheres gegessen zu haben, und verschlang ihre Portion, als hätte sie zwei Tage lang nichts zu essen bekommen. Welch einen Appetit so eine winterliche Bergwanderung erzeugte! Und war es nicht herrlich, hier im glitzernden Schnee zu sitzen und dieses, trotz aller bescheidenen Mittel, äußerst schmackhafte Mahl zu genießen? Auch Alfons langte tüchtig zu und nahm sogar noch eine zweite Portion. Lediglich Hurlimann selbst hielt sich mit einem Hinweis auf ein angeblich ausgiebiges Käsefrühstück am Morgen zurück.

Nach dem Essen packte Charlotte ihr gemeinsames Geschenk aus. In dem kleinen Eisenwarenladen im Ort hatte sie lange mit Alfons debattiert, ob so etwas überhaupt als Präsent geeignet wäre. Schließlich wurde sie von Alfons überzeugt, dass nur ein Alltagsgegenstand für Hurlimann von Nutzen war, der in seinem kargen Leben auf jeden Tand und jede Spielerei verzichtete. Und richtig, als sie ihm die Axt mit der silbrig funkelnden Schneide, dem hellen, unten rot bemalten Holzschaft überreichte, ging ein freudiges Strahlen über das verwitterte Gesicht ihres freundlichen Gastgebers. Seinen Augen war anzusehen, dass er von der Überraschung der beiden ganz überwältigt war.

Nachdem die beiden Männer die Axt ausgiebig auf ihre Funktionstüchtigkeit geprüft hatten, saßen sie alle drei vor der Hütte und tranken heiße Schokolade, die Charlotte in der Zwischenzeit zubereitet hatte. Hurlimann schmauchte seine Pfeife, Alfons schnitzte mit dem Taschenmesser an einem Holzscheit herum und Charlotte bewunderte erneut die grandiose Aussicht, die sie im Sommer bereits so genossen hatte. Durch die weiße Schneedecke und die klare Winterluft erschien ihr alles ganz anders als damals. Als sie dann noch in der Ferne eine Herde Damwild durch den unter den Hufen aufstiebenden Schnee jagen sah, war sie restlos begeistert. Ohne ihren Alfons hätte sie all dies niemals zu sehen bekommen!

Hurlimann lächelte sanft, als er durch den aufsteigenden Rauch seines Pfeifchens den Blick bemerkte, den die junge Dame ihrem Wegbegleiter zuwarf. Der wiederum schien so mit seiner Schnitzarbeit beschäftigt, dass er davon gar nichts wahrnahm. Aber wer weiß? Wenn zwei Herzen miteinander sprechen, müssen nicht immer die Augen beteiligt sein …

Es war jetzt wie eine fixe Idee, die Leopold Hardenberg nicht mehr aus dem Kopf gehen wollte. Mit wem verbrachte Charlotte nur ihre Zeit? Ihren Vater zu fragen, zog er nicht in Betracht, denn der ahnte ja noch nicht einmal etwas. Und obwohl Leopold in geschäftlichen Dingen vor Clemens – die beiden duzten sich inzwischen – den Hut zog und seine Leistung beim Auf- und Ausbau des Fürstenhofs über die Maßen respektierte, warf er ihm doch insgeheim vor, in Erziehungsdingen gründlich versagt zu haben. Warum sonst war Charlotte nicht schon längst seine, Leopolds Ehefrau? Aber wie dem auch sei, mit seinem Anliegen, Charlottes heimlicher Liebschaft auf die Spur zu kommen, wäre er bei Clemens an der völlig falschen Adresse.

Mit einigem Widerwillen machte sich der junge Hardenberg klar, dass der Weg zu korrekten Informationen über gerade diejenigen Menschen führte, mit denen er im Normalfall vertraulichen Kontakt stets zu vermeiden suchte: das Personal! Aber es half ja nichts. Die Dienstboten huschten Stunde um Stunde und zu jeder Tages- und Nachtzeit durch den Fürstenhof. Es wäre doch gelacht, wenn nicht einer von ihnen irgendwann einmal irgendetwas gesehen oder bemerkt hätte, was Charlotte betraf.

Er wusste ja: Geld stellt keine Fragen, und davon hatte er genug. Ein Scheinchen hier, ein Scheinchen da – und es müsste doch mit dem Teufel zugehen, wenn er nicht bis zum Abend den entscheidenden Hinweis aus einem dieser Dienstboten herausgezogen hätte.

Erleichtert griff Leopold nach der Geldbörse und verließ mit einem melodischen Pfeifen auf den Lippen die Suite. Gelobt sei der Mann, der den genialen Einfall zur richtigen Zeit hat!

Sie waren zeitig vor dem Dunkelwerden von Hurlimanns Hütte aufgebrochen. Der alte Mann hatte ihnen freundlich nachgewinkt, als sie durch den dichten Schnee und mit ihren Rucksäcken bepackt davonstapften. Zufrieden und gesättigt ging es für sie beide nun leichter, der Weg führte bergab. Charlotte hatte ihren rechten, Alfons seinen linken Handschuh ausgezogen, und so hielten sie einander bei der Hand auf dem Weg zu der kleinen Hütte am Rande der Baumgrenze, wo sie übernachten wollten.

Wie schon den ganzen Tag über machten sie wenig Worte. Umso mehr sprachen ihre Gedanken und ihre Gefühle.

Alfons war einfach froh und glücklich darüber, eine so lange und ungestörte Zeit mit seiner Liebsten verbringen zu dürfen. Das alleine reichte ihm schon. So konnte er den immer wiederkehrenden Gedanken an die gemeinsame Nacht zur Seite drängen. Denn ganz unbeschwert war er nicht, immerhin lag der Tod von Charlottes Mutter nicht einmal zwei Monate zurück. Alfons wollte auf gar keinen Fall ihre Gefühle in irgendeiner Form verletzen. Er war sich nicht sicher, ob sie den großen Verlust schon vollständig verkraftet und verarbeitet hatte. Deshalb nahm er sich vor, sie weder zu drängen noch sich auf andere Weise in ihre persönliche Sphäre einzuschleichen. Gemeinsam mit der Geliebten in einem Raum, unter einem Dach, neben ihm ihr regelmäßiger Atem, mehr wollte er gar nicht verlangen. Das allein machte ihn glücklich.

Auch Charlotte war sehr zufrieden mit dem harmonischen Beieinander, so wie es war, und verzichtete gerne aufs Sprechen. Alfons' Anwesenheit war so beruhigend und gab ihr eine solche Kraft, dass sie diesen Zustand auf keinen Fall zerreden wollte. Doch auch sie dachte nicht ohne leise Zweifel an die kommende Nacht. Ganz tief in ihrem Inneren bohrte eine Frage, die sie gerne beiseite geschoben hätte. Nach Ursulas Beerdigung war ihr klar geworden, welche Verantwortung sie in Zukunft zu übernehmen hatte. Und auch wenn sie Alfons über alles liebte, so konnte sie nicht erkennen, wie sie die vor ihr liegenden Aufgaben bewältigen sollte, wenn es bei diesen heimlichen Treffen mit Alfons blieb. Im Grunde war es ein fürchterliches Dilemma, in dem sie steckte. Entweder würde sie den Fürstenhof oder ihre Liebe aufs Spiel setzen müssen!

„Deine Hand ist so warm", brach sie jetzt doch das einvernehmliche Schweigen.

„Das muss dann wohl an deiner Hand liegen", antwortete Alfons.

Und schon steckten sie mittendrin in einer Diskussion darüber, wer denn nun wen wärmte. Nachdem die unglaublichsten Argumente von beiden Seiten ausgetauscht waren, begannen sie im Spiel zu zanken und bald flogen die ersten Schneebälle hin und her. Juchzend und lachend tollten sie in der Winterlandschaft umher, als wären sie Kinder.

Nur für einen winzigen Augenblick dachte Charlotte daran, dass dies vielleicht der allerletzte Tag einer unbeschwerten Jugend für sie sein könnte. Doch als Alfons sie mit dem Kopf in den Schnee tunkte und sie sich gleich darauf bei ihm revanchierte, war dieser Gedanke bereits wieder verschwunden.

Das Pfeifen war Leopold Hardenberg gründlich vergangen, als er am späten Abend in seine Suite zurückkehrte.

Er fühlte sich wie ausgepumpt und hatte das unbedingte Verlangen nach einem erfrischenden und reinigenden Vollbad. Nichts anderes hatte er erwartet, als dass sein Unternehmen von Erfolg gekrönt wurde. Selbstverständlich war dies auch eingetreten, das rechte Glück darüber wollte sich merkwürdigerweise jedoch nicht einstellen. Er fühlte sich gleichzeitig als Sieger und Besiegter. Hatte es nicht einen antiken Feldherrn gegeben, Pyrrhus, der gegen die Römer erfolgreich gekämpft hatte? Bei einer der entscheidenden Schlachten hatte er aber trotz seines Sieges solch große Verluste erlitten, dass sein Name für immer und ewig mit dem Begriff Pyrrhus-Sieg in die Geschichtsbücher eingegangen war. Gewonnen und trotzdem verloren …

Leopold ging ins Badezimmer, drehte den Heißwasserhahn auf und ließ ein großzügiges Quantum Fichtennadelschaumbad in die emaillierte Wanne tropfen. Wenig später war der ganze Raum vom harzigen Duft der Nadelbäume erfüllt. Er stieg in das heiße Wasser, streckte sich in der Wanne aus und versuchte, sich zu entspannen. Das gelang nicht im gewünschten Maße. Zu sehr wirbelten die krausesten Gedanken durch seinen Kopf. Wenn er zum Beispiel an seinen Informanten dachte, drehte sich ihm gleich der Magen um.

Den ganzen Abend hatte er versucht, seine Geldscheine an den Mann zu bringen und Informationen über Charlottes nähere Bekanntschaften zu erlangen. Doch die Dienstboten hatten sich entweder beharrlich geweigert, sein Geld auch nur anzusehen, oder sie waren vollkommen ahnungslos gewesen. Oder, schlimmer noch, sie hatten sich in böswilliger Absicht ahnungslos gestellt. Jedenfalls war er im Hotel selbst dem Geheimnis nicht auf die Spur gekommen. Erst als er, schon fast verzweifelt über seine vergeblichen Bemühungen, das Hotelgelände verlassen und die nähere Umgebung durchgekämmt hatte, war er auf seine unappetitliche Quelle gestoßen.

Der Mann lebte in einem unscheinbaren Häuschen am Waldrand und war gerade im Vorgarten mit dem Hacken von Holz beschäftigt, als Leopold ihn ansprach und fragte, ob er die Tochter des Hotelbesitzers kenne. Der Mann, ganz unübersehbar froh, bei seiner Arbeit gestört zu werden, ließ seine Axt fallen und zündete sich eine Zigarette an. Im Schein des entzündeten Streichholzes wurden seine Gesichtszüge für kurze Zeit deutlich sichtbar. Eine kurze, spitze Nase, vorstehende Schneidezähne und zwei dunkle Knopfaugen, die wie Irrlichter unstetig hin und her gingen. Er sah aus wie eine Ratte.

„Die Charlotte vom Protzhotel? Klar kenn ich die. Was wollen Sie denn wissen von der?“

„Ich bin ihr Patenonkel und muss wissen, mit wem sie Umgang pflegt.“

Der Mann spuckte aus und grinste ihn verschlagen an.

„Patenonkel, so, so. Dann bin ich ja wohl der Kaiser von China. Sind Sie nich der 250er Benz, der hier immer vorbeirast, dass mir die Steine in den Garten fliegen?"

„Ich fahre tatsächlich einen Sportwagen", Leopold musste sich sehr bemühen, höflich zu bleiben, „und wenn ich Ihnen dadurch Unannehmlichkeiten bereitet haben sollte …"

„Für 'n Zehner ist's schon vergessen. Sie haben doch bestimmt 'n Zehner dabei?"

Leopold zog einen Geldschein aus der Tasche und reichte ihn über den Zaun.

„Is ja 'n Zwanziger, Mensch! Na, ich will mal nich so sein und drück 'n Auge zu, weil Sie so 'n vornehmer Pinkel sind, dass Sie die Geldscheine nich auseinanderhalten können. Was wollten Sie gleich noch mal wissen?"

„Die Hotelierstochter. Mit wem sie engeren Umgang pflegt."

Leopold musste all seine Selbstbeherrschung aufbieten, um stehen zu bleiben und weiterzusprechen.

„Da fällt mir überhaupt gar nichts zu ein. Bin ja nich so richtig im Hotelgewerbe unterwegs, wenn Sie verstehn, was ich meine."

Leopold zog einen weiteren Geldschein aus der Tasche und reichte ihn dem Mann mit dem Rattengesicht.

„Is ja noch 'n Zwanziger, Mensch! Spendabel, spendabel, muss ich schon sagen. Da fühl ich mich ja gleich verpflichtet."

Der Mann kniff die Augen zusammen und tat so, als dächte er intensiv nach.

„Ja, das feine Fräulein, stimmt, das läuft hier immer mal vorbei. Meistens alleine. Manchmal reitet die ja auch mit Ihnen durch die Gegend, stimmt. Aber hin und wieder läuft sie auch mit so 'nem Hiwi vom Protzhotel rum, stimmt. So einer vom Lande, genau wie meinereiner. Manchmal in 'ner Uniform, als wär Schützenfest oder so. Die küssen sich, wenn sie glauben, dass keiner guckt."

„Kennen Sie seinen Namen?"

Der Mann kratzte sich ungeniert am Kopf und spuckte wieder aus.

„Is mir irgendwie grade entfallen, glaub ich."

Leopold drückte ihm einen weiteren Geldschein in die ausgestreckte Hand.

„Nee, so ein Zufall, jetzt fällt's mir plötzlich doch wieder ein! Alfons heißt der."

„Alfons?"

„Sonnbichlers Alfons, wenn Sie's genau wissen wollen."

Ohne ein weiteres Wort drehte sich Leopold um und schlug den Weg zum Fürstenhof ein.

„He, Sie feiner Pinkel, Sie! Da is noch was."

Der Mann rief ihm hinterher und Leopold drehte sich, fast gegen seinen Willen, noch einmal um.

„Weil Sie so spendabel war'n und ich heut gute Laune hab. Das feine Fräulein und Sonnbichlers Alfons sind heut morgen zusammen losgezogen, mit Rucksäcken auf'm Rücken. Die kommen erst morgen wieder, da wett ich drauf. Ich wünsch Ihnen auch einen wunderschönen Abend!"

Leopold tauchte tief in das heiße Wasser der Badewanne, aber er hatte nicht das Gefühl, den Schmutz des Tages von sich abwaschen zu können. Ungeachtet dessen hatte er seine Information schließlich doch bekommen und sein Unternehmen erfolgreich abschließen können. Der flaue Druck in seinem Magen würde sicher bald vergehen.

Nun überlegte er, was als Nächstes zu tun war. Dieser Alfons Sonnbichler, das hatte er später ebenfalls noch herausgefunden, musste um zwölf seinen Dienst an der Rezeption antreten. Also würden er und Charlotte im Laufe des Vormittags von ihrer Wanderung zurückkehren.

Was würde passieren, wenn er ihnen einfach entgegenging und beide zur Rede stellte?

Das Feuer in dem kleinen Kamin loderte hell und strahlte eine wohlige Hitze aus. Charlotte und Alfons aßen zu Abend, nebeneinander auf der schmalen Holzbank sitzend. Das selbstgebackene Brot, das Hurlimann ihnen mitgegeben hatte, schmeckte ausgesprochen köstlich.

Dazu gab es etwas geräucherten Schinken, Emmentaler Käse und ein Schälchen Obatzter, den Charlotte am vorherigen Abend eigenhändig und mit viel Liebe in der Küche des Fürstenhofs hergestellt hatte. Den Rotwein, der aus Alfons' Rucksack wie durch Zauberhand aufgetaucht war, tranken sie gemeinsam aus dem Becher der Thermoskanne. Stilecht war das alles sicherlich nicht, dafür aber ausgesprochen gemütlich.

Nach dem Essen breitete sich eine wohltuende Müdigkeit in Charlotte aus. Es war ein langer, ereignisreicher Tag gewesen, voll mit schönen, unvergesslichen Momenten. Doch jetzt fielen ihr fast die Augen zu, so schwer waren ihre Lider. Ihr Kopf ruhte an Alfons' Schulter. Der angenehme Geruch nach Holz, Rauch und Arbeit, der von ihm ausging, ließ sie zufrieden schnurren wie eine kleine Katze. Die Hütte, das Feuer im Kamin, das Essen auf dem Tisch, all das verschwamm zu einem einzigen sanftfarbigen Kaleidoskop.

Alfons spürte, wie ihr Kopf auf seiner Schulter schwerer wurde. Er hörte ihre Atemzüge, die mit einem Mal in einem langsamen und gleichmäßigen Rhythmus an sein Ohr drangen. Charlotte war eingeschlafen. Er wagte nicht, sich zu bewegen, um die Geliebte auf keinen Fall aufzuwecken. So schaute er lange in die immer kleiner werdenden Flammen des Feuers, trank hin und wieder aus dem Becher ein Schlückchen Rotwein und freute sich gleichermaßen über den gelungenen Ausflug wie das harmonische Beisammensein.

Eine viertel oder halbe Stunde mochte so vergangen sein, als Charlotte plötzlich hochschreckte und ihn aus weit geöffneten Augen anstarrte, als sei er ein Fremder.

„Was ist passiert?"

„Du bist eingeschlafen, weiter nichts."

„Bist du denn gar nicht müde?"

„Doch, natürlich. Aber wecken wollte ich dich nicht."

„Du bist mir vielleicht einer", sagte sie, „aber jetzt gehen wir ins Bett, dass du es nur weißt. Keine Widerrede."

Sie stand auf, zog sich bis auf die Unterwäsche aus und schlüpfte unter die Schaffelle, die sie schon vor dem Essen auf dem Holzbett bereitgelegt hatten. Nachdem sie sich dort eingekuschelt hatte, streckte sie die Hand aus den Fellen heraus und lockte Alfons mit dem Zeigefinger zu sich.

„Traust dich wohl nicht …"

Das ließ sich Alfons nicht zweimal sagen. Er warf die schweren Gedanken, die ihn auf der Wanderung beschäftigt hatten, über Bord, und nur wenige Augenblicke später lag er ganz dicht neben ihr. Das Feuer im Kamin verlor ganz langsam an Kraft. Das Feuer zwischen ihnen beiden aber, das loderte plötzlich hell auf.

Mitten in der Nacht wurde Charlotte unvermittelt wach. Im Kamin glimmte nur noch ein Häufchen Glut und der kleine Raum der Hütte schimmerte in einem unwirklichen Zwielicht. Alfons lag halb auf dem Rücken und schlief ruhig. Warum war sie um diese Zeit wach geworden? Draußen musste es noch stockduster sein. Ein Blick auf die Uhr sagte ihr, dass die dritte Stunde des neuen Tages gerade erst angebrochen war. Was hatte sie wach werden lassen?

Ach, es war sicherlich gar nichts. Sie spürte Müdigkeit und wohlige Zufriedenheit. Eins der Schaffelle über sich ziehend schmiegte sie sich an Alfons, legte ihren Kopf auf seine sich gleichmäßig hebende und senkende Brust und schloss die Augen.

Im Dämmerschlaf schon, in dem kurzen Stadium zwischen Wachen und Traum, bevor sie endgültig in Morpheus' Armen versank, tauchte für einen winzigen Augenblick ein absonderlicher Gedanke auf. Was wäre, wenn diese romantische Nacht mit ihrem Alfons Folgen hätte? Was wäre, wenn sie plötzlich ein neues Leben in sich trüge?

Aber bevor sie weiter darüber nachdenken konnte, war sie schon wieder eingeschlafen.

Am nächsten Morgen stand Leopold sehr früh auf. Bevor er sich auf den Weg machte, musste er noch einige wichtige Telefonate führen und einen Teil seiner Geschäftskorrespondenz aufarbeiten. Er hatte gestern viel Zeit verloren durch die Suche nach Informationen über Charlotte. Mit grimmigem Gesicht wühlte er sich durch die Papiere und schnauzte am Telefon etliche seiner Untergebenen an, obwohl sie sich nichts hatten zuschulden kommen lassen. Seit gestern spürte er einen Zorn in sich, der ihm ganz neue, unbekannte Energien zuzuführen schien.

Um acht Uhr hatte er das Gröbste erledigt, der Rest konnte warten, bis er zurückkehrte. Vom Zimmerservice des Fürstenhofs war ihm ein Frühstück gebracht worden, das er hastig direkt vom Servierwagen in sich hineinschlang. Er hatte zwar keinen Appetit, ermahnte sich aber zu essen, da er nicht wusste, wie lange er unterwegs sein würde. Um halb neun war er mit einem dicken braunen Wildledermantel, Schal, modischer Strickmütze und in seinen hohen Schnürstiefeln bereit für das, was er im Stillen „Operation Alfons" nannte.

Lange genug hatte er tatenlos zugesehen, wie Charlotte ihn an der Nase herumführte. Heute war der Tag der Wahrheit gekommen. Entweder würde er noch an diesem Abend bei Clemens um ihre Hand anhalten oder ...

Eine Alternative gab es für Leopold Hardenberg nicht. Er war es gewohnt, die selbst gesteckten Ziele zu erreichen. Und zwar immer. Ausnahmen gab es nicht.

„Aufwachen, du kleines Schlafmützchen."

Alfons saß vollkommen angezogen auf dem Rand des Bettes und streichelte sanft Charlottes Schulter. Sie reckte sich und gähnte ausgiebig. Er beugte sich zu ihr herab und küsste sie. Seine Bartstoppeln piekten ein wenig. Sie schlang die Arme um seinen Hals und wollte ihn zu sich hinunterziehen.

„Nie mehr loslassen", murmelte sie schlaftrunken, „weiter küssen, immer weiter."

„Es ist schon halb neun", sagte er, „und allerhöchste Zeit aufzustehen. Ich habe den Frühstückstisch gedeckt. Du weißt doch, um zwölf muss ich gespornt und gestiefelt zum Dienst antreten."

„Und vor allem rasiert", lachte sie.

Alfons kannte nun kein Erbarmen mehr und zog ihr die Lage mehrerer Schaffelle vom Körper. Charlotte kreischte auf, als die kalte Luft ihren Körper traf. Dann aber sprang sie in Windeseile aus dem Bett, rannte nach draußen – die Sonne stand schon am immer noch wolkenlosen Winterhimmel –, ließ sich auf die Knie fallen und wusch sich das Gesicht mit zwei Händen voller Schnee. Wach, erfrischt und mit roten Bäckchen kehrte sie in die Hütte zurück. Schnell zog sie sich an und setzte sich dann zu Alfons auf die kleine Bank. Der Kaffee dampfte im Thermosbecher, Brot, Käse und der Rest vom Obatzter, den sie gestern Abend nicht mehr geschafft hatten, lagen auf dem Tisch bereit. Beide langten bald tüchtig zu.

Eine halbe Stunde später waren die Rucksäcke gepackt und der kleine Raum von ihren fleißigen Händen in einen ordnungsgemäßen Zustand gebracht worden. Sie traten vor die Hütte. Alfons verschloss die Tür und legte den Schlüssel oben auf den Türbalken, wie es sich gehörte. Er wollte gerade seinen Rucksack schultern, als Charlotte ihn um die Taille fasste und an sich zog. Ihr Gesicht glänzte immer noch frisch und rot von der Schneewäsche. Ihre Augen schienen ihm bis tief ins Herz zu blicken.

„Das war die schönste Nacht meines Lebens“, sagte sie leise.

„Meine auch. Ich liebe dich, Charlotte!“

Plötzlich wandte sie den Blick ab und presste ihren Kopf an seine Brust. „Alfons?“

Ihre Stimme war kaum vernehmbar.

„Ich bin hier.“

„Ich doch auch. Aber … Alfons?“

„Ja?“

„Ich weiß nicht, wie lange ich noch hierbleiben kann.“

Alfons schluckte. Warum sagte sie das? Warum gerade jetzt? Er atmete tief durch. „Niemand weiß, wie lange er irgendwo bleiben kann, Charlotte. Das Leben geht manchmal sehr seltsame Wege.“

Jetzt schwieg sie. Sie schwieg lange Zeit. Er spürte nur ihre Arme, die ihn zärtlich drückten.

Plötzlich, ganz unvermittelt und wie aus heiterem Himmel fiel ihm etwas ein, an das er schon lange nicht mehr gedacht hatte. Das er schon beinahe vergessen hatte. Merkwürdig, dass es ihm gerade in diesem Moment in den Kopf kam. Er machte sich los von ihr, schulterte jetzt wirklich seinen Rucksack und half dann auch ihr, die Last auf den Rücken zu heben. Seine Hand fasste die ihre und dann stapften sie los. „Ich kann immer noch Eislauftrainer werden“, er sprach so leise, dass sie ihn nicht verstand.

„Was sagst du?“

„Ich kann immer noch Eislauftrainer werden“, wiederholte er lauter.

„Wie meinst du das?“

„Ich weiß es auch nicht“, wich er schnell aus, „schau mal dort!“

Er zeigte auf ein Paar Rehe, die in langen Sprüngen am Rande des Waldes durch den Schnee liefen und dann zwischen den Bäumen verschwanden.

Charlotte traute sich nicht, noch einmal nach dem Eislauftrainer zu fragen. Und er wagte nicht, sie nach dem Hierbleiben zu fragen.

In melancholischer Stimmung wanderten sie Hand in Hand weiter. Nicht nur das Leben, auch die Liebe geht manchmal sehr seltsame Wege …

Die Schlucht am Rande der Berge bildet einen markanten Engpass zwischen dem Gebiet im Voralpenland, in dem sich der Fürstenhof befand, und den Bergen. Für den Wanderer ist diese Schlucht selbst nicht passierbar. Zu eng und zu verwinkelt türmen sich in dem Tal die Felsbrocken, als dass man einen gangbaren Pfad durch diese Wirrnis finden könnte. Aber oben, am Rande der Schlucht, am Rande der Berge, führt ein ebener Weg entlang, der breit genug ist, um sogar ein Pferdefuhrwerk durchzulassen.

Leopold Hardenberg hatte mit Bedacht diesen Höhenweg an der Schlucht gewählt, um Charlotte und dem Alfons Sonnbichler entgegenzutreten. Hier würden sie auf ihrem Heimweg auf jeden Fall entlangkommen müssen. Und in ebendiesem Engpass konnten sie ihm nicht ausweichen, selbst wenn sie wollten. Er würde sie stellen wie ein Jäger das Wild.

Es war aber doch ein viel längerer Marsch geworden, als er geglaubt hatte. Leopold, wiewohl ein durchaus sportlich aktiver Mensch, war das Laufen durch den hohen Schnee nicht gewohnt und deshalb entsprechend erschöpft, als er das untere Ende der Schlucht erreichte. Ungeachtet seiner vornehmen Kleidung und insbesondere des teuren Wildledermantels setzte er sich nun einfach auf eine Felsplatte, von der er den lockeren Schnee mit der Hand heruntergefegt hatte.

Die Sonne schien von einem wolkenlosen und strahlend blauen Himmel herab. In seinem Herzen jedoch herrschte tiefe Finsternis. Mit jedem mühseligen Schritt durch den Schnee war der Groll in ihm größer geworden. Als er dort saß und nichts anderes tun konnte als abwarten, bekamen die dunklen Gefühle in ihm plötzlich einen Namen: Eifersucht. Mit diesem Phänomen hatte er sich noch nie in seinem ganzen Leben beschäftigen müssen. Umso heftiger hatte es ihn jetzt gepackt. Es schien unerklärbar, aber instinktiv hielt er Ausschau nach einem dicken und kräftigen Holzknüppel. Den würde er diesem Sonnbichler gerne über den Kopf ziehen.

Aber natürlich war Leopold Hardenberg ein Mann von Format, der auch seine finstersten Gefühle unter Kontrolle behielt. Kaum in ihm aufgekommen, hatte er den Gedanken an eine körperliche Auseinandersetzung sofort wieder verworfen. Er stellte sich doch nicht auf die gleiche Stufe wie ein wildes Tier, das einen Nebenbuhler zu Boden rang oder gar tötete! Nein, er war schließlich ein zivilisierter Mensch und würde lediglich die Macht und Kraft des Wortes einsetzen. Dies allerdings umso unnachsichtiger und überzeugender, wie er es sich selbst geschworen hatte.

Charlotte und Alfons kamen Hand in Hand auf das Nadelöhr zugewandert. Nun war es nicht mehr allzu weit, bis sie wieder zuhause ankamen. Ihre melancholischen Gedanken hatten sich im Laufe der Wanderung mehr und mehr verflüchtigt. Jetzt konnten sie ihren Marsch, die Gemeinsamkeit und die zwischen ihnen herrschende Harmonie einmal mehr genießen.

Obwohl der Weg oberhalb der Schlucht genügend Platz bot, schauderte Charlotte doch jedes Mal vor der Tiefe, in die der Fels rechts von ihr hinabfiel. Dreißig, vierzig Meter waren es wohl, gespickt mit scharfen Kanten und spitzen Felsnadeln. Wenn man unvorsichtig war und vielleicht ausrutschte … Das wollte sich

Charlotte gar nicht vorstellen. Deshalb bat sie Alfons, wie immer, wenn sie den Engpass entlangwanderten, an der Bergseite gehen zu dürfen. Alfons hatte Verständnis für sie, war ohne Furcht und beim Gang in den Bergen seit seiner Kindheit erfahren. Natürlich nahm er seinen Platz auf der steil abfallenden Seite ein, ohne zu murren, und passte auf Charlotte auf.

Bald hatten sie die Hälfte des Weges geschafft. Eigentlich war der Blick in die Schlucht auch von einer unbeschreiblichen Schönheit. Denn dort, wo kein Mensch seinen Fuß jemals hinsetzte, hatten sich das Gestein und die Natur so entwickelt und ausgebreitet, wie es nirgendwo anders geschehen konnte. Einmal konnte Alfons seine Liebste auf ein Paar Schneehühner aufmerksam machen, die unter einem knorrigen kahlen Baum wohl ein Nest angelegt hatten. Ein anderes Mal wies er sie auf die Spur des seltenen Steinmarders hin, die sich nicht weit unterhalb der Wegkante durch den Schnee schlängelte. Beide Male war Charlotte nur mit äußerster Vorsicht an den Rand des Weges getreten, um in die Tiefe zu blicken, die ihr geradezu den Atem verschlug.

Sie ahnte nicht, dass eine unvorhergesehene Begegnung ihr in wenigen Minuten weit mehr als nur den Atem rauben würde.

Noch bevor er die beiden erblickte, hörte Leopold schon die im Schnee knirschenden Schritte des verliebten Paares, das auf dem Höhenweg auf ihn zukam. Eine Biegung des Berges verbarg sowohl ihn vor ihren Blicken als auch die beiden Turteltäubchen vor seinem Blick. Aber in der Stille dieser Einsamkeit klang jedes Geräusch viel weiter als ein Steinwurf. Er war mittlerweile aufgestanden, hatte sich den Schnee vom Mantel geklopft und erwartete das Pärchen nun mit vor der Brust verschränkten Armen und grimmiger Miene, die zeigte, was er dachte.

Als Charlotte und Alfons um die Biegung herumkamen, blickten sie geradewegs in Leopolds zornig funkelnde Augen. Sie blieben wie angewurzelt stehen. Eine Vielzahl verschiedenster Gedanken und Gefühle schossen gleichzeitig durch beider Kopf und Bauch. Da sie sich immer noch an den Händen hielten, spürten sie, wie sich die Hand des anderen vor Schreck verkrampfte.

„Ha!“ rief Leopold laut. „Habe ich euch erwischt, ihr Turteltäubchen!“

Den beiden fehlten die Worte. Sie starrten den jungen Hardenberg nur an, der da so plötzlich vor ihnen aufgetaucht war. Der nutzte die Gelegenheit, um einige Schritte auf sie zuzumachen, wobei er sich mehr auf die Hotelierstochter konzentrierte als auf Alfons.

„Aber ich werde Schluss machen mit diesem unwürdigen Treiben! Charlotte, du kommst sofort zu mir und lässt deinen Angestellten da stehen, wo er ist!“ Er trat noch näher heran, streckte die Hand aus und packte

Charlotte mit hartem Griff am Arm. „Du gehörst zu mir!“

Er wollte sie zu sich heranziehen, nur weg von diesem Bediensteten, der ihn mit weit aufgerissenen Augen völlig entgeistert anschaute. Aber Charlotte wich nicht von der Stelle. Mit ihrem Widerstand hatte Leopold nicht gerechnet. Das Folgende passierte innerhalb weniger Sekundenbruchteile.

Leopold zerrte an ihrem Ärmel. Alfons machte einen Schritt nach vorn und packte Leopolds Arm, um dessen Hand von Charlotte zu lösen. „Lass sie sofort los!“ rief er laut.

Leopold, in dem eine kalte Wut hochgestiegen war, schlug mit seiner freien Hand durch die Luft, als wollte er eine lästige Fliege vertreiben. „Sie haben hier gar nichts zu befehlen! Was fällt Ihnen eigentlich ein?“, herrschte er Alfons an.

Der hatte mit einer Gegenwehr nicht gerechnet, und wenn Leopolds Hand ihn auch nicht traf, so zuckte er doch zurück. Dadurch geriet er aus dem Gleichgewicht. Ein Eisbrocken unter seiner Schuhsohle tat sein Übriges und er verlor vollends das Gleichgewicht. Plötzlich ruderte Alfons mit den Armen und wollte sich mit dem Körper nach vorne werfen.

„Hilfe, ich rutsche! Ich kann mich nicht mehr halten!“ Aber es war zu spät. Er taumelte am Rande des Abgrunds und hangelte mit den Händen vergeblich nach irgendetwas, woran er sich festhalten konnte. Doch seine

Hände griffen ins Leere. „Charlotte!" Mit diesem gellenden Schrei fiel er in die Tiefe hinab.

„Alfons!" Charlotte starrte mit weit aufgerissenen Augen auf die Stelle, an der ihr Geliebter eben noch gestanden hatte. Ein Impuls sagte ihr, dass sie dem jungen Hardenberg ins Gesicht schlagen müsste, weil er allein für den Sturz verantwortlich war. Aber ein viel stärkerer Impuls ließ Charlotte einen Schritt zur Kante des Höhenweges tun. Wenn Alfons jetzt dort unten zerschmettert lag, wollte sie sich ohne weiteres Nachdenken dem Geliebten hinterherstürzen.

„Du Elender, was hast du nur getan?" warf sie Leopold voller Hass und Verachtung zu, um sich im gleichen Moment über die Kante des Weges zu beugen.

Doch ein Wunder war geschehen! Alfons hatte nicht nur den Sturz überlebt, er war noch nicht einmal sehr tief gefallen. Etwa eine Armlänge unterhalb der Kante hing er festgeklammert an eine Wurzel, die dort aus dem Felsgestein baumelte.

Sofort warf sich Charlotte auf den Boden und streckte ihre Hand nach ihm aus. Doch sie konnte nur seine Fingerspitzen erreichen, weiter kam sie nicht. „Ich schaffe es nicht, Liebster, ich komme nicht so weit herunter mit der Hand", rief sie aus.

Leopold war zu Eis erstarrt, als er sah, wie der Sonnbichler von der Wegkante stürzte. Das hatte er nicht gewollt! Als er jetzt Charlotte auf dem Weg liegen und mit der Hand nach dem an der Wurzel sich festklammernden Mann angeln sah, warf er sich ebenfalls zu Boden. „Kommen Sie, Sonnbichler", keuchte er, „ich helfe Ihnen. Versuchen Sie, meine Hand zu packen!"

Mit dem halben Oberkörper über dem Abgrund hängend, bekam Leopold Alfons' Hand zu fassen. „Ich hab' Sie!" rief er, „jetzt nicht loslassen! Wir schaffen das! Nur nicht loslassen!"

Leopold musste all seine Kraft aufwenden, um Alfons langsam Zentimeter für Zentimeter nach oben zu ziehen. Schließlich half ihm Charlotte, die ebenfalls zugriff. Gemeinsam gelang es ihnen, Alfons in Sicherheit zu bringen.

Völlig ausgepumpt, mit immer noch mächtig klopfenden Herzen und keuchend vor Atemnot saßen sie kurze Zeit später alle drei auf dem schneebedeckten Höhenweg. Charlotte streichelte Alfons' Wange und flüsterte unzusammenhängende Worte.

Der junge Hardenberg war gleichzeitig fasziniert wie abgestoßen von diesem unwiderlegbaren Beweis der Liebe zwischen den beiden. „Es tut mir leid." Das war alles, was er in diesem Moment hervorbrachte. Doch niemand schien ihn zu hören. Minuten vergingen, ohne dass ein weiteres Wort fiel. Die beiden waren nur mit sich selbst beschäftigt und würdigten Leopold keines Blickes.

Schließlich stand er auf und wandte sich Richtung Tal. „Adieu, Charlotte", sagte er tonlos, doch erhielt er keine Antwort von ihr. Mit hängenden Schultern ging er los, und sein teurer Wildledermantel sah jetzt gar nicht mehr so nobel aus. Wenig später war er aus ihrem Blickfeld verschwunden.

Leopold Hardenberg reiste am nächsten Tag ab, ohne mit irgendeinem Menschen noch ein Wort gewechselt zu haben. Er sollte nie wieder an den Fürstenhof zurückkehren. Clemens' fragende Briefe blieben zu seinem größten Bedauern unbeantwortet.

7. KAPITEL

Wenige Tage nach den wahrhaft aufregenden Ereignissen flog Charlotte zusammen mit ihrem Vater von München aus nach Helsinki. Sie hatte Clemens gebeten, am Fenster sitzen zu dürfen. Von dort aus konnte sie mit ein bisschen Glück andere Jets beobachten, die entweder nach der Landung auf ihren Standplatz eingewiesen wurden oder die noch vor ihnen zur Startbahn rollten. Hin und wieder zitterte die Luft und der Kabinenboden vibrierte, wenn sich einer der großen silbernen Vögel mit aufheulenden Triebwerken in die Luft erhob.

Lange, nachdem sie Platz genommen hatten, begann ihr eigener Jet endlich auch zu rollen und bewegte sich langsam in Richtung Startbahn. Es dauerte eine Weile, dann vollführte ihr Flugzeug eine halbe Kreisbewegung und blieb stehen. Einige unverständliche englische Satzfetzen kamen durch die Lautsprecher. Plötzlich heulten die Turbinen auf, der Jet setzte sich in Bewegung, wurde schneller und immer schneller.

Diesen Moment fürchtete und liebte Charlotte gleichermaßen. Wenn der Pilot den Steuerknüppel nach hinten zog, die Nase des Flugzeugs sich in die Luft erhob und das Fahrwerk den Kontakt zum Boden verlor. Dieses merkwürdige Druckgefühl im Magen, während sie mit dem Rücken in den Sitz gepresst wurde. Und wie dann aus dem Flughafen und seiner Umgebung innerhalb von nur wenigen Sekunden eine Miniaturlandschaft zu werden schien, wie Autos, Häuser, sogar Fabrikgebäude sich in Spielzeugteile verwandelten, als schaute man auf eine Modelleisenbahnanlage. Charlotte atmete tief durch und dann war es auch schon vorbei. Die Boing 737 flog durch eine tiefhängende Wolkendecke und draußen war nichts mehr zu erkennen als eine grauweiße Nebelwand.

„Ich hoffe, du wirst dich in Helsinki nicht langweilen", sagte Clemens, während er in den Unterlagen für die bevorstehende Tagung blätterte, „mit all den Statistiken und Zahlen, die bei einer solchen Konferenz immer eine gewichtige Rolle spielen."

„In erster Linie sitzen da doch wohl Menschen", erwiderte Charlotte, „und die sind mir nie langweilig."

„In der Hauptsache allerdings Männer. Lauter ältere Männer mit grauen Schläfen und Hoteldirektoren mit vom Kampf für und um den Gast zerfurchten Gesichtern", lachte Clemens leise.

„Das werde ich schon aushalten", entgegnete Charlotte und dachte dabei an Alfons.

Clemens tätschelte ihr die Hand. „Man kann nie wissen", sagte er, „und falls du einen kennen lernen solltest, der nicht nur vom Fach ist, sondern vielleicht auch noch aus unserer Gegend, dann kannst du ihn mir ja vorstellen."

„Ach, Papa, was du dir wieder ausdenkst ...", protestierte Charlotte lächelnd, „Ich weiß ja, dass du mich unter die Haube bringen willst, aber erzwingen kann man das nun mal nicht."

„Nein", widersprach Clemens energisch, „das immerhin habe ich in den vergangenen Jahren gelernt: So schnell kriege ich dich nicht verheiratet. Du lässt ja die besten Partien immer sausen. Ich will jetzt keine Namen nennen."

„Besser ist das", sagte Charlotte, „und außerdem war er nicht vom Fach, falls du dich noch erinnerst."

„Genug davon", beendete Clemens das Gespräch, „ich muss mich jetzt noch ein wenig vorbereiten."

Charlotte sah wieder aus dem Fenster. Sie flogen jetzt über den Wolken, die von der Sonne angestrahlt wurden und wie ein Meer aus weißen Wattebäuschen aussahen. Der Gedanke an Helsinki nämlich versetzte sie insgesamt in gehobene Stimmung. Sie freute sich auf die unbekannte Stadt, das fremde Land und dessen Kultur. Zum ersten Mal würde sie außerdem an einem richtigen Kongress teilnehmen. Sie würde eine Menge Menschen kennen lernen und viel über das europäische Hotelwesen erfahren können. Zusätzlich durfte sie in einem der vornehmsten Hotels Europas wohnen und bekam vielleicht auch die Gelegenheit, den Botanischen Garten zu besuchen. Nicht zuletzt durfte sie an der Seite ihres Vaters den Fürstenhof auf internationalem Parkett repräsentieren. Nur Alfons würde sie vermissen, das wusste sie jetzt schon.

„Bitte lass uns tauschen, Papa!"

Clemens begriff zuerst gar nicht, was seine Tochter von ihm wollte. Sie waren nach einem ruhigen Flug und einer angenehmen Fahrt mit dem Taxi in dem großen Hotel mitten in der Innenstadt von Helsinki angekommen, hatten an der Rezeption eingecheckt und der goldbetresste Portier schob ihnen beiden nun die Zimmerschlüssel zu.

„Kann ich dein Zimmer haben, bitte?“

Charlotte ließ nicht locker. Erst jetzt warf Clemens einen Blick auf die Schlüsselanhänger und begriff endlich, worum es ihr ging. Er hatte die Zimmernummer 777, Charlotte die 778. Offensichtlich verband sie mit den drei gleichen Ziffern eine Art Glückszahl. Ihm war das ganz egal, wusste er doch aus Erfahrung, dass beide Zimmer absolut gleich gestaltet und ausgestattet waren. Doch so ganz ohne weiteres wollte er seiner Tochter nicht ihren Willen lassen.

„Gut, wir können die Zimmer tauschen. Aber du musst mir etwas versprechen.“

Charlotte schaute ihn fragend an.

„Was soll ich dir denn versprechen?“

„Dass du mich nachher zum Essen begleitest, dass du dich dafür schön anziehst und dass du mir keine Schande unter den Gästen aus aller Welt machst.“

„So eine reizende Tochter könnte einem Vater keine Schande machen, selbst wenn sie es unbedingt wollte“, mischte sich unversehens laut eine fremde Stimme aus dem Hintergrund ein.

Charlotte wandte sich um und blickte den Sprecher der charmanten Worte an. Ein groß gewachsener, sehr gut aussehender Mann. Er sprach Deutsch. Und er hatte weder graue Schläfen noch ein zerfurchtes Antlitz. Dafür strahlten seine Augen sie so jugendlich und voller Energie aus einem markanten Gesicht an, dass ihr ein ganz merkwürdiges Gefühl in der Brust hochstieg.

„Entschuldigen Sie, ich wollte mich nicht in Ihre Privatangelegenheiten einmischen“, sagte der Fremde mit einer knappen Verbeugung, nahm seinen Schlüssel vom Portier entgegen, drehte sich um und verschwand in der Menge. Charlotte sah ihm leicht irritiert hinterher.

„Der war ja nicht auf den Mund gefallen“, meinte Clemens und schmunzelte.

Charlotte musste unwillkürlich lachen. Schon seit der Abfahrt vom Fürstenhof am sehr frühen Morgen war ihr Vater in ausgesprochen guter Stimmung gewesen. Beinahe so, als hätte ihn die kurzzeitige Befreiung von der Alltagsroutine seines eigenen Hauses in einen anderen Menschen verwandelt. So munter und gesellig hatte sie Clemens selten erlebt. Aber umso besser. Das ließ auf eine wirklich schöne Zeit hoffen, die sie gemeinsam verbringen würden.

Sie blickte ihren Vater schelmisch an und griff seine scherzhaften Worte auf. „Ich wollte zum Dinner meinen Kittel für die Gartenarbeit anziehen und nach dem Essen auf dem Tisch Cancan tanzen. War es das, was du vorhin meintest, Papa?“

Jetzt konnte auch Clemens sich ein Lachen nicht verkneifen. Er schob ihr den Schlüssel mit der Nummer 777 in die Hand und tätschelte ihre Wange. „Vergiss nicht die Rüschenhöschen unter dem Kittel. Sonst kommt keiner auf die Idee, dass es tatsächlich Cancan ist, was du da tanzt."

Ein Page hatte ihre Koffer bereits aufgenommen und führte die beiden zum Fahrstuhl. Im siebten Stock und vor ihren Zimmern angekommen, schaute Clemens auf die Uhr. „Wir haben eine Dreiviertelstunde Zeit. Du kannst dich also noch ein bisschen ausruhen."

„Ausruhen? Ich muss mich fein machen für den großzügigsten und liebenswertesten Herrn Papa, den es überhaupt gibt. Ausruhen kann ich mich, wenn wir wieder im Fürstenhof sind."

„Das ist die richtige Einstellung. Deine Mutter wäre stolz auf dich."

Charlotte winkte ihm kurz mit der Hand zu und betrat dann das Zimmer 777. Bis sie mit der Erkundung der Örtlichkeiten und dem Auspacken fertig war, verging einige Zeit. So musste sie sich ganz schön sputen, um noch Schminke aufzulegen, das bordeauxrote Kostüm mit der weißen Bluse anzuziehen und sich ihre Haare zu einem frechen Bubikopf zu frisieren. Aber als Clemens an ihrer Tür klopfte, war sie mit allem fertig.

„Ich muss sagen, mit dir kann man sich sehen lassen", sagte er anerkennend, nachdem er sie gründlich von Kopf bis Fuß gemustert hatte.

„Du siehst aber auch nicht schlecht aus in deinem blauen Anzug."

Sie hakte sich bei ihm ein und dann gingen sie zu den Fahrstühlen. Beide waren neugierig darauf, wie ihnen die finnische Küche schmecken würde.

Der mehr als großzügig und weiträumig angelegte Speisesaal des Hotels war gut besetzt. An den Tischen waren viele europäische Sprachen zu hören, Französisch, Italienisch und Spanisch. Ausnahmslos alle Kellner sprachen Englisch, als wäre es ihre Muttersprache.

Charlotte dirigierte Clemens geschickt an einen freien Tisch in der Nähe des Eingangs. Vielleicht, dachte sie dabei hoffnungsvoll kommt dieser charmante Mann, den wir vorhin an der Rezeption getroffen haben, auch zum Essen hierher. Möglicherweise sind dann alle anderen Tische besetzt …

Die finnische Küche entpuppte sich als gediegen und international mit kleinen, regionalen Einsprengseln. Weder Clemens noch Charlotte stand jedoch der Sinn nach einem Steak vom Rentier, also wählten sie als Hauptgang Bœuf Stroganoff mit Kartoffelrösti und Wintergemüse. Während sie auf die Suppe warteten, traten zwei Männer an ihren Tisch und fragten auf Deutsch, ob sie sich zu ihnen setzen dürften, sie wären ebenfalls Kongressteilnehmer.

Einer der beiden war tatsächlich der Mann von der Rezeption. Charlotte atmete tief durch, dann nickte sie ihm kurz entschlossen zu, während Clemens sie mit einer einladenden Geste bat, Platz zu nehmen. Die Neuankömmlinge stellten sich als Hoteliers aus dem Osten Deutschlands vor, und schon wenig später waren die Männer in ein intensives Gespräch über das internationale Hotelwesen vertieft.

Um nicht ständig den ausgesprochen gut aussehenden Mann betrachten zu müssen, beobachtete Charlotte das rege Treiben im Speisesaal, bewunderte die riesigen Kronleuchter, die von der Decke hingen, und wünschte sich, dass die Suppe bald käme, denn sie hatte mittlerweile großen Appetit. Mit einem Mal bemerkte sie, dass der Großgewachsene – Werner hieß er – ihr auch immer wieder kurze Blicke zuwarf. Das irritierte und freute sie zugleich. Er sah zwar ausgesprochen gut aus, aber jetzt waren es plötzlich mehr seine Haltung und seine Ausstrahlung, die sie unwillkürlich anzogen. Mit jedem Wort, das er sagte, und mit jeder Geste seiner Hände versprühte er eine kraftvolle Energie, die etwas geradezu Magisches hatte.

Es war geradezu unheimlich, dass sie gar nicht anders mehr konnte, als ihn anzuschauen. Seine Augen gingen ihr durch und durch. Sie schienen eine Saite in ihrem Inneren anzuschlagen, die ihr heiße und kalte Schauer über den Rücken jagte. Sie konnte sich kaum auf die schmackhafte Suppe konzentrieren, die mittlerweile aufgetragen worden war. Was passierte hier? Was geschah mit ihr? Sie konnte es sich nicht erklären …

Derweil sprachen die Männer weiter über das Hotelgeschäft. Charlotte hörte mit weniger als einem halben Ohr hin, obwohl sie sich eigentlich vorgenommen hatte, den Aufenthalt in Helsinki zu nutzen, um mehr über diese ganzen Dinge zu lernen. Aber wie sollte das funktionieren, wenn ihr dieser faszinierende Mann gegenübersaß und sie an gar nichts anderes mehr denken konnte, als ihn näher kennen zu lernen?

Die beiden Tischgäste hatten sich ihrer Bestellung angeschlossen und so wurde jetzt für alle das Bœuf Stroganoff serviert. Das Hauptgericht schmeckte ohne Zweifel ganz ausgezeichnet und wurde von allen am Tisch gelobt. Charlotte aber hätte in ihrem aufgewühlten Zustand auch ein zähes Schnitzel mit angebrannten Bratkartoffeln und eiskaltem Erbsenpüree auf dem Teller haben können und keinen großen Unterschied bemerkt. Sie versuchte, sich selbst zur Ordnung zu rufen, aber es half nichts. Dieser selbstbewusste Mann mit den markanten Gesichtszügen beherrschte ihre Gedanken völlig. Sie musste unbedingt mehr über ihn herausfinden, sonst würde sie sicher nie wieder ruhig schlafen können.

Aber wie sollte sie mehr über ihn erfahren? Schon in der nächsten Stunde könnte er wieder aus ihrem Leben verschwunden und im Gewimmel der Hotelgäste untergetaucht sein! Falls sie nicht einen Weg fand, mit ihm über das abendliche Dinner hinaus in Verbindung zu bleiben, würde sie ihn möglicherweise nie wiedersehen.

Sie musste hier und jetzt – also innerhalb der nächsten dreißig Minuten! – eine Möglichkeit finden, mit Werner in Kontakt zu kommen. Darüber zerbrach sie sich den Kopf, während die Männer fast so miteinander plauderten, als wären sie alte Freunde.

Das Dessert wurde nun vom Kellner aufgetragen. Sie hatte ofenwarmen Blaubeerkuchen mit einer Kugel Vanilleeis bestellt. Beim Anblick der weißen Eiskugel kam ihr ein Gedanke. Es hatte doch nach ihrer Ankunft auf dem Flughafen und auf der Fahrt ins Hotel die ganze Zeit über geschneit.

„Ist das nicht ein herrliches Wetter hier?“ platzte es plötzlich aus ihr heraus. „Solche Schneeflocken haben wir nicht einmal in Bayern, jedenfalls nicht so oft. Kommen Sie nachher mit auf einen Spaziergang?“

Diese Frage war so formuliert, dass sie an alle drei Tischnachbarn hätte gerichtet sein können. Aber während sie sprach, hatte sie nur Werner angeblickt. Und nun war es glücklicherweise auch allein Werner, der ihr antwortete.

„Gern“, lächelte er, „ich mag den Schnee vermutlich noch mehr, weil wir zu Hause noch weniger davon haben als Sie.“

Charlotte schaute ihren Vater fragend an. Ob er ihr diesen kleinen Ausflug gestatten würde? Clemens nickte ebenso wortlos wie lächelnd. Sie gratulierte sich selbst zu diesem spontanen Einfall mit den Schneeflocken. Ihr Herz schlug heftig, denn es war nicht abzustreiten, dass sie gerade eben eine Verabredung getroffen hatte mit einem ganz besonderen Mann. Voller Aufregung machte sie sich nun über den Blaubeerkuchen her, der, genau wie die anderen Speisen, ganz vorzüglich schmeckte. Besonders in der Kombination mit dem Vanilleeis.

Jetzt wagte sie es kaum noch, Werner anzusehen. Denn zum einen würde sie ja gleich mit ihm alleine – alleine zu zweit! – durch die winterlichen Straßen von Helsinki spazieren gehen, zum anderen wollte sie niemanden merken lassen, wie wichtig ihr diese Verabredung war.

Hätte sie nur einmal von ihrem Blaubeerkuchen aufgeschaut, dann wären ihr vielleicht die amüsierten Blicke aufgefallen, die Clemens und Werners Freund miteinander austauschten. Denn die beiden hätten schon vollkommen blind und taub sein müssen, um Charlottes Herzensanliegen nicht zu bemerken und ihre Absicht nicht auf Anhieb zu durchschauen.

Die Nachmittagssonne stand als rotglühender Ball ganz tief am Horizont und tauchte die finnische Hauptstadt mit all ihren großen und kleinen Gebäuden in ein seltsam unwirkliches Licht.

Charlotte hatte sich nach dem Essen noch schnell ihren Wintermantel aus dem Zimmer – 777, ihre Glückszahl! – geholt, eilte durch das Foyer und ließ sich vom Portier die Tür aufhalten. Draußen, vor dem Hoteleingang, stand Werner etwas abseits und schien in Gedanken versunken. Sie stellte sich neben ihn.

„Sieht das nicht phantastisch aus?“ fragte er, ohne sie anzusehen, „dieser rote Schimmer der Sonne auf dem weißen Schnee? Als befinde man sich in einem surrealistischen Gemälde.“

„Wunderschön“, erwiderte sie, „diese Stadt gefällt mir wirklich gut. Heute Mittag bei dem dichten Schneetreiben war es mir fast so, als wäre ich in einem Märchen gelandet. Frau Holle hat schon ihre Decken ausgeschüttelt …“

„Ich heiße übrigens Werner“, sagte er, „und Sie heißen Charlotte. Wollen wir es nicht weniger förmlich machen und uns einfach duzen?“

„Genau das Gleiche wollte ich auch gerade vorschlagen.“

„Es gibt aber einen Haken.“

„Verraten Sie …“, wollte sie ansetzen, schaltete aber geistesgegenwärtig um. „Sag es mir.“

„Ich bringe mich selbst ohne jede Not um den obligatorischen Verbrüderungskuss. Wenn das kein Haken ist.“

Ohne nachzudenken spitzte sie die Lippen und hauchte Werner einen sanften Kuss auf die Lippen.

„Bist du jetzt zufrieden?“

Werner schüttelte leicht den Kopf, beugte sich vor und drückte ihr ebenfalls einen Kuss auf die Lippen.

„Jetzt bin ich zufrieden, Charlotte.“

Sie mussten beide lachen über diese förmlich-unförmliche Zeremonie, mit der sie ihre beginnende Freundschaft besiegelt hatten.

Der frisch gefallene Schnee knirschte unter ihren Schuhen. Inzwischen war die Sonne vollends untergegangen und überall leuchteten die Straßenlaternen in einem warmen Licht. Untergehakt spazierten Charlotte und Werner durch die Innenstadt von Helsinki. Manchmal blieben sie stehen, um sich die Auslagen in einem der vielen Schaufenster anzusehen. Doch den größten Teil der Zeit verbrachten sie mit ihrem Gespräch, das alle Aufmerksamkeit forderte.

Charlotte erfuhr, dass Werner ursprünglich DDR-Bürger gewesen war und sich dem Regime erst kurz vor seiner Reise nach Helsinki hatte entziehen können. Jetzt war er ein so genannter Republikflüchtling. Was er ihr über die Umstände seiner Flucht erzählte, klang abenteuerlich. In allen Einzelheiten berichtete er darüber, wie ihm das Herz bis oben in den Hals geklopft hatte, als er die Grenzkontrollen passierte.

Außerdem erzählte er von seinem Hotel in Halle, von den Schwierigkeiten, die notwendigsten und alltäglichsten Dinge zu besorgen. Von der Allgegenwart der Staatssicherheitsorgane und davon, wie die Bürger der DDR es dank ihres ausgeprägten Improvisationstalents trotz aller Bedrängnis schafften, über die Runden zu kommen und ihre Lebenslust zu behalten. Da Werner sich aber nach einem selbstbestimmten Leben sehnte, in dem er seine eigenen unternehmerischen Entscheidungen treffen konnte, hatte er keine aussichtsreiche Perspektive für sich und seine berufliche Zukunft erkennen können. Deshalb hatte er ohne zu zögern die Gelegenheit genutzt, die ihm eine genehmigte Reise ins nichtsozialistische Ausland bot.

Charlotte erwähnte kurz ihr ungeliebtes Studium der Betriebswissenschaften in München und kam dann auf ihre Passion zu sprechen, die Rosenzucht. Sie beschrieb ihm genauestens das Aussehen der Clair de Lune und vertraute ihm sogar an, mit welchen Gefühlen für ihre Schwester Ellie sie die Rose verband.

Es war für beide ein ganz außergewöhnlicher Spaziergang, angefüllt mit Offenbarungen. Beide hätten sich am Morgen noch nicht vorstellen können, wenige Stunden später so offenherzig und ohne Vorbehalte über all diese Details aus ihrem Leben mit jemandem zu sprechen, den sie vorher überhaupt nicht gekannt hatten. Als hätte eine höhere Macht sie in Helsinki zusammengeführt. Als wäre es ihre Bestimmung gewesen, sich ausgerechnet in der Fremde, an diesem der Heimat so fernen Ort zu finden. Zwei Seelen, die sich ohne Bedenken alles mitteilen, die im Gleichklang der Herzen beieinander sein konnten.

Insgeheim hatte Charlotte überdies wahrgenommen, dass es keine Frau in Werners Leben gab. Jedenfalls war er ganz eindeutig nicht verheiratet, denn er trug keinen

Ehering. Und eine Frau, der sein Herz gehörte, hätte er doch ganz bestimmt mit in den Westen genommen oder er hatte die Flucht gar nicht erst gewagt?! Er war also frei. Aber wie stand es um sie selbst? War sie ebenfalls frei? Schon wieder kam ihr Alfons in den Sinn. Aber ganz plötzlich erkannte sie, dass Alfons im Grunde zu ihrer Jugendzeit gehörte, ein Teil desjenigen Lebensabschnitts war, den sie spätestens nach dem Tod ihrer Mutter hinter sich lassen musste.

Dieser Gedanke war ebenso schmerzlich wie unabwendbar. Doch sie erinnerte sich daran, dass sie schon bei dem Ausflug mit Alfons dieses Gefühl gehabt hatte. Nur konnte sie das alles zu dem Zeitpunkt nicht in Worte fassen.

Ich weiß nicht, wie lange ich noch hierbleiben kann, hatte sie zu ihm gesagt. Ich kann nicht länger mit dir zusammen sein, das wäre sowohl richtiger als auch eindeutiger gewesen. Aber natürlich hatte sie ihn nach dieser romantischen und liebevollen Nacht in der Hütte nicht verletzen wollen.

Wichtig war in diesem Zusammenhang, dass Alfons darauf etwas gesagt hatte, was ihm wichtig zu sein schien. Was war das noch gewesen? Sie zermarterte sich das Gehirn. Ich kann immer noch … Was konnte er werden? Eislauftrainer! Das hatte er gesagt. Ich kann immer noch Eislauftrainer werden. Was hatte er damit nur gemeint? Es schien eine ganz besondere Bedeutung für ihn gehabt zu haben. Möglicherweise war seine Aussage ihrer ähnlicher gewesen, als sie dachte. Möglicherweise hatten sie sich damit voneinander getrennt, ihre Liebesbeziehung beendet. Charlotte seufzte unwillkürlich auf.

„Seit zwei, drei Minuten bist du nicht mehr hier", sagte Werner unvermittelt, „und ich frage mich, ob ich dich fragen darf, wo du gewesen bist."

Sie blieb abrupt stehen und zwang dadurch Werner, es ihr gleichzutun. Er drehte sich zu ihr um. Ihre Augen waren halb geöffnet, halb geschlossen, und es wirkte fast so, als spräche sie in Trance zu ihm.

„Fragen darfst du schon. Aber die Antwort kann ich wirklich nicht in Worten ausdrücken. Das ist einfach unmöglich."

„Wie willst du denn die Antwort geben, wenn nicht in Worten?"

Sie stellte sich auf die Zehenspitzen, schlang ihre Arme um seinen Hals und zog ihn an sich. Ihr Mund traf den seinen, ihre Lippen pressten sich auf die seinen, sie küsste ihn mit einer Inbrunst und so leidenschaftlich, wie sie nie geglaubt hatte, dass sie küssen könnte. Nach einem kurzen Augenblick der Überraschung erwiderte Werner ihren Kuss ebenso leidenschaftlich und hingebungsvoll. In diesem Moment gab es weder für sie noch für ihn eine Vergangenheit. Und es gab auch – noch! – keine Zukunft. Es zählte alleine die Gegenwart. Nichts anderes existierte als das Hier und Jetzt.

Hier und jetzt konnte sich Charlotte ihrer tiefsten Gefühle nicht erwehren. So etwas hatte sie noch nie gespürt. Es waren nicht nur seine magischen Augen, die auf sie wirkten. Es war der ganze Mann, der komplette Mensch, der sie mit unwiderstehlicher Macht anzog wie ein riesenhafter Magnet. Selbst wenn sie gewollt hätte, sie konnte sich nicht von ihm lösen. Wenn dieser Moment doch niemals enden würde …

Dieser erste richtige Kuss, den sie mit Werner getauscht hatte, versetzte Charlotte in einen wahren Rausch. Es war, als könnte sie gar nicht mehr denken. Sie sah nur noch Werner, sie hörte nur noch Werner und sie schmeckte nur noch Werners Lippen. Sie spürte auch den Schnee nicht mehr unter ihren Schuhen. Wie denn auch? Sie ging ja gar nicht mehr, sie schwebte völlig schwerelos neben ihm her. Gut, dass er ihre Hand hielt, sonst wäre sie vielleicht sogar davongeschwebt vor lauter Glück. Obwohl der Himmel jetzt dunkel war und voller Sterne, sah sie lauter Wolken. Rosarote Wolken, die den Himmel und die Straßenlaternen und die Schaufenster der Geschäfte verdeckten.

In ihrem wunderbaren Rausch ließ sie sich von Werner zurück zum Hotel führen. Irgendwie kamen sie dort auch an, Charlotte hätte keinen Zentimeter des Weges beschreiben können. Abendessen und Kongresseröffnung rauschten an ihnen vorbei, und als sie sich wenige Stunden nach ihrem ersten Kuss wieder in die Augen sahen, schwebten sie zusammen über die Tanzfläche, und Charlotte fühlte sich in Werners starken Armen wie eine Feder, die von der Musik des kleinen Orchesters davongetragen wurde. Sie tanzten Walzer, einen nach dem anderen, und es hätte für immer so weitergehen können. Die schöne Musik, der festliche, abgedunkelte Saal mit der halberleuchteten Tanzfläche, nur sie beide, Werner und sie …

Doch dann wurde die Musik leiser, die Mitglieder des kleinen Orchesters begannen auf die Uhr zu schauen und der Leiter kündigte schließlich als letztes Lied „True Love“ an. Mitten in diesem letzten Tanz, bei dem Werner sie festhielt und sie beide ihren Kopf auf die Schulter des anderen gelegt hatten, flüsterte Charlotte ihm plötzlich etwas ins Ohr.

„Sieben, sieben, sieben, drei.“

„Deine Glückszahl?“ fragte er und lachte leise.

Charlotte sah ihn verträumt an. „777 ist meine Zimmernummer.“

„Und die Drei?“

„Bei dreimal klopfen öffne ich …“ Ihre Lippen berührten scheu seinen Mund, bevor sie sich umdrehte und aus dem Saal verschwand.

Eine Stunde später lagen sie im Bett, Charlotte hatte ihren Kopf an Werners Schulter gekuschelt, seine Hand streichelte sanft ihren nackten Arm, den sie über seine breite Brust gelegt hatte.

„Solche Nächte gibt es nicht oft“, murmelte sie, „ich wünschte, es würde niemals Tag werden.“

„Es war wirklich wunderschön“, sagte er zärtlich. „*Du* bist wunderschön!“ Sanft strich er ihr eine Haarsträhne aus dem Gesicht. „Und wir haben noch unendliche Stunden, bis es wieder hell wird hier im hohen Norden.“

Sie hob den Kopf, küsste ihn auf die Wange und kuschelte sich dann wieder an ihn. „Unendliche Stunden klingt richtig gut.“

Werner fuhr mit den Fingerspitzen durch ihr dichtes Haar. „Was für ein Glück ich doch hatte.“

„Wie meinst du das?“

„Dass ich den Zahlencode für dein Zimmer behalten habe. Sieben, sieben, sieben, drei. Du erinnerst dich?“

Charlotte kicherte verliebt. „Das war gar nicht der Code für mein Zimmer.“

„Sondern?“

„Ich hätte dich auch hereingelassen, wenn du nur ein einziges Mal geklopft hättest. Das war die Geheimzahl für den Zugang zu meinem Herzen.“

„Noch mehr Glück gehabt“, lachte Werner leise, „dass ich die Zahlenkombination im Kopf behalten habe. Sonst hätte ich vielleicht mit dem Schneidbrenner kommen müssen, um dein Herz zu erobern. Wenn es doch so gesichert ist wie ein Safe.“

„Vor dir ist bestimmt gar kein Safe sicher“, neckte ihn Charlotte.

„Und wenn ich dir sage, dass es nur ein Herz gibt, das mich interessiert?“

„Sag es und du kriegst sofort einen Kuss!“

„Es gibt nur ein einziges Herz, das ich will. Und das ist deins.“

Charlotte schaute Werner mit einem spitzbübischen Lächeln an, legte dann ihre Lippen auf seine und küsste ihn leidenschaftlich. Als er den Kuss mit der gleichen Leidenschaft erwiderte, war es um sie beide geschehen.

Das Hotelzimmer 777 hatte selten ein solch verliebtes Pärchen gesehen. Und die Nacht hier im hohen Norden war wirklich beinahe unendlich.

Aber nur beinahe. Draußen herrschte noch Dunkelheit, als Charlotte die Augen wieder aufschlug. Werner lag sehr, sehr dicht neben ihr.

„Ich glaube, ich liebe dich“, flüsterte Charlotte, halb im Schlaf, halb wach.

„Du glaubst?“

„Ich liebe dich!“

„Ich liebe dich auch. Du bist das Beste, was mir in meinem ganzen Leben passiert ist.“

„Werden wir glücklich sein miteinander?“ fragte sie.

„Sehr glücklich!“

Charlotte spürte in dieser frühen Morgenstunde die Harmonie zwischen ihnen beiden beinahe wie einen breiten roten Schal, der ihre Körper und ihre Seelen umhüllt hielt. Oder besser noch, stellte sie sich vor, wie ein rotes Band aus Seide, welches sie beide hier in diesem

Bett umfasste und einwickelte. Sie konnte das in diesem Moment geradezu sehen, wie ein Paket, sie beide, und obendrauf eine dicke große Schleife, natürlich ebenfalls in Rot. Ein Geschenk des Himmels. So kam es ihr vor. Und das fühlte sich besser an als alles, was sie jemals vorher gefühlt hatte.

„Ich liebe dich", wisperte sie ihm wieder ins Ohr.

Ihre Hand streichelte sanft an der Seite seines Körpers hinab.

„Ich liebe dich auch", flüsterte er zurück, während seine Hand sich ebenfalls auf die Wanderung machte.

Clemens hielt alle Kommentare zurück, als Charlotte sich am nächsten Morgen zu ihm an den Frühstückstisch setzte. Sie sah ausgesprochen glücklich aus, doch lange geschlafen hatte sie offensichtlich in der vergangenen Nacht nicht. Nachdem er ihr eine Tasse Kaffee eingeschenkt und den Brötchenkorb gereicht hatte, richtete er sein Augenmerk wieder auf die Zeitung. Im Foyer hatte er tatsächlich die Auswahl zwischen drei deutschen Zeitungen des gleichen Tages gehabt. Das war keineswegs selbstverständlich und umso mehr lobte er im Stillen die perfekte Organisation des Hotels. Charlotte biss in ihre mit Schinken belegte Brötchenhälfte und schaute immer wieder von der Seite her auf ihren Vater. Schließlich konnte sie nicht mehr an sich halten.

„Sag mal, was hältst du eigentlich von Werner?" fragte sie ihn vorsichtig.

„Du meinst den jungen Mann, mit dem du gestern …“, erwiderte Clemens, „… so lange spazieren gegangen bist?“

„Genau den.“

Clemens ließ die Zeitung sinken und kratzte sich nachdenklich an der Stirn. „Er machte gestern einen sehr guten Eindruck auf mich.“

„Wirklich?!“ Charlotte wurde ein wenig rot.

„Er hat gute Manieren, er scheint ein tatkräftiger und energischer Mann zu sein, der weiß, was er will. Er sieht gut aus und hat das Herz auf dem rechten Fleck. Doch, ja, er hat mich beeindruckt.“ Amüsiert beobachtete Clemens seine Tochter, deren Augen bei jedem seiner Worte ein bisschen mehr strahlten. „Und was man nicht vergessen darf: Er ist vom Fach. Soweit ich das beurteilen kann, versteht er etwas von seinem Handwerk. Das kann ich leider Gottes nicht von allen Bewerbern sagen, die sich bei mir im Fürstenhof vorstellen, wenn ich eine Stelle freihabe.“

Charlotte hörte seinen Ausführungen aufgeregt zu. Es war ebenso schön wie beruhigend, dass Clemens so viel offenkundige Sympathie für Werner hegte.

„Wusstest du, dass er die DDR für immer verlassen hat und nicht mehr dorthin zurückkehren wird?“

Clemens zeigte sich beeindruckt von dieser Neuigkeit. „Mit seinen Fähigkeiten wird er bei uns im Westen sicherlich eine große Karriere machen. Er muss sich nur noch an die veränderten Bedingungen gewöhnen. Aber so, wie ich ihn einschätze, wird ihm das keine größeren Schwierigkeiten bereiten."

Charlotte wollte die Gedanken ihres Vaters ganz behutsam in die richtige Richtung lenken. „Eine entsprechende Stelle zu finden wird sicherlich sehr schwer für ihn."

„Aber wo denkst du hin! Solche Fachkräfte wie Werner kommen schnell irgendwo unter. So schlecht laufen die Hotelgeschäfte in Deutschland momentan nicht. Und nächstes Jahr finden bei uns die Olympischen Spiele statt, falls du dich erinnern möchtest. In den Großräumen München und Kiel wird der Teufel los sein in der Hotel- und Gastronomiebranche. Also, da braucht er sich überhaupt keine Gedanken zu machen."

Großraum Kiel. Da könnte Werner ja auch gleich in Helsinki bleiben, so weit, wie diese Stadt vom Fürstenhof entfernt war! „Also, in Bayern könnte er dann schon bald eine Anstellung finden, meinst du?"

„Ganz gewiss. Aber warum willst du das eigentlich so genau wissen?"

Charlotte beschloss, nicht länger um den heißen Brei herumzureden. „Suchst du nicht schon seit längerer Zeit nach einem fähigen Geschäftsführer? Oder hast du etwa schon einen gefunden?"

Clemens konnte sich eines Lächelns nicht erwehren. So lief also der Hase! Dass er sich gestern Abend nicht getäuscht hatte, was Charlotte und Werner betraf, kam noch hinzu. Aber jetzt, nachdem die Katze aus dem Sack war, wollte er seine Tochter noch ein bisschen zappeln lassen. „Mir liegen einige hochkarätige Bewerbungen vor. Entschieden habe ich mich allerdings noch nicht."

„Und wenn nun eine weitere, ganz besonders hochkarätige Bewerbung dazukäme?" Charlotte rutschte unruhig auf ihrem Stuhl hin und her.

„Tja, ich bin noch nicht festgelegt. Wie schon gesagt." Er lehnte sich entspannt zurück und sah Charlotte fest in die Augen. Meinte sie es dieses Mal etwa ernst?

Sie erwiderte den Blick, ohne mit der Wimper zu zucken. „Dann darf ich Werner sagen, dass du seine Bewerbung erwartest?"

Clemens nickte ruhig. „Falls er sich dafür entscheidet, werde ich seine Bewerbung ganz besonders wohlwollend prüfen."

Charlotte konnte nicht an sich halten. Sie sprang auf, lief um den Tisch und drückte ihrem Vater einen dicken Schmatz auf die Wange. „Danke, Papa! Du bist der Beste!"

Und dann sah er nur noch ihre Rockschöße. Wo sie jetzt so schnell und ohne sich noch einmal umzublicken hinlief, das konnte er sich denken.

In späteren Jahren sollte sich Charlotte noch oft an die Tage in Helsinki erinnern. Doch von dem Kongress hatte sie praktisch überhaupt nichts mitbekommen.

Umso tiefer hatten sich die vielen gemeinsamen Stunden mit Werner in ihr Gedächtnis eingegraben. Die Begegnung an der Rezeption, der Spaziergang durch die Stadt und natürlich die unvergessliche erste Nacht in ihrem Zimmer mit der Nummer 777! Die Nacht, in der sie und Werner nicht nur körperlich eins geworden waren, sondern auch festgestellt hatten, dass sie die gleichen Vorstellungen und Träume von einer gemeinschaftlichen Zukunft hegten. Die Nacht, die sie beide gleichermaßen mit dem Gefühl von Glück und Hoffnung verband, eine Nacht der Harmonie und der Leidenschaft.

Der Tag danach war angefüllt mit hektischer Betriebsamkeit, mit Angst und Befürchtungen, und schließlich mit der Erleichterung über das erfolgreiche Ende von Werners Flucht. Es war nämlich gar nicht so einfach gewesen, wie es Charlotte zuerst schien. Ihr Vater hatte eine Menge Hebel in Bewegung setzen müssen, um Werner, den er sich als zukünftigen Schwiegersohn sehr gut vorstellen konnte, unbeschadet aus Finnland herauszubekommen. Clemens hatte mit der deutschen Botschaft telefoniert und konferiert, er hatte mit den Leuten von der Lufthansa verhandelt und auch im Hotel einige hohe Trinkgelder springen lassen müssen. Auf diese Weise hatte er Werner dem langen Arm der DDR-Sicherheitsorgane – die Stasi war durch einige Mitarbeiter auf dem Kongress vertreten, wenn auch für das ungeübte Auge vollkommen unsichtbar – entziehen können.

Doch schon am nächsten Vormittag passierten Werner und Charlotte vollkommen unbehelligt die Kontrollen der finnischen Grenzbehörde und bestiegen Hand in Hand und voller Vorfreude auf ihre Zukunft die Maschine LH 871 nach München.

Im Flugzeug saßen sie ganz hinten. In der Sitzreihe vor ihnen hatte eine finnische Familie mit zwei Kindern Platz genommen. Was gesprochen wurde, konnten sie nicht verstehen, aber unübersehbar waren die beiden vielleicht fünf- und sechsjährigen Söhne des Ehepaars einigermaßen aufgeregt. Wahrscheinlich der erste Flug ihres Lebens. Erst als die Stewardess den Knaben je eine Tüte mit Spielsachen geschenkt hatte, beruhigten sie sich. Wenig später waren sie schon ganz intensiv damit beschäftigt, in ihren neuen Bilderbüchern große Flugzeuge mit Buntstiften auszumalen.

Charlotte musste unwillkürlich lächeln, weil sie an die Waisenkinder dachte. Wie gerne war sie doch mit ihnen zusammen, und mit welcher Freude beobachtete sie immer wieder deren Begeisterung für Blumen und Pflanzen ... „Magst du eigentlich Kinder?“ wandte sich Charlotte nach einer Weile an Werner.

„Ich muss dir etwas gestehen“, sagte er und sah sie etwas unsicher an. „Ich bin ein ziemlich altmodischer Mensch.“ Er drückte ihre Hand und flüsterte: „Die Liebe meines Lebens werde nie mehr loslassen. Wir werden heiraten und zusammenbleiben, bis dass der Tod uns scheidet. Und unsere Kinder werden unserer Liebe die Krone aufsetzen."

Wir! Er hatte *wir* gesagt! Charlottes Herz pochte laut in ihrer Brust. „Mir geht es genauso." Sie blickte ihm tief in die Augen. „Aber was ist daran altmodisch? Das ist doch ... romantisch. Und zeitlos. Manche Dinge kommen nie aus der Mode. Liebe zum Beispiel. Kinder auch nicht."

Werner berührte sanft ihre Wange. Seine Augen strahlten. „Ist das dein Ernst?"

Charlotte nickte, und eine zarte Röte überzog ihr Gesicht.

Werner nahm ihre Hand in seine. „Und könntest du dir vorstellen ..." Er küsste ihre Fingerspitzen und er zögerte einen kurzen Moment. „... könntest du dir vorstellen, mit mir ...?"

Charlotte verschloss seinen Mund mit einem zärtlichen Kuss. „Mit dir", wisperte sie leise, „mir dir kann ich mir alles vorstellen." Sie schloss die Augen und kuschelte sich in seine Arme. „Mein ganzes Leben lang."

Er beugte sich zu ihr hinunter und küsste sie sanft auf die Stirn. Sie war es! Sie war die Frau, von der er immer geträumt hatte. Er würde sie nicht mehr gehen lassen, nie mehr. Seine Suche war beendet.

Als das Flugzeug in der bayerischen Landeshauptstadt zur Landung ansetzte und Werner an Charlottes Seite die Gangway hinunterschritt, war ihm die Erleichterung sichtlich anzumerken. Endlich fühlte sich Werner endgültig als freier Mensch.

Sie übernachteten in einem Münchener Hotel. Am nächsten Tag traf Clemens ebenfalls aus Helsinki ein, und gemeinsam machten sie sich langsam auf den Weg zum Fürstenhof. Sie hatten alle Zeit der Welt.

8. *KAPITEL*

Alfons versah seinen Dienst als Portier des Fürstenhofs mit der ihm seit langem innewohnenden Präzision, einem ihn nie verlassenden Charme und seiner mittlerweile im ganzen Hotel und bei allen Gästen bekannten Hilfsbereitschaft, die manchmal an pure Selbstaufgabe zu grenzen schien. Es hätte eines äußerst aufmerksamen Beobachters bedurft, um heute, an diesem späten Januartag, einige kleine Unregelmäßigkeiten während seines Dienstes hinter der Rezeption zu registrieren.

Einmal legte er zum Beispiel versehentlich den Telefonhörer auf die Gabel, bevor er sich von seinem Gesprächspartner in Neapel mit einem herzlichen „Arrivederci!" verabschiedet hatte. Ein anderes Mal schickte er den Pagen mit all den Koffern eines befreundeten Hotelierpaars in das falsche Stockwerk. Dieser Vorfall war umso peinlicher, als dieses Ehepaar diesen Fauxpas mit einiger Genugtuung zur Kenntnis nahm! Beim dritten Mal trug er eine Reservierung für eine der Suiten in der falschen Kalenderwoche ein, was erst einen Tag später bemerkt wurde und somit eine ganze Reihe von teuren Ferngesprächen nach sich zog.

Diese kleinen, wiewohl vollkommen widernatürlichen Unregelmäßigkeiten im Dienst des Alfons Sonnbichler waren einzig und allein einer Tatsache geschuldet: Heute würde Charlotte nach ihrem mehrtägigen

Aufenthalt in Helsinki an den Fürstenhof zurückkehren. Das war es jedoch nicht allein, was Alfons zu dieser – für seine Verhältnisse – Unmenge von Fehlern veranlasste. Sondern vielmehr dies: Charlotte würde in Begleitung eines fremden Mannes kommen!

Alfons memorierte schon den ganzen Vormittag den entsprechenden Teil des Telefongesprächs, das er gestern Abend mit Charlottes Vater geführt hatte, nachdem dieser mit der Rezeption des Fürstenhofs verbunden worden war: „… ach, und lassen Sie bitte Zimmer 114 vorbereiten, das wird morgen Mittag belegt."

„Ein oder zwei Personen?"

„Eine Person. Ein junger Mann vom Fach, der gerade eben aus der DDR in den freien Teil Deutschlands übergewechselt ist. Werner wird vorerst bei uns wohnen, bis ich entschieden habe, ob er im Fürstenhof als Geschäftsführer anfängt."

Werner! Alfons hatte die vertrauliche Nennung des Vornamens sofort bemerkt. Was hatte das zu bedeuten? „Soll ich irgendwelche besonderen Vorkehrungen veranlassen?"

„Nicht notwendig, Herr Sonnbichler, wir wollen kein besonderes Aufheben machen. Gut möglich, dass Werner schon sehr bald in unsere Wohnräume umzieht."

In diesem Moment hatten sich Alfons' Nackenhaare aufgestellt. Bloß nichts anmerken lassen. „Also alles wie üblich, ja, ist das richtig?"

„Exakt. Werner soll das ganz normale Procedere kennen lernen. Vielleicht fällt ihm etwas auf, was wir noch besser machen können. Er war der Direktor des ‚Stadt Halle', also kennt er die Materie aus dem Effeff."

„Sehr wohl, verstehe."

„Sie wissen sehr gut, Herr Sonnbichler, dass ich Privates und Berufliches normalerweise nicht vermische." Der vertrauliche Ton, den Clemens anschlug, verhieß nichts Gutes. Was hatte all das zu bedeuten? Alfons lauschte gespannt – und was dann kam, hob ihn fast aus den Schuhen. „Aber weil Sie ein alter Jugendfreund meiner Tochter sind, darf ich Ihnen doch schon Folgendes mitteilen: Werner und Charlotte haben sich gestern verlobt." Alfons blieb fast das Herz stehen. „Freuen Sie sich mit uns, alter Freund."

Werner und Charlotte haben sich gestern verlobt.

Dieser Satz hatte bei ihm eingeschlagen wie die sprichwörtliche Bombe. Und so hatte er sich dann auch gefühlt, nachdem das Telefongespräch beendet gewesen war: am Boden zerstört. Seine Charlotte – verlobt mit einem anderen Mann?

In der Folge hatte er die ganze Nacht praktisch kaum ein Auge zugetan, sondern sich in Gedanken nur noch mit Charlotte beschäftigt. In der weiteren Folge hatte er zwar heute Morgen seinen Dienst wie immer mehr als pünktlich angetreten. Aber er konnte sich jetzt eben nicht so sehr auf die Arbeit konzentrieren, wie man es allgemein von ihm gewohnt war.

Werner und Charlotte haben sich gestern verlobt.

Alfons konnte dieser Aussage nicht Glauben schenken, und vor allen Dingen wollte er das auch nicht. Immerhin hatte Charlottes Vater schon einmal einen Kandidaten für die Heirat mit seiner Tochter im Auge gehabt, Leopold Hardenberg, den Millionärserben und erfolgreichen Jungunternehmer.

Vielleicht hatte er sich verhört? Vielleicht war bei dieser Verlobung der Wunsch Vater des Gedankens? Alfons fühlte sich elend. Und wenn er sich nicht verhört hatte? Wenn ihr Vater die schreckliche Wahrheit tatsächlich in diesem einen Satz, der sein ganzes Leben veränderte, zusammengefasst hatte?

Werner und Charlotte haben sich gestern verlobt.

Das konnte nicht sein, durfte nicht sein. So etwas würde Charlotte nicht tun. Andere Frauen, ja, das war schon möglich – aber nicht seine Charlotte. Sein Engel. Seine Hoffnung. Seine Liebe.

Werner und Charlotte haben sich gestern verlobt.
Sobald sie das Foyer des Fürstenhofs betrat, würde die ganze Wahrheit in ihren Augen liegen. Ihre Augen … Sie hatten ihm die ganze Nacht keine Ruhe gelassen. Immer wieder hatte er an den Morgen vor der Hütte denken müssen, als sie ihm diesen melancholischen Blick zugeworfen hatte. Das ist ein Abschied, hatte dieser Blick gesagt, ich kann nicht länger hier an deiner Seite bleiben. Er hatte ihren Rückzug deutlich gespürt, aber nicht wahrhaben wollen. Stattdessen hatte er versucht,

am Hurlimanns Eislauftrainer festzuhalten, festzuhalten an der Möglichkeit, dass das vielleicht ein Neuanfang sein könnte. Aber warum fühlte er sich dann wie ein Strohhalm auf hoher, stürmischer See?

Alfons atmete tief durch und straffte die Schultern. Solange er nicht wusste, was in Charlottes Herz tatsächlich vorging, hatte er sie noch nicht verloren.

Immer wieder sah er auf die Uhr. Jetzt musste es bald so weit sein. Seit über einer Stunde ließ er die Tür nicht mehr aus den Augen. Gleich würde Charlotte durch diese Tür kommen. Charlotte, ihr Vater und … Werner.

Der Restaurantchef des Fürstenhofs ging mit einem Korb Weinflaschen, die er offensichtlich gerade aus dem Keller geholt hatte, an der Rezeption vorbei und sah ihn kurz an. „Bist du ins Kalkfass gefallen, Alfons, oder was ist passiert?“ fragte er.

„Wie meinst du das?“

„Du bist ja weiß wie eine Wand.“

Alfons schüttelte unwillig den Kopf und machte eine abwehrende Handbewegung. „Kurzer Anfall von Übelkeit“, sagte er, „geht gleich vorbei.“

„Sieht aber gar nicht so aus, als ob es gleich vorbeigehen würde.“ Der Restaurantchef musterte ihn skeptisch.

„Wenn du vorbeigegangen bist, ist es die Übelkeit auch schon“, antwortete Alfons knurrig.

„Ich schätze mal so fünf bis sechs Kilogramm."

Alfons verstand gar nichts. „Was meinst du mit fünf bis sechs Kilogramm?"

„Das Gewicht der Laus, die dir offensichtlich heute über die Leber gelaufen ist. So pampig habe ich dich ja in deiner gesamten Dienstzeit noch nicht erlebt."

Alfons wurde klar, dass er sich jetzt wirklich zusammenreißen musste. Er wollte sich schnell entschuldigen, aber da war der Restaurantchef schon weitergeeilt. Ein erneuter Blick zur Tür. Und diesmal nicht vergebens. Die beiden Koffer, die der Page gerade hereinbrachte, kannte Alfons zur Genüge. Der eine gehörte Charlotte, der andere ihrem Vater. Die Anhänger der Lufthansa vom Flughafen Helsinki hingen noch an den Griffen. Der Page kannte den Weg zu den Privaträumen natürlich und schleppte die schweren Koffer vorbei, ohne ihn zu beachten. Alfons schickte ein Stoßgebet gen Himmel. Heilige Maria Muttergottes, hilf mir!

Clemens kam jetzt durch die Tür, mit seinen energischen Schritten, wie man es von ihm gewohnt war. Hinter ihm Charlotte und ein fremder Mann. Das musste Werner sein.

Kaum durch die Tür getreten, blieb Charlotte stehen und machte eine schwungvolle Bewegung mit dem Arm, die wohl das ganze Foyer umfassen sollte, sieh her, das ist unser Hotel. Was sie sagte, konnte Alfons wegen der Entfernung allerdings nicht verstehen. Er sah, wie der fremde Mann sich umschaute und anerkennend nickte, dann Charlotte anlächelte. Charlotte lächelte zurück. Und genau dieses Lächeln war es, das Alfons im gleichen Moment innerlich zu Stein erstarren ließ. Er brauchte ihr nicht mehr in die Augen zu blicken. Er hatte genug gesehen. Dieses Lächeln hatte alles gesagt.

Er hatte sich nicht verhört. Ihr Vater hatte sich nicht versprochen. Ein Irrtum war ausgeschlossen. Charlotte liebte Werner, das war nicht zu übersehen.

Alfons fühlte seine Finger nicht mehr. Er spürte seine Hände und Füße nicht. Sein Herz mochte weiter schlagen, aber auch das fühlte er nicht mehr. Man hätte ihn nach draußen schaffen und auf ein Podest stellen können als Denkmal: der steinerne Alfons.

Jetzt kamen die beiden auf die Rezeption zu. „… und das ist Alfons Sonnbichler", sagte Charlotte, „unser bester Mann für den Empfang und für alle Hilfe suchenden Gäste."

Wie er es geschafft hatte, die ausgestreckte Hand zu ergreifen und zu schütteln und dabei zu lächeln und auch Charlotte anzulächeln und zu ihren Worten zu nicken und sogar eine scherzhafte Bemerkung zu machen, das hätte Alfons später nicht sagen können.

Denn eigentlich war es ja ganz unmöglich, dass er dies alles getan hatte. Wenn man es genau betrachtete, stand er doch als steinernes und ewiges Denkmal draußen vor dem Fürstenhof und würde niemals wieder auch nur den kleinsten Finger rühren können. Aber als steinernes Denkmal würde er wohl schwerlich eines Tages zum Chefportier ernannt werden. Vielleicht hatte das den Ausschlag gegeben …

Innerhalb der nächsten fünf Minuten war das taube Gefühl in Alfons' Armen und Beinen völlig verschwunden. Er hatte sich vom Denkmal in ein lebendiges Wesen aus Fleisch und Blut zurückverwandelt und versah seinen Dienst hinter dem Rezeptionstresen so ordentlich, wie es sich gehörte. Den Aufruhr, der in seinem Herzen tobte, hielt er mit strengster Selbstdisziplin unter Kontrolle. Niemand sollte ihm etwas anmerken. Solange er Charlotte nicht zu Gesicht bekam, funktionierte das auch einwandfrei.

Er wusste nur nicht, wie er reagieren würde, wenn er sie das nächste Mal traf. Deshalb beschloss er, ihr so lange aus dem Weg zu gehen, bis er diese neue, alles umwälzende Veränderung in Charlottes Leben verarbeitet hatte. Ganz alleine würde er das allerdings nicht schaffen. Er brauchte dringend den Ratschlag und die Hilfe eines Freundes. Aber an wen hätte er sich in einer solch fatalen Notlage wenden können?

Um achtzehn Uhr war sein Dienst beendet. Alfons, der seit einem halben Jahr nicht mehr in der Kammer unter dem Dach, sondern in einer eigenen kleinen Zweizimmerwohnung im Ort wohnte, zog sich schnell um, verabschiedete sich von seiner Ablösung und wollte davoneilen, als Charlotte sich plötzlich und ohne, dass er sie vorher bemerkt hatte, im Foyer an seine Seite gesellte und fast wie zufällig neben ihm herging.

„Ich muss mit dir sprechen, Alfons“, sagte sie leise.

„Keine Zeit“, antwortete er einsilbig und stieß die Eingangstür auf.

Sie aber schlüpfte mit ihm zusammen hinaus. Er blickte stur geradeaus und ging mit großen Schritten los.

„Alfons! Lass mich doch erklären …“

„Du bist verlobt. Was gibt es denn da zu erklären?“ Er beschleunigte seine Schritte, ohne sie eines Blickes zu würdigen.

Doch Charlotte ließ sich nicht so einfach abschütteln. Sie fasste sogar nach seinem Arm. „Ich möchte mit dir reden, Alfons!“

Er riss sich los und eilte wortlos weiter.

„Du kannst mich doch nicht einfach so hier stehen lassen!“ rief sie. Sie hörte sich hilflos an.

Jetzt blieb er doch für einen kurzen Moment stehen, schaute sich aber noch immer nicht um. „Wer hier wen einfach so stehen lässt, das ist noch nicht ganz raus“, sagte er in den dunkelblauen Nachthimmel hinein. Sosehr er sich auch bemühte, der Unterton in seiner Stimme, eine Mischung aus Feindseligkeit und Enttäuschung, war nicht zu überhören.

„Genau deshalb müssen wir ja miteinander reden“, beharrte Charlotte.

„Ich kann jetzt nicht reden.“

Sie ließ nicht locker. „Dann morgen."

„Ich weiß es nicht."

„Wir können doch nicht so tun, als … als …" Ihre Stimme klang fast ein wenig verzweifelt.

Jetzt drehte sich Alfons zu ihr um, blickte ihr aber nicht in die Augen, sondern auf den Boden. „Ich muss die Neuigkeiten alle erst mal sortieren", sagte er, „und das ist wirklich keine einfache Aufgabe für mich. Ich liebe dich nämlich, falls du das vergessen haben solltest."

„Oh, Alfons, ich weiß es doch, ich weiß es doch." Tränen schossen ihr in die Augen. Nur nicht hinsehen.

„Ich glaube, du weißt gar nichts", stieß er hervor, „aber wenn es unbedingt sein muss, dann reden wir halt. Morgen!" Mit diesen Worten drehte er sich um und verschwand in der Dunkelheit.

Kaum zuhause angekommen, zog sich Alfons eine dicke, gefütterte Jacke und ein Paar feste Lederstiefel an, setzte eine Wollmütze auf, griff sich Handschuhe nebst Schal und machte sich praktisch postwendend wieder auf den Weg. Es gab nur einen einzigen Menschen, an den er sich in dieser Situation wenden konnte. Die Uhrzeit und die Wetterbedingungen waren ihm herzlich egal. Dringender als jemals zuvor in seinem Leben brauchte er Ratschlag und Hilfe.

Wenn er den Weg hinauf in die Berge nicht so gut wie auswendig gekannt hätte, wäre sein Unterfangen sicherlich schnell gescheitert. Denn am Himmel stand nur eine dünne Mondsichel, die kaum Licht spendete und zu allem Überfluss auch noch immer wieder von Wolken verdeckt wurde. Dazu wehte ein eisiger Wind mitten in sein Gesicht, der ihm die Tränen in die Augen trieb. Alfons hatte die Mütze so tief in die Stirn gezogen und den Schal so dicht um Mund und Nase gezogen, dass er total vermummt wirkte. Ein Wetter, dass man keinen Hund vor die Tür jagen würde, dachte er, aber ich – ausgerechnet ich bin hier draußen. Bitter lachte er und dachte an Charlotte.

Im Wald ging es besser, die Bäume boten einigermaßen Schutz vor dem Wind, der Schnee lag nicht so hoch und Alfons kam gut voran. Bald hatte er die enge Schlucht erreicht und auf dem Höhenweg durchquert. Dahinter kam dann freies, recht steil ansteigendes Gelände. Hier oben pfiff der Wind mit wesentlich stärkerer Kraft als unten im Tal. Alfons lief gekrümmt, um den eisigen Böen möglichst wenig Angriffsfläche zu bieten. Trotz dieser Schutzhaltung und seines schnellen Laufs merkte er, wie die Kälte in ihm hochkroch. Ein ums andere Mal stieß er mit den Füßen in eine Schneewehe oder ein Erdloch, woraus er sich leise fluchend befreien musste.

Obwohl der lange, einsame Marsch durch die finstere Januarnacht seine ganze Konzentration beanspruchte, konnte er das Bild Charlottes aus seinem Kopf nicht vertreiben. Das Bild zeigte sie genau in jenem Moment, in dem sie sich diesem fremden Mann zugewandt und gelächelt hatte.

Werner und Charlotte haben sich gestern verlobt.

Alfons lachte hinter seinem dicken Schal auf. Es war ein Lachen voller Bitterkeit und Verzweiflung. Die Geliebte hatte ihn und ihre gemeinsame Liebe verraten, nichts anderes war passiert. Am liebsten hätte er laut gebrüllt vor lauter Wut, aber mehr als dieses bittere Lachen gestattete er sich nicht. Einmal, als die dünne Sichel des Mondes frei am Himmel schien, blieb er kurz stehen und schaute sich um. Ringsumher, außer seinen Fußspuren, nur die glatte Schneefläche, soweit das Auge reichte.

Hier stand er, mitten in einer völlig erkalteten und vereisten Schneewüste, mutterseelenallein, vom eisigen Sturm umtost und bis tief ins innerste Knochenmark erschüttert. Der einsamste Mensch auf der ganzen weiten Welt! Alfons schlug sich selbst mit der Faust gegen die Stirn. Das stimmte doch gar nicht! Er war nicht der Mann, der sich im Selbstmitleid ertränkte. Er war keineswegs der einsamste Mensch der Welt. Er hatte ein Ziel, auf das er trotz aller meteorologischen Widrigkeiten beharrlich zusteuerte! Dort wartete ein Freund, dem er sein Herz ausschütten und dessen Hilfe er unbesehen annehmen konnte.

„Du elendiger Trottel!“ schrie er jetzt doch mit aller Kraft seiner Stimme in die leere Finsternis hinaus. Anschließend war ihm etwas wohler. Er stapfte weiter, von

Sturmböen gebeugt, keuchend und schwitzend. Einmal rutschte er aus, fiel hin, aber schnell rappelte er sich wieder hoch und beschleunigte seine Schritte noch einmal. Es war, trotz der Strecke, die er bisher geschafft hatte, noch ein sehr weiter Weg.

Hurlimanns Hütte wirkte wie ein noch schwärzerer Fleck in der schwarzen Nacht. Alfons sah auf eine Uhr, sie zeigte halb zwölf. Nach menschlichem Ermessen sollte der weise Alte jetzt schlafen. Doch Alfons' Anliegen war zu schwerwiegend, als dass er darauf Rücksicht nehmen konnte. Außerdem, hatte Hurlimann nicht einmal zu ihm gesagt, dass er jederzeit willkommen wäre? Nun, in dieser Stunde der Not sollte es sich erweisen, ob dem tatsächlich so war.

Alfons klopfte an die Tür. Bevor er noch bis drei gezählt hatte, ging die Tür auf, der Alte stand da und lächelte ihn an, als hätte er ihn erwartet.

„Komm herein, Alfons", sagte er freundlich und lächelte ihn an.

Der matte Schein einer einzelnen Kerze erhellte das Innere der Hütte. Aber weil er seit Stunden durch die Finsternis gewandert war, kam Alfons das Licht aus der Hütte wie das Strahlen Hunderter von Kerzen vor. Er klopfte sich den Schnee von den Stiefeln und trat ein. Hurlimann wies auf einen der Stühle und ging dann hinüber zu seinem Ofen, wo er eine dicke, bauchige Kanne von der Eisenplatte nahm. Kaum hatte sich Alfons gesetzt, stand auch schon eine Tasse dampfender, wohlriechender Kräutertee vor ihm auf dem Tisch.

Er musste sich erst mal aus seinem Schal und der dicken Jacke pellen, bevor er seine Hände um die Tasse legen konnte. Die Hitze, die das rustikale Steingut verströmte, verbreitete sich bald auch in seinen Fingern und Händen. Als er den ersten Schluck nahm, rann es wie flüssiger heißer Nektar durch seine Kehle. Ah, das tat gut! Gleich trank er noch ein paar weitere Schlucke. Ganz langsam kehrten die Lebensgeister in seinen ausgekühlten Körper zurück.

Hurlimann hatte sich auf den anderen Stuhl gesetzt und widmete sich, scheinbar ohne Alfons zu beachten, einer Schnitzarbeit, bei der ihn sein nächtlicher Besucher wohl unterbrochen hatte. Jedenfalls war der halbe Tisch mit kleinen Holzspänen übersät. Was genau Hurlimann schnitzte, das konnte Alfons nicht erkennen.

„Jetzt ist geschehen, was du befürchtet hast", sprach der Alte wie zu sich selbst.

Ich habe gar nichts befürchtet, wollte Alfons ganz spontan herausplatzen. Doch im gleichen Augenblick merkte er, dass sich in seinem Kopf eine Flut von Gedanken löste. Also sagte er nichts, sondern stützte sein Haupt in die Hände und ließ die Gedankenlawine, die Hurlimanns kleiner unscheinbarer Satz in ihm losgetreten hatte, auf sich wirken. Das war schon merkwürdig. Mit einem Mal wurde ihm klar, dass er sich tatsächlich seit längerem vor Charlottes Abkehr gefürchtet, sie beinahe schon erwartet hatte! Und trotzdem hatte ihn zuerst die Nachricht von Clemens und später das an Werner gerichtete Lächeln Charlottes zutiefst getroffen. Das verstand er nicht. Wenn er es doch befürchtet hatte, warum war das alles so tief und schmerzhaft in ihn eingedrungen wie die glühende Klinge eines stählernen Schwertes?

„Das ist der schlimmste Moment“, ließ sich der Freund vernehmen, als hätte er in seinen Gedanken gelesen, „wenn der Traum wie eine Seifenblase zerplatzt. Der Traum, an dem man so bedingungslos festgehalten hat, obwohl man doch wusste, dass er niemals in Erfüllung gehen würde. Es gibt nicht viele Momente im Leben, die schmerzhafter sind.“

Alfons stöhnte laut auf. Hurlimann hatte mit der Präzision eines Chirurgen den Punkt getroffen, um den es ging. Es hatte Dutzende von Zeichen, Indizien und Hinweisen darauf gegeben, dass sich Charlotte eines Tages von ihrer gemeinsamen Liebe abwenden würde, ja abwenden musste, *Dutzende!* Angefangen bei der jahrelangen Verheimlichung ihrer Verbindung über die grundsätzliche Differenz ihrer Lebensentwürfe – ihre Träume vom Leben in der Natur, seine Pläne von einer erfolgreichen Laufbahn im Fürstenhof – bis zu dem Punkt, dass er sich keine Kinder in seinem Leben vorstellen konnte, nicht einmal mit Charlotte.

Hatte er deshalb den langen Weg auf sich genommen, all die Beschwerden und Strapazen, nur um hier in der

Hütte etwas zu erfahren, was er sowieso schon wusste? Nein, er hatte es eben nicht gewusst! Hurlimann hatte es ihm mit seinen wenigen Worten erst zu Bewusstsein gebracht! Als hätten all diese Gedanken und Hinweise in seinem Kopf herumgelegen und erst die Sätze des Alten hätten die Puzzlesteine zusammengefügt, so dass er das entstehende Bild erkennen konnte: Es hatte nie eine Zukunft für ihre Liebe gegeben. Es war von Anfang an eine Liebe auf Zeit gewesen, vom allerersten Moment an!

Alfons trank seine Tasse leer. Diesen Begegnungen mit Hurlimann wohnte doch eine Art Zauber inne. Vor einer Viertelstunde erst war er hier angekommen. Und schon jetzt fühlte er sich wie von einer schweren Last befreit. Er konnte wieder atmen und sogar lächeln. Er konnte über sich selbst lächeln. Alles, alles hatte bereits in ihm gesteckt – hatte schon so lange in ihm gesteckt! –, aber mit nur wenigen Sätzen hatte der Alte dies alles zu einem stimmigen Bild zusammengefügt. Nun blieb nur noch eine Frage offen, die Alfons seit den Mittagsstunden gequält hatte.

„Was werde ich tun mit meiner Liebe, die keine Liebe mehr sein darf?"

Hurlimann legte seine Schnitzarbeit beiseite und schaute ihm zum ersten Mal, seit sie gemeinsam an diesem Tisch saßen, direkt ins Gesicht. „Die Liebe ist ebenso vergänglich wie ewig", sagte er, „erinnerst du dich an meinen Freund aus der Stadt, von dem ich dir einmal erzählt habe?"

„Der Eislauftrainer?“

„Ebender, du sagst es. Für ihn bestand die Aufgabe darin, zu erkennen, was denn das eigentliche Wesen seiner Liebe war und ist. Er glaubte, seine Liebe nur leben zu können, indem er selbst Eiskunstlaufsportler war und von Erfolg zu Erfolg eilte. Dann passierte jener Unfall und mein Freund glaubte sich in die tiefste Hölle hinabgestürzt. Ganz genauso, wie es dir am heutigen Tag erging. Oder hattest du nicht das Gefühl, in die Hölle gestürzt zu werden?“

„Besser lässt es sich kaum beschreiben.“

„Der Aufenthalt dort kann lange dauern, ein Jahr zum Beispiel bei meinem Freund. Oder er dauert kurz, vielleicht so lange, wie man benötigt, um in stockfinsterer Nacht vom Fürstenhof hier herauf zu meiner Hütte zu steigen und wieder zurück. Das Ergebnis aber ist das gleiche.“

„Das verstehe ich nicht“, erwiderte Alfons und vergrub seinen Kopf zwischen seinen Händen.

„Mein Freund erkannte, dass das *eigentliche Wesen* seiner Liebe zum Sport nicht von der aktiven Ausübung abhing, sondern davon, dass er anderen dabei half und sie dabei mit allen Kräften unterstützte, ihn auszuüben. Sobald er seine eigentliche Berufung erkannt und akzeptiert hatte, war er endlich was er sein wollte: ein freier und glücklicher Mann.“

Alfons starrte Hurlimann entgeistert an. „Das soll doch wohl nicht bedeuten, dass ich Charlotte auch noch dabei helfen und unterstützen werde, ihre Liebe zu diesem Werner zu leben?!"

„Was du tust und was du nicht tust, das bleibt immer ganz alleine dir überlassen, Alfons. Niemand kann dir diese Entscheidung abnehmen."

„Das kann ich nicht akzeptieren!" begehrte Alfons laut auf, „das kann ich auf gar keinen Fall akzeptieren. Niemals!"

Manchmal braucht man die Hilfe der Sterne. Besonders dann, wenn man kopflos, völlig überstürzt und in großer Verzweiflung das Weite sucht, so wie Alfons es getan hatte.

Er war einfach aufgestanden und hinausgelaufen aus Hurlimanns Hütte. Nie wieder wollte er den Alten sehen! In der schwierigsten Situation seines Lebens hatte er Rat und Hilfe gebraucht. Was aber hatte er bekommen? Nichts als Hohn und Spott! Es war geradezu lächerlich, was ihm dieser verwirrte Spinner da aufgetischt hatte. Er, Alfons, er würde der letzte Mensch auf Erden sein, der Charlotte für ihre neue und scheinbar so großartige Liebe Glück wünschte!

Die Nacht war jetzt noch finsterer als bei seinem Aufstieg. Und die Zeit verrann. In drei Stunden musste er seinen Dienst antreten. Tränenblind lief er durch den Schnee bergab. Er stolperte, schlug der Länge nach hin und spürte das kalte Eis auf seinem Gesicht. Wieso war die Welt so schlecht? Warum hatten sich denn auf einmal alle gegen ihn verschworen, sogar das Wetter? Und jetzt, da er nicht einmal mehr auf Hurlimanns Unterstützung zählen konnte, was blieb ihm denn dann noch?

Alfons rappelte sich wieder hoch. Weiter, weiter, die Minuten tickten dahin. Er biss die Zähne zusammen und lief wieder los. Ha, wenn vielleicht irgendjemand dachte, dass er nicht zum Dienst antreten würde, dann hatte sich dieser Jemand aber gründlich geirrt! Und wenn er noch ein Dutzend Mal in den Schnee stürzen würde, er kam doch pünktlich an. Es war seine verdammte Pflicht, pünktlich um acht Uhr hinter dem Tresen der Rezeption zu stehen. Und wenn er auch diese ganze Nacht und seine Kräfte noch dazu so sinnlos vergeudet hatte, er würde es trotzdem schaffen. Das wäre doch gelacht!

Zwei Dinge, die anscheinend gar nichts miteinander zu tun hatten, passierten kurz hintereinander.

Der eisige Wind, welcher in den oberen Höhen der Atmosphäre wie ein irrsinniger Sturm tobte, hatte plötzlich alle Wolken zur Seite gefegt. Ein im Voralpenland nicht seltenes Phänomen, wo das Wetter von einem Moment zum anderen umschlagen kann. Da Alfons mit seiner tief ins Gesicht geschobenen Wollmütze hastig die schneebedeckte Berghöhe hinablief und versuchte, auf den Weg zu achten, der keiner war, bekam er von der Veränderung des Nachthimmels nichts mit. Die dünne Sichel des Mondes hing jetzt am dunklen Firmament wie ein kleiner, goldener Bogen. Und drum herum glitzerten und funkelten plötzlich die Sterne, die während der ganzen bisher abgelaufenen Nachtstunden nicht zu sehen gewesen waren.

Alfons lief jetzt schon längere Zeit mit wahrhaft riesigen Sprüngen bergabwärts. Fast war es, als flöge er schwerelos dahin. Er dachte mittlerweile an gar nichts anderes mehr als daran, sein nächstes Ziel so schnell wie möglich zu erreichen. Das unerquickliche Gespräch mit dem Eremiten hatte er fast schon vergessen. Es ging nur noch darum, keine Minute zu spät zu kommen, und darauf konzentrierte er sich mit jeder Faser seines Körpers.

Den großen, flachen, über und über vereisten Stein unter dem Schnee konnte Alfons naturgemäß nicht sehen. Sein Stiefel jedoch traf ihn mit exakter Genauigkeit. Die Stiefelsohle rutschte auf der vereisten Steinfläche etwa zwanzig Zentimeter entlang. Alfons ruderte mit den Armen, aber sein Fuß in dem Stiefel war plötzlich viel schneller als sein restlicher Körper. Und schon lag er der Länge nach im Schnee. Da er aber mit dem Rücken ebenfalls auf den Stein geschlagen war, hatte ihm der Sturz die Luft aus den Lungen gepresst. Bevor er also schnell wieder aufstehen konnte, musste er erst einmal wieder zu Atem kommen. Das war schwieriger als erwartet, und Alfons lag im Schnee wie ein Fisch, den man ans Ufer geworfen hatte und der mit geöffnetem Maul verzweifelt in die Luft schnappte.

Er lag da und blickte in den nächtlichen Himmel. Er sah die Mondsichel und die Sterne. Und ebenso plötzlich wie unerwartet kehrte für ein paar wenige kurze Sekunden Frieden in ihm ein. Und plötzlich erkannte er die Wahrheit.

Der Blick in den Sternenhimmel war für Alfons wie ein oft und oft gelesenes Buch, in dem er jede Zeile und jedes Wort auswendig wusste. Den Polarstern identifizierte er wie immer als Erstes, dann die Sternbilder des Großen Bären, des Schwans, des Drachens, Andromeda und Pegasus. Schließlich blieb sein Auge am Sternbild des Orion hängen, das ihn immer besonders fasziniert hatte. Nicht zuletzt deshalb, weil in dieses Sternbild der so genannte Jakobsstab, ein Drillingsstern, eingebettet lag. Er nannte für sich die Namen Beteigeuze und Rigel, die beiden hellsten Sterne des Orion. Aber ohne die vielen kleineren Sterne wie zum Beispiel den Bellatrix würde das ganze Sternbild nicht existieren und für niemanden erkennbar sein.

Darüber dachte Alfons eine kleine Weile nach und tauschte dann unbewusst die Namen der Sterne mit den Namen der Menschen aus, die ihn in dieser Nacht durch Eis und Schnee getrieben hatten: Aus Beteigeuze wurde Charlotte – natürlich, der hellste Stern des Orion musste Charlotte sein! Aus Rigel wurde Werner und aus Bellatrix wurde Alfons. Dieses derart umbenannte Sternbild taufte er ganz unwillkürlich „Fürstenhof“.

Und dann war auf einmal alles klar. Das neue Sternbild Fürstenhof würde nicht existieren ohne Charlotte und Alfons und Werner. Aber jeder dieser Sterne hatte seinen eigenen Platz und strahlte auf seine eigene Weise.

Genau so war es. Und an ihm, Alfons, an ihm lag es, zu entscheiden, wo sein eigener Platz war. Hurlimann hatte recht gehabt. Der Alte war doch wahrhaftig ein weiser Mensch!

Der sechzehnjährige Joseph, seines Zeichens erster Page, hatte schon lange ein Auge auf die schwarzhaarige Tamara geworfen, die als Zimmermädchen im Fürstenhof arbeitete. Joseph nutzte deshalb jede sich bietende Gelegenheit, um das Gespräch mit dem hübschen Maderl zu suchen. Irgendwann würde sie zwangsläufig erkennen, dass nur er – als der Gescheiteste und der Flinkste und der Beste überhaupt – in der Lage war, ihr Herz zu erobern. Heute war eine besonders gute Gelegenheit. Denn das, was Joseph miterlebt hatte, war nun wirklich alles andere als alltäglich.

„Begonnen hat die ganze Geschichte kurz vor acht. Ich stand draußen vor der Tür und fragte mich schon, wo der Alfons wohl abgeblieben ist. Denn der ist ja immer pünktlicher als pünktlich, das weiß ja jeder."

Tamara nickte.

„Und dann kommt da ein Kerl über den Parkplatz angelaufen, total vermummt und von oben bis unten voller Schnee. Grad, dass ihm nicht ein Eiszapfen von der Nase hängt. Ich dachte, jetzt muss ich die Polizei rufen. Vielleicht will der Kerl ja den Fürstenhof überfallen oder so was. Weißt, den Schal bis über die Nase gezogen und die Mütze bis fast in die Augen. Wie ein Bankräuber."

Das Zimmermädchen hörte gebannt zu.

„Aber wie er immer näher kommt, reißt sich der Kerl die Mütze und den Schal herunter und dann seh' ich doch, das ist der Alfons. Aber, glaubst's oder glaubst's nicht, der sah aus wie ein Gespenst. Ein Gespenst, das auf seine Uhr schaut und an mir vorbeiläuft, ohne ein Wort zu sagen. Husch, weg war er."

„Und dann?"

„Es kam ja gerade niemand von den Gästen an, keine Autos in Sicht, da bin ich also hinterher und rein ins Foyer. Der Kerl, der ja Alfons war, verschwindet für eine Minute und dann tritt doch tatsächlich der Portier Alfons Sonnbichler hinter die Rezeption. Ich schau auf die Uhr und was meinst, was ich seh?"

„Acht Uhr?" fragte Tamara mit großen Augen.

„Zwei Minuten vor acht Uhr! Aber exakt!"

„Der Alfons ist einfach unschlagbar."

„Das sag jetzt mal nicht. Das Beste kommt ja noch. Der Alfons hat also seine Uniform angezogen und steht hinter dem Tresen und alles sieht aus wie ganz normal. Nur, dass es nicht normal war. Denn ausgesehen hat der Alfons immer noch wie ein Gespenst. Richtig grauselig, sag ich dir. Bleich wie die Wand und schwarze Schatten unter den Augen."

„Du meine Güte!“ Tamara hielt sich erschreckt die Hand vor den aufgerissenen Mund.

„Ich schleich mich so durchs Foyer, weil ich alles sehen will. Man weiß ja nie, wozu es mal gut ist. Und da fällt mir doch auf, dass der Alfons sich mit den Händen abstützt an der Tischplatte vom Tresen. Ich lug so um die Ecke und seh, dass seine Beine zittern, als hätt’ er Waldmeisterglibber in den Beinen statt Knochen. Weißt, was ich meine?“

„Götterspeise“, sagte Tamara.

„Genau. Und dann kommt die Charlotte, die fast so hübsch ist wie du, aber nur fast, kommt die Charlotte also an die Rezeption und sagt was zu dem Alfons. Ich kann aber nicht hören, was sie sagt. Ist auch egal. Jedenfalls sagt der Alfons auch was, aber auch das hör ich nicht. Und dann bleibt sein Mund plötzlich offen stehen, als kriegt er keine Luft mehr.“ Befriedigt registrierte Joseph mit einem kurzen Blick, wie Tamara gebannt an seinen Lippen hing. „Ich seh, wie ihm die Beine einknicken, ganz langsam, wie in Zeitlupe. Ich sag dir, so was hab ich im Leben noch nicht gesehen.“

Tamara hielt die Luft an. „Und dann?“

„Dann ist der Alfons einfach umgefallen. Ich sag dir, das war vielleicht ein Ding. Die Charlotte hat so was wie aufgekreischt vor Aufregung und ist ganz rot gewesen im Gesicht. Das sah schon mal interessant aus, der Alfons weiß wie die Wand und die Charlotte rot wie eine Tomate. Die ist dann aber ganz schnell um den Tresen herumgelaufen und hat dem Alfons die flache Hand ins Gesicht geklatscht, so links und rechts, immer wieder."

„War denn der Alfons ohnmächtig?"

„Ich glaub schon. Jedenfalls gut, dass ich da war." Jetzt kam sein großer Moment. Tamara würde ihn später dafür küssen, ganz bestimmt! „Ich stand ja ganz in der Nähe und hab mich also aufs Telefon gestürzt und den Arzt angerufen. Das ist ja so ungefähr das Erste, was man als Page lernen muss, die wichtigsten Telefonnummern auswendig. Feuerwehr, Polizei und Notarzt. Ich bin natürlich ganz ruhig geblieben, obwohl um mich herum das reinste Tohuwabohu los war."

Die zittrigen Finger, mit denen er die Nummer des Notarztes gewählt und dass er sich zuerst zweimal verwählt hatte, erwähnte Joseph wohlweislich nicht. „Die Charlotte war viel zu aufgeregt, um das Richtige zu tun. Ich hab schnell ein Kissen geholt und es dem Alfons unter den Kopf geschoben. Und seinen Puls hab ich gefühlt, weil das immer das Wichtigste ist. Ob der Puls noch zu spüren ist. Aber der ging so langsam, dass ich glatt dachte, dem Alfons sein Herz schlägt nur noch einmal in der Minute. Da hab ich Angst bekommen, ob du's glaubst oder nicht."

Tamara kaute vor lauter Aufregung an ihren Fingernägeln. Eine schlechte Angewohnheit, aber sie konnte es sich einfach nicht abgewöhnen.

„Der Alfons sah schon fast aus wie ein Leichnam.

Aber tot war er nicht, weil ich ja seinen Puls noch gefühlt hatte, wenn auch ganz, ganz langsam. Der Notarzt kam viel schneller, als ich gedacht hab. Der hat dann auch den Puls gefühlt. Danach hat er dem Alfons das Augenlid hochgeschoben. Aber da war nur Weißes zu sehen, keine Pupillen. Ich dacht, jetzt geht es zu Ende."

Tatsächlich war auch die Geschichte gleich beendet. Irgendwie musste Joseph noch einen Dreh finden, um seine eigene Rolle und damit sein Prestige bei Tamara etwas aufzuwerten. Aber das ließ sich ohne Schwierigkeiten einbauen. „Der Arzt hat eine Spritze gezückt, ich sag dir, sooo groß! Die hat er dem Alfons in den Arm gejagt. Da waren die Leute mit der Bahre schon angekommen. Und ich hab dann geholfen, den Alfons auf die Bahre zu legen. Der Arzt hat zu mir und der Charlotte gesagt, dass es nichts Schlimmes ist, nur ein Erschöpfungszustand oder so was. Die Leute haben den Alfons vorsichtig abtransportiert. Da war er aber schon wieder bei Sinnen. Und glaubst du es oder glaubst's nicht …"

Ein wenig Flunkerei konnte jetzt auf gar keinen Fall schaden. „… da hat mir der Alfons die Hand gedrückt und mit ganz schwacher Stimme gesagt …" Ein wenig mehr Flunkerei würde sein Prestige bei Tamara womöglich noch höher steigen lassen. „… hat er gesagt, dass ich ihm sein Leben gerettet habe. Genau das hat er gesagt. Wortwörtlich. Alle haben es gehört. Dass ich ihm sein Leben gerettet hab!"

Schade, schade, aber Tamara war so erschüttert von

diesem unglaublich spannenden Bericht, dass sie es leider ganz versäumte, Joseph den ihm gebührenden Kuss zu geben.

Als Alfons die Augen aufschlug, sah er genau in Charlottes besorgtes Gesicht.

Er lag im Bett eines der selten genutzten Hotelzimmer, in welches man ihn nach seinem Kreislaufkollaps gebracht hatte. Nach Auskunft des Arztes benötigte er absolute Ruhe, um wieder zu Kräften zu kommen. Niemand wusste, dass Alfons geschlagene zweiundfünfzig Stunden ohne eine Minute Schlaf, zwei anstrengende Dienstschichten an der Rezeption des Fürstenhofs und zusätzlich den äußerst beschwerlichen nächtlichen Marsch hinaus zur Hütte von Hurlimann und zurück hinter sich hatte. Von all der Qual und den aufwühlenden Kämpfen in seinem Inneren während dieser ganzen Zeit gar nicht zu reden.

Alfons schlug die Augen auf, sah in Charlottes besorgtes Gesicht und schloss die Augen wieder.

Charlotte hatte sich bereit erklärt, für ihren Jugendfreund als Krankenschwester zu fungieren. Es gab schon deshalb keine Einwände, weil Clemens seinen zukünftigen Schwiegersohn Werner gründlich in die Usancen und wirtschaftlichen Verpflichtungen des Fürstenhofs einweisen wollte. Charlotte nahm den ihr zugefallenen Freiraum dankbar an, denn sie machte sich naturgemäß große Sorgen. Es konnte kein Zufall sein, dass Alfons just in dem Moment zusammengebrochen war, als er von ihrer Verlobung mit Werner erfahren hatte.

Alfons schaute in Charlottes Gesicht und diesmal ließ er die Lider nicht wieder heruntersinken. Für sein Gefühl hatte er schon viel zu lange die Augen geschlossen gehalten.

Aus Charlottes Sicht, die weder etwas von den beiden schlaflosen Nächten noch von dem Marsch in die Berge wissen konnte, hatte sich der Vorfall nämlich so zugetragen: Nach ihrer Ankunft mit Werner im Fürstenhof war Alfons ausgesprochen freundlich und zuvorkommend gewesen hinter seiner Rezeption. Nach seinem Dienst, als sie mit ihm hatte sprechen wollen, war er schlecht gelaunt verschwunden, aus welchen Gründen auch immer. Am nächsten Morgen hatte sie ihm kurz nach seinem Dienstantritt mitgeteilt, dass am nächsten Wochenende eine kleine Verlobungsfeier stattfinden würde. Und genau in diesem Moment war Alfons zusammengebrochen. So war es kein Wunder, dass sie sich selbst die Schuld an seinem Kollaps gab.

Es war gar nicht einfach für Alfons, Charlottes Gesicht so dicht vor Augen zu haben und ihren Körper so nah an dem seinen zu spüren. Die Geliebte schien ihm in ihrer Fürsorge begehrenswerter denn je. Besser, wenn er doch wieder die Augen zumachte!

Für Charlotte war sein Zusammenbruch ein regelrechter Schock gewesen. Denn Alfons hatte für sie immer wie ein unverrückbarer Fels in der Brandung des

Fürstenhof-Betriebes gestanden. Sie ahnte zwar, dass es nicht allein die Mitteilung über ihre Verbindung mit Werner gewesen sein konnte, die Alfons umgeworfen hatte. Aber was wirklich dahinterstand, war ein Rätsel für sie. Doch dieses Rätsel wollte sie gar nicht lösen. Sie wollte nur mit ihm sprechen. Nicht mehr – aber auch nicht weniger.

Alfons konnte nicht ewig die Augen verschließen vor Charlotte und vor dem Zusammenbruch seiner Träume. Deshalb öffnete er wieder die Augen und diesmal ließ er sie auch offen. Für ihn lag es auf der Hand, dass sie miteinander sprechen mussten, heute, jetzt. Denn wer weiß, ob es jemals wieder eine so ungestörte Gelegenheit für sie beide geben würde.

„Du machst ja vielleicht Sachen", sagte sie.

Die Beruhigungsspritze des Arztes war offensichtlich abgeklungen. Alfons schaute sie schon seit einiger Zeit an, ohne dass ihm die Augen ständig wieder zufielen.

„*Ich* mache Sachen? *Du* machst Sachen, Charlotte. Einfach wegfliegen und wiederkommen als frisch Verlobte! Ich muss sagen, das war wirklich ziemlich umwerfend."

Charlotte sah ihn verwirrt an. „Es tut mir sehr leid, Alfons."

Darüber dachte Alfons eine kurze Weile nach. Dann schüttelte er ganz leicht den Kopf. „Nein, ich will nicht hören, dass es dir leid tut", sagte er bestimmt, „wenn du dein Herz verschenkst, dann sollst du das auch aus Überzeugung tun." Das war sein völliger Ernst. Als er ihre verzweifelte Miene bemerkte, grinste er schief und schob hinterher: „Hat er dir schöne Augen gemacht?"

„Ich war es, die ihm schöne Augen gemacht hat", erwiderte sie ebenso bestürzt wie ehrlich.

Aus einem Grund, den er nicht näher benennen konnte, hatte er gewusst, dass sie etwas in dieser Art sagen würde. „Hattest du wenigstens ordentlich Gewissensbisse, als du ihm den Hof gemacht hast? Wegen mir, meine ich."

„Hör doch bitte auf, mich zu verspotten."

„Ich verspotte dich nicht, ich will nur die Wahrheit wissen. Wenn es dir ernst ist, wenn du diesen Werner wirklich ... du, weißt schon, was ich meine. Dann weiß ich wenigstens, dass ich mich nicht umsonst quälen muss."

„Es ist mir sehr ernst", beeilte sich Charlotte zu versichern, „ich habe so etwas vorher noch nie gespürt. Es war ... es ist ... überwältigend."

Alfons ließ kurz die Lider sinken und spürte dem Schmerz nach, den ihre Worte in seinem Herz auslösten. Da war sie wieder, die glühende Klinge eines stählernen Schwertes, die sich in ihn hineinbohrte. Aber er hatte ja gelernt in der vergangenen Nacht. Wahrhaftig, er hatte gelernt, Hurlimann und den Sternen sei Dank. Deshalb, und nur aus diesem einen einzigen Grund konnte er den Schmerz aushalten und ertragen.

„Beteigeuze", sagte er nach einer Weile.

„Wie bitte?"

„Beteigeuze", wiederholte er, „das ist der hellste Stern im Orion. Das wusstest du nicht, stimmt's? Aber es spielt keine Rolle."

Charlotte musste sich selbst ermahnen, ruhig zu bleiben. Wieso brachte Alfons plötzlich irgendwelche Sterne ins Spiel? Waren das noch die Folgen der Spritze, die er vom Arzt erhalten hatte?

„Gestern Nacht war ich droben in den Bergen, wie und warum ist jetzt egal. Jedenfalls bin ich gestürzt und lag rücklings im Schnee und plötzlich waren über mir all diese wundervollen, von Gott geschaffenen Sterne. Und ob du es glaubst oder nicht, gestern, mitten in tiefster Nacht, habe ich ein neues Sternbild entdeckt."

Charlotte schaute ihn an, ohne etwas zu sagen. In den Bergen? War er etwa mitten in der Nacht zu Hurlimann hinaufgepilgert? Nein, das konnte nicht sein! Der Weg war viel zu weit und viel zu gefährlich ohne Tageslicht.

„Dieses neue Sternbild habe ich Fürstenhof getauft. Ein normales Auge könnte es mit dem Orion verwechseln. Aber ich nicht. Ich weiß sehr genau, was ich gesehen habe."

„Beteigeuze?"

„Ja. Nein. Nicht Beteigeuze, sondern Charlotte. Der hellste Stern im Bild des Fürstenhof. Lach nicht."

Nach Lachen war ihr am allerwenigsten zumute.

Seine Worte klangen mehr als verwirrend, und sie starrte ihn verwundert an.

„Da waren die Sterne, die hellen und die weniger hellen, und ich habe sie alle gesehen. Die Sterne Charlotte und Werner und Clemens und Alfons und noch ein paar andere. Normale Augen hätten Beteigeuze und Rigel und Bellatrix und noch ein paar andere gesehen. Aber was bedeutet es schon, normale Augen zu haben? Damit sieht man doch nur, was jeder sieht."

„Ich verstehe im Moment nicht, worauf du hinauswillst."

„Es ist ganz einfach. Gewisse Sterne gehören zusammen, schon wegen ihrer Ähnlichkeit und ihrer Strahlung. Andere Sterne gehören auch – und zwar zwingend – zu dem Sternbild, aber sie funkeln halt schwächer."

Jetzt glaubte sie, einen Anhaltspunkt zu haben, und reagierte spontan. „Für mich wirst du immer der hellste Stern am Fürstenhof sein!" Das sagte sie im Brustton der Überzeugung.

„Darum geht es nicht, Charlotte-Beteigeuze. Manche Sterne gehören untrennbar zusammen, manche nicht. Aber alle Sterne, nur alle Sterne gemeinsam machen das gesamte Sternbild aus." Mühsam setzte er sich auf und sah Charlotte direkt in die Augen. „Es ist wichtig, dass du das verstehst. Wir beide leben im gleichen Sternbild und deshalb gehören wir auch zusammen. Aber wir beide strahlen unterschiedlich hell. Und deshalb gehören wir eben wieder nicht zusammen."

Langsam ließ er sich zurück in die Kissen sinken und murmelte: „Deshalb war unsere Liebe vom ersten Augenblick an eine Liebe auf Zeit.“ Dies auszusprechen, schmerzte so gewaltig, dass Alfons unwillkürlich aufstöhnen musste. Aber die Wahrheit tat nun mal weh. „Es war vom ersten Moment an nur eine Liebe auf Zeit“, wiederholte er wie zu sich selbst.

Sie schaute ihn mit großen Augen an. „Es war nicht nur eine Liebe auf Zeit, Alfons“, begehrte sie auf, „es war etwas Großartiges, es war etwas ganz Einmaliges!“ Plötzlich hatte sie das Gefühl, als wolle Alfons ein Stück ihres Lebens wegschneiden.

„Natürlich war unsere Liebe großartig und einmalig war sie auch. Niemand will oder kann uns beiden das wegnehmen. Das wird uns für immer bleiben. Wir haben etwas erlebt, was viele, viele andere Menschen niemals in ihrem ganzen Leben erfahren werden.“

Charlotte sah ihn schweigend an. Ihre Augen füllten sich mit Tränen.

Ob sie den Schmerz in seiner Brust überhaupt ermessen konnte? „Charlotte, bitte, versteh doch, was ich sagen will: Wir beide, du und ich, wir beide hatten unsere Zeit. Und es war eine wundervolle, eine unvergessliche Zeit, aber diese Zeit ist nun abgelaufen. Du hast dich jemandem zugewandt, der genauso hell strahlt wie du. Das kann aber auch nichts, gar nichts daran ändern, dass wir beide diese gemeinsame Zeit hatten. Die kann uns niemand nehmen!“

„Nicht einmal wir selbst.“

„Eben. Jetzt endlich hast du es begriffen.“ Alfons schloss erschöpft die Augen. Sein Herz klopfte.

„Aber was wird nun aus uns beiden?“ fragte sie zögernd.

Jetzt galt es, die bittere Wahrheit, die Hurlimann ihm ins Gesicht gesagt hatte, in die Tat umzusetzen. Jetzt musste er den Schmerz mit aller ihm zur Verfügung stehenden Kraft zur Seite drängen. „Das liegt doch auf der Hand. Ich kann es ebenso deutlich vor mir sehen, wie ich deine Augen jetzt sehe. Wir leben im gleichen Sternbild. Das heißt, wir müssen uns umeinander kümmern und wir müssen einander helfen, wenn es einmal schwierig wird. Wir können uns nicht lieben, aber wir können füreinander sorgen, wie es die Umstände zulassen.“

Der Schmerz kehrte noch einmal und noch viel stärker zurück in Alfons’ Brust. Er leistete eine wahre Titanenarbeit, ohne es zu merken. Der Schmerz bohrte hart und unerbittlich in ihm. Aber es gelang ihm immer wieder, ihn niederzuringen, wo ein anderer, ein schwächerer Mensch bereits lange schon in die Knie gegangen wäre.

„Ja, wir können füreinander sorgen“, sagte Charlotte nachdenklich.

„So gut es die Umstände immer zulassen“, ergänzte Alfons.

Für einige Augenblicke herrschte tiefes Schweigen.

„Vielleicht ist es das ...“ Charlotte suchte nach dem richtigen Wort, „... was man Freundschaft nennt?“

Alfons schaute ihr tief in die Augen. Sein Blick war ein Versprechen. „Das wird wohl Freundschaft sein“, sagte er.

Er richtete sich im Bett auf und umarmte Charlotte. Er drückte sie gleichzeitig sanft und fest mit seinen Armen. Sie erwiderte seine Umarmung. Dann löste sie sich langsam von ihm. Mit aller Zartheit drückte sie ihre Lippen auf seinen Mund.

Es war alles gesagt.

Mitten in der Nacht wachte Charlotte in ihrem Zimmer auf. Zuerst wusste sie nicht, warum. Draußen herrschte stockdustere Nacht. Sie lag stocksteif im Bett, den Kopf auf dem vom unruhigen Schlaf zerwühlten Kissen, und sie horchte in sich hinein, um den Grund für ihr Erwachen herauszufinden.

Es gab keinen ersichtlichen Grund. Sie liebte Werner und Werner liebte sie. Daran gab es auch nicht den Hauch einer Spur irgendwelchen Zweifels. Sie glaubte nicht, dass Werner ihr jemals im Leben einen Anlass geben würde, mitten in der Nacht aufzuwachen und schlaflos dazuliegen. *Wenn man sich so liebt wie wir beide, passiert so etwas nicht,* dachte sie.

Alfons *hatte sie geliebt,* aber mit ihm hatte sie sich gestern lange und intensiv ausgesprochen. Es war eins der schönsten Gespräche gewesen, das sie überhaupt jemals mit ihm geführt hatte. Zuerst war es ein bisschen verwirrend gewesen, das stimmte. Als er mit seinen Sternen und den komischen Sternbildern anfing und sie durch die Vielzahl der von ihm genannten Namen ganz konfus im Kopf geworden war. Aber dann hatte sie das Bild dahinter plötzlich erkennen können. Und mit einem Schlag war ihr alles klar gewesen, was er meinte.

Was aber am allerwichtigsten daran war: Sie hatten sich nicht gezankt oder mit gegenseitigen Vorwürfen zermürbt, sondern sie hatten sich den Punkt selbst erarbeitet, auf den ihre gemeinsame Geschichte hinauslief: eine tiefe Freundschaft zwischen zwei Menschen, die sich vertrauten, eine besondere Freundschaft. Noch jetzt wurde ihr warm ums Herz, als sie daran dachte, wie sie sich zum Abschluss geküsst hatten. Kein Kuss des Verlangens oder des Begehrens war es gewesen. Sondern ein Kuss des Vertrauens, des gegenseitigen Versprechens. Ein Kuss der Freundschaft. Das konnte also auch nicht der Grund für ihr plötzliches Erwachen sein.

Aber was war es dann? Sie zwang sich, ruhig zu atmen, und horchte in die Nacht hinein. Kein Geräusch. Es herrschte absolute Stille im ganzen Haus. Selbst die Natur draußen regte sich nicht. Eine windstille Januarnacht. Das Einzige, was sie vernahm, waren ihre eigenen Atemzüge.

Doch mit einem Mal war es ihr, als könnte sie zwei Herzen schlagen hören. Völlig unmöglich! Werner lag in seinem Zimmer. Und doch! Sie lag stocksteif und mit gespitzten Ohren da. Ihr eigener Atem. Sonst war nichts. Sie hatte es sich nur eingebildet!

Charlotte warf sich auf die Seite, kuschelte sich in die warme Bettdecke und schloss die Augen. Plötzlich tauchte der Funke einer Erinnerung auf, ganz weit entfernt. Aber dann war er wieder verschwunden. Stattdessen zwickte es ein ganz klein wenig in ihrem Bauch. Doch das war sicherlich eine Täuschung. Was sollte schon um diese Zeit, viele, viele Stunden nach dem Abendessen, in ihrem Bauch zwicken? Vielleicht war sie einfach überreizt.

Ganz klar, sie war nur ein bisschen überreizt. Vollkommen logisch. Sie ließ die Ereignisse rückwärts vor ihrem Auge ablaufen. Das lange und intensive Gespräch mit Alfons, ihre Sorge um ihn, sein Zusammenbruch, der spannende Rückflug von Helsinki, die wundervollen, ja überwältigenden Nächte mit Werner in ihrem Hotelzimmer 777, der Spaziergang durch die finnische Hauptstadt mit dem ihr noch fremden Werner, das große Hotel in Helsinki, der Abflug von München mit dem gutgelaunten Vater an ihrer Seite.

Die Ereignisse liefen wie automatisch rückwärts ab. Noch weiter davor: die Begegnung mit dem erst wütenden, dann zerknirschten und am Boden zerstörten Leopold Hardenberg auf ihrer Wanderung, der Beinahe-Todessturz von Alfons und seine Rettung. Und noch ein weiteres Stück davor: die Wanderung mit Alfons bei schönstem Sonnenwetter durch die verschneiten Berge. Der Eintopf von Hurlimann, der so gut geschmeckt hatte. Später die Hütte, das gemeinsame Abendbrot, bei dem ihr die Augen zugefallen waren. Die Schaffelle auf dem Bett in der Hütte. Das Feuer im Kamin, das langsam immer schwächer brannte. Das Feuer zwischen ihr und Alfons, das umso heftiger aufloderte. Und dann …

Plötzlich war der Funke der Erinnerung wieder da. Und er kam mit einer atemberaubenden Geschwindigkeit näher und überstrahlte alles andere. In jener Nacht war sie doch ebenfalls aufgewacht! Sie erinnerte sich, dass sie damals auf die Uhr gesehen hatte. Es war drei Uhr gewesen!

Charlotte öffnete die Augen und blickte zum Wecker, der auf ihrem Nachttisch stand. Der große Zeiger auf zwölf. Der kleine Zeiger auf drei. Es war jetzt genau drei Uhr.

Und plötzlich erinnerte sie sich ganz genau an jenen Moment. Sie war aus unerfindlichen Gründen aufgewacht und hatte sich kurze Zeit hin- und hergewälzt. Sie hatte sich gefragt, warum sie wach geworden war, ohne eine Antwort zu bekommen. Dann hatte sie sich wieder in die Schaffelle gekuschelt, ihren Kopf auf Alfons' Brust gelegt und war ganz schnell wieder eingeschlafen. Ganz schnell?

Nein, da war noch ein Gedanke gewesen. Unvermittelt tauchte er wieder auf. *Was wäre, wenn sie plötzlich ein neues Leben in sich trüge?*

Charlotte stockte der Atem. Es konnte kein Zufall sein. Das war unmöglich. Dieses ungewohnte Aufwachen mitten in stockfinsterer Nacht. Exakt die gleiche Uhrzeit. Zuerst diese vollkommene Unwissenheit, warum sie aufgewacht war. Dann der Blick auf die Uhr. Dann das Wiedereinkuscheln ins Bett. Und dann dieser Gedanke. *Was wäre, wenn sie plötzlich ein neues Leben in sich trüge?*

Es zwickte schon wieder ganz leicht in ihrem Bauch. Die Erkenntnis traf sie wie ein Hammerschlag. Jetzt wusste sie, warum sie in jener Nacht um drei Uhr morgens neben Alfons aufgewacht war. Sie wusste auch, warum sie jetzt schon wieder um drei Uhr morgens aufgewacht war.

Die Gefühle, die sie in diesem Moment überrollten, waren so widersprüchlich, dass sie gleichzeitig lachen und weinen musste. Tränen rollten ihre Wangen hinab. Tränen der Freude, des Erschreckens, Tränen der Trauer und des Glücks. Sie war sich völlig sicher: Sie trug ein neues Leben in sich!

Aber mit wem konnte sie darüber sprechen? Mit Werner? Ausgeschlossen! Mit Alfons? Dem hatte sie schon genug aufgeladen. An ihren Vater wagte sie gar nicht zu denken. Aber mit irgendjemandem *musste* sie sprechen! Sonst würde es ihr das Herz zerreißen.

Aber mit wem konnte sie jetzt sprechen? Wer würde verstehen, was sie bewegte? Wer würde ihr Rat geben und Hilfe? Wer?

Ein grauer Januartag. Die Wolken hingen tief, aber es sah nicht danach aus, als sollte es heute schon wieder schneien. Die Schneedecke der vergangenen Tage tauchte die Welt in ein seltsames, unwirkliches Licht. So hell, freundlich und einladend hatte Charlotte den Friedhof bisher noch nicht erlebt. Die Grabstätten waren durch die weiße Decke eins geworden mit ihrer Umgebung, lediglich durch eine kleine Erhöhung erkennbar. Hier und da lugten die Spitzen von Tannenzweigen durch den Schnee. Auf den Grabsteinen lagen weiße Verzierungen wie von feinem Zuckergebäck. Trotz der Kälte und der tief hängenden Wolken war es ein guter Tag, um auf den Friedhof zu gehen.

Charlotte legte den kleinen Strauß aus Clair de Lune mit ein paar dazwischengeflochtenen grünen Eukalyptuszweigen vor Ursulas Grabstein nieder. Sie bekreuzigte sich und murmelte mit gesenktem Kopf ein kurzes Gedenkgebet. Dann setzte sie sich auf die schmale Holzbank, die am Rande des Grabes stand.

Es war schwer, die richtigen Worte zu finden. Sie wusste auch nicht, ob Ursula ihr überhaupt antworten würde. Doch sie musste es versuchen. Mit niemandem sonst hätte sie jetzt sprechen können.

Charlotte blickte noch einmal auf den schlichten Grabstein aus Granit, auf dem in kupfernen Lettern der Name ihrer Mutter stand, darunter nur die Daten ihrer Geburt und ihres Todes, ohne weiteren Zusatz. Dann schloss sie die Augen. Vielleicht würde es auf diese

Weise einfacher, den Kontakt herzustellen. Am besten war, mit dem Sprechen einfach irgendwo anzufangen. Einfach irgendwo anfangen …

„Ich wollte dir sagen, dass ich schwanger bin, Mama. Ich werde ein Kind bekommen. Es ist ein Kind der Liebe. Ganz wirklich und ehrlich. Aber alles ist so kompliziert. Die Liebe verändert sich. Manchmal, wenn man Glück hat, wird eine Freundschaft daraus. Ich liebe Werner. Du würdest Werner mögen, da bin ich sicher. Werner ist so … ach, ich weiß nicht, wie ich das sagen soll. Dafür habe ich keine Worte. Das ist einfach so. Ich liebe ihn. Aber das Kind ist nicht von ihm. Das Kind habe ich von Alfons empfangen. Damals, als wir auf der Wanderung in der Hütte übernachtet haben."

Mit geschlossenen Augen saß sie da und lauschte. Eine Antwort hörte sie nicht. Vielleicht war sie ja auch verrückt, den Dialog mit ihrer Mutter zu suchen? In der Schwangerschaft kam man auf die absonderlichsten Ideen, das hatte sie irgendwo gelesen oder gehört.

„Ich weiß nicht, was passiert, wenn ich Werner die Wahrheit sage. Er wünscht sich so sehr, dass wir eine Familie gründen. Er will mich heiraten und Kinder mit mir haben und mit mir glücklich sein. All das will ich auch. Aber dieses Kind ist nicht von ihm, sondern von Alfons. Das kann ich Werner doch niemals im Leben sagen!"

War da irgendwo ein Raunen? Nein, nur ein Vogel, der in einiger Entfernung aufgeflogen war.

„Mit Alfons kann ich darüber jetzt nicht sprechen. Es geht ihm sehr schlecht, er hatte einen Kreislaufkollaps. Stell dir vor, er liegt tagsüber im Bett! Das passt gar nicht zu ihm. Aber daran sieht man, wie schwierig das alles im Moment für ihn ist. Und ich glaube, er grämt sich. Er ist sehr tapfer und hat sich ganz großartig verhalten, als er von mir und Werner gehört hat. Aber dieser Kollaps, der hat ja etwas zu bedeuten. Wenn ich auch nicht in ihn hineinsehen kann. Jedenfalls kann ich ihm nicht sagen, dass ich ein Kind von ihm bekomme. Nein, das ist völlig unmöglich."

Bevor sie hier herausgekommen war, hatte sich Charlotte das anders vorgestellt. Etwa so, dass sie tatsächlich Ursulas Stimme würde hören können. Doch dies trat nicht ein. Trotzdem wuchs in ihr das Gefühl, dass ein Dialog möglich wäre. Indem sie einfach das aussprach, was sie bewegte, bekam sie Antworten. Nicht in Worten. Aber doch Antworten! Sie musste nur einfach weitersprechen.

„Werner kann ich es also nicht sagen, und Alfons auch nicht. Ich kann es niemandem sagen. Ich werde der einzige Mensch auf der Welt sein, der weiß, von wem dieses Kind wirklich ist."

War das die Antwort?

„Werner wird glauben, dass es sein Kind ist. Alfons wird glauben, dass es Werners Kind ist. Doch was bedeutet das für mich? Ich werde unehrlich sein müssen. Die Wahrheit kann ich niemandem offenbaren. Aber darf ich mein Lebensglück auf einer Lüge aufbauen? Ich weiß nicht, ob ich damit leben kann ..."

Ein tiefer Seufzer entrang Charlottes Brust. Träume und das wirkliche Leben, hatte ihre Mutter einmal zu ihr gesagt, lassen sich nicht immer so leicht miteinander in Einklang bringen.

„Vor drei Monaten, als wir dich beerdigt haben, habe ich ganz deutlich gespürt, dass meine unbeschwerte Jugend endgültig vorbei ist. Aber so schwierig habe ich mir das Erwachsensein nicht vorgestellt ..."

Sie merkte plötzlich, wie ihr die Kälte die Beine hochkroch, trotz der dicken Strumpfhose, die sie zusätzlich angezogen hatte.

„Als Erwachsener kann man nicht immer allen und jedem die Wahrheit sagen. Manchmal richtet man mit der Wahrheit mehr Schaden an, als man Nutzen erzeugt. So ist es doch, oder? Ist die Welt der Erwachsenen so beschaffen?"

Es war nicht nur die Kälte in ihren Beinen. Es waren auch die Tränen, die jetzt ihre Wangen herunterliefen.

„Ist es das, was ich lernen muss? Dass es automatisch zum Leben dazu gehört, ein Geheimnis zu wahren? Ein Geheimnis, von dem niemals jemand erfahren wird, erfahren darf? Ist es das wirklich? Soll ich das lernen?"

Den letzten Satz hatte sie laut ausgesprochen. Charlotte sprang von der Bank auf. Sie konnte nicht länger hier sitzen. Ihr Herz war in vollkommenen Aufruhr.

Sie musste nach Luft schnappen und laufen. Mit großen Schritten setzte sie sich in Bewegung. Dann rannte sie los.

Am Ausgang des Friedhofs stand eine Gestalt, in einen Mantel gehüllt, einen Hut auf dem Kopf. Sie bildete eine Silhouette, die ihr sehr bekannt vorkam.

Woher hatte Werner gewusst, wohin sie so früh am Morgen gegangen war?

Charlotte stoppte ihren Lauf ab und kehrte zurück zu einem diesem Ort angemessenen Gang. Sie war sich nicht sicher, was sie gleich sagen würde. Werner kam immer näher auf sie zu. Sie war so froh, dass er sie gefunden hatte, aber was um Himmels willen sollte sie ihm denn jetzt nur sagen?

Er schloss sie in die Arme und küsste sie auf den Mund. Dann zog er ein Taschentuch hervor und tupfte ihr sanft die Tränen von den Wangen.

Nachdem sie eine ganze Weile schweigend nebeneinanderher gegangen waren, blieb Charlotte plötzlich stehen. Sie drehte sich zu Werner um. Eine Minute oder länger blickte sie in seine Augen. Dann trat sie auf ihn zu und umarmte ihn. Sie drückte ihn so fest, dass ihr die Arme wehtaten.

„Ich liebe dich“, flüsterte sie ihm ins Ohr.

Ihre Augen füllten sich wieder mit Tränen. Niemand sollte ihr diese Tränen abtupfen. Auch Werner nicht und vor allem nicht jetzt.

„Ich liebe dich so sehr“, schluchzte sie, „ich liebe dich über alles!“

Er strich ihr behutsam mit der Hand über den Rücken. „Es ist schwer“, sagte er mitfühlend.

„Es ist so schwer, dass ich es kaum aushalten kann“, erwiderte sie tonlos.

Werner konnte nicht ahnen, wovon sie sprach.

– ENDE –

Valerie Schönfeld
Sturm der Liebe 1
Bittersüße Küsse

Band-Nr. 75024
7,95 € (D)
ISBN: 3-89941-281-8

Valerie Schönfeld
Sturm der Liebe 2
Der Traum vom Abenteuer

Band-Nr. 75025
7,95 € (D)
ISBN: 3-89941-302-4

Valerie Schönfeld
Sturm der Liebe 3
Triumph der Rache

Band-Nr. 75026
7,95 € (D)
ISBN: 3-89941-303-2

CORA
Man nehme:
1 Schicksal, 1 Dutzend Wirrungen
und 1 Kiosk pro Monat.
Verpassen Sie keinen Kuss, keine Enttäuschung und keinen Hoffnungsschimmer. Sichern Sie sich jeden Monat Ihr aktuelles Exemplar des Romans zur Telenovela im Ersten - Sturm der Liebe.
Sturm der Liebe
FÜRSTENHOF
Neu!
Der Roman zur Telenovela im Ersten.
Erleben Sie die ganze Geschichte: Jeder Band steckt voller romantischer Augenblicke und enthält eine exklusive Autogrammkarte mit süßem Rezept zum Sammeln.
© ARD/Degeto – Bavaria Film GmbH. Licensed by Bavaria Sonor, Bavariafilmplatz 8 D-82031 Geiselgasteig
Seit 11. Januar 2006 alle 4 Wochen mittwochs im Zeitschriftenhandel.
Aktuelle Erscheinungstermine auf www.cora.de
Das Erste
www.cora.de

Nora Roberts
Dreams of Love 1
Rebeccas Traum
Hörbuch

Band-Nr. 45003
3 CD's nur 9,95 € (D)
ISBN: 3-89941-219-2

Nora Roberts
Dreams of Love 2
Nicholas Geheimnis
Hörbuch

Band-Nr. 45005
3 CD's nur 9,95 € (D)
ISBN: 3-89941-221-4

Nora Roberts
Dreams of Love 3
Solange die Welt sich dreht
Hörbuch

Band-Nr. 45007
3 CD's nur 9,95 € (D)
ISBN: 3-89941-223-0